高山景行：顾随诞辰一百二十周年纪念丛书

赵林涛 主编

学者顾随

赵林涛 马玉娟 编

河北大学出版社

图书在版编目（CIP）数据

学者顾随 / 赵林涛，马玉娟编. -- 保定 : 河北大学出版社，2017.4

（高山景行 : 顾随诞辰一百二十周年纪念丛书 / 赵林涛主编）

ISBN 978-7-5666-1170-3

Ⅰ. ①学… Ⅱ. ①赵… ②马… Ⅲ. ①回忆录—作品集—中国—当代 Ⅳ. ①I251

中国版本图书馆CIP数据核字(2017)第070744号

学者顾随

XUEZHE GUSUI

责任编辑：杨显硕

装帧设计：赵 谦

责任印制：靳云飞

出版：河北大学出版社（保定市七一东路2666号）

经销：全国新华书店

印制：保定市北方胶印有限公司

开本：1 / 32（148mm × 210mm）

字数：200千字

印张：8.75

版次：2017年4月第1版

印次：2017年4月第1次印刷

书号：ISBN 978-7-5666-1170-3

定价：38.00元

写在卷前

父亲生于1897年2月13日（农历正月十二），今年是他诞辰一百二十周年。

父亲病逝于1960年。随着岁月的流逝，顾随的名字一度消逝于现代教坛、文坛，他的学术形象也渐渐淡出了人们的视野。改革开放的春天到来之后，自20世纪80年代开始，即有《文献》《中国现代社会科学家传略》等数种书刊，刊载了他的长篇传记；随之，他的各种著作与研究专论陆续面世。1990年，父亲忌辰三十周年，在北京举行了第一次纪念活动，主要由父亲在辅仁大学和燕京大学任教时的弟子筹划操办。1997年，父亲诞辰一百周年，由北京师范大学、河北大学、辅仁大学校友会、北京师范大学校友会联合，在北京师范大学举办了纪念大会与纪念展览。2009年，在北京还举办过一次大型顾随诗词学术研讨会。

如今，父亲当年的弟子相继老去，特别是在燕京大学、辅仁大学、中国大学、中法大学等各大学就读的那些弟子，泰半已经作古。然而令人欣慰的是，父亲的著作及今已出版了数十种，研究论文屡见各种报刊，研究专著也时有出现，顾随已从一位“隐藏的大家”走进大众视野，成为公认的国学大师。更为可喜的是，继起的一批年轻学者、作家，正在为传播、弘扬顾随的道德、学术与文章不懈地努力着。

今年是父亲诞辰一百二十周年。河北大学文学院刘金柱院长和从事顾随著作整理、研究的赵林涛商议，筹划在河北大学举办一系列纪念活动。在大家的关心和支持下，《顾随全集》（十卷本）略加修订之后第二次印刷；《河北大学学报》（哲学社会科学版）的纪念专栏业已刊出第一辑；河北大学出版社顾随系列丛书正在紧锣密鼓地编校之中；学校将于今年 5 月举办顾随诞辰一百二十周年纪念会……

作为献给顾随诞辰一百二十周年的一份厚礼，小赵和他的爱人小马把多年搜集的由顾随友朋、弟子以及后人亲自撰写的各种纪念文字，精心辑成《师者顾随》《学者顾随》和《长者顾随》一套三种图书。这套丛书资料翔实、核校精细，若论它的意义，我想至少可以免去研究者、读者的搜求翻检之劳；至于有助于人们更好地了解顾随的生平、思想，解读他的作品，自不需我于此赘言。

在三种图书即将问世之际，出版社希望我能在书前写几句话，作为顾随的女儿，在这里，我想表达的只有内心深处诚挚的谢忱：感谢我们所处的伟大时代对传统文化的珍视！感谢父亲那些在世以及过世的朋友和弟子！感谢所有为父亲著作的收藏、搜集、整理、出版、研究做出贡献的新老学人！感谢为这次纪念活动辛苦付出的人们！感谢所有喜爱顾随的读者！

顾之京

2017 年 2 月于河北大学

编前絮话

在顾随先生逝世三十周年纪念会后不久，1991 年初，周汝昌先生起草发出创立“顾随先生学术研究会”的倡议，其中评价顾随先生是“中国韵文散文领域的大作家、理论批评家、美学鉴赏家、讲授艺术家、禅学家、书法家、文化学术研著专家”。一个人而称得上这许多“家”，几乎应了那句古话——“博学而无所成名”。

本辑力图展现的就是这位博学多能的学者的风采。卷上所收，出于顾随先生的朋友、同事；卷下之选，来自先生的几位同样学有专长的弟子。叙述重点是顾随先生在古典文学、禅学、书法等方面的成就，兼及桃李之情、同侪之谊。前五篇以顾随先生词集印行次第为序，其余各篇皆按作者生年及发表先后编次。

顾随先生说过：“一种学问，总要和人之生命、生活发生关系。凡讲学的若成为一种口号（或一集团），则即变为一种偶像，失去其原有之意义与生命。”顾随先生终其一生所实践和捍卫的就是学问（讲学）的意义与生命。

编者

2017 年 2 月

目　　录

卷上

卷下

卷上

评顾随《无病词》《味辛词》*

吴宓

顾随君《味辛词》一卷，本副刊第四十七期镜君已为文评之，并录其中最佳之作《八声甘州》（哀济南）二阕。按顾君所为词，尚有《无病词》一卷（分上中下）刊于民国十六年夏，《味辛词》一卷（分上下）则刊于民国十七年夏，各印五百册，非卖品，欲得之者只有函请顾君寄赠。闻其第三集现正编辑整理，不日即付刊。是顾君每年可出词集一卷，爱读者正可拭目以俟之也。顾君词之佳处，镜君评《味辛词》文中已言之明确，兹更就文学创造之原理及吾所视为在今日中国创作诗词唯一之正途以论顾君之词。简括言之：文学创作之事綦难，而诗词为尤甚。大率格律稳练者，每伤情薄而事空；情真而事实者，又往往于格律缺乏研究与训练。若夫斟酌于二者之间，得中道之至美，以新材料入旧格律，合浪漫之感情与古典之艺术，此乃唯一之正途，而亦至难极罕之事。顾君遵此途以行而所作大有成功，吾人虽不欲赞许称道之不可得也。吾于六七年前撰《论今日文学创造之正法》一文，于在今中国欲创作新旧各体文学其道何由，颇有所指陈，自谓所言大体不误。该篇之意，今不覆述，唯就顾君之词为例，评论阐发之如下。

一、顾君作词之途径与方法。见于《无病词》二十二页上

---

* 原载天津《大公报·文学副刊》第73期（1929年6月3日），署名“馀生”。

《临江仙》云："自开新境界，何必似《花间》。"又《味辛词》十七页《朝中措》云："先生觅句不寻常。一字一平章。只望保留面目，更非别有心肠。"大凡文学创作之第一要件，须作者视此事极为重大，不惜费时费力牺牲一切以赴之，而终视己所作出者为不满意，欲更求有进；断不可出以轻心，苟且急遽成篇，贪一时之虚誉，甚或骄盈自满，则必归于失败无疑。今国中之从事创造者，盈千累万，多犯轻率油滑之病。所谓新派，以诗词各体格律繁难作成匪易也，则倡为解放之说，欲举中国旧文学之种种格律规矩而悉行铲除之破坏之，不知此实大背文学公例。盖（一）文学作品之美，在形式与材料并佳，二者融合为一体而相助相成。（二）凡文学之形式体制，必有所因袭，逐渐蜕变而来，征之任何国家时代之文学史，昭昭可见。（三）形式体制格律之可贵，即在其强迫作者精心苦思，而不至率尔成章，敷衍了事。（参阅《国闻周报》第五卷第二十三期拙译《韦拉里论诗中韵律之功用》篇。）故若全弃形式，或铲除旧日文学中之体制与格律，而从事于极端狂放自由之创作，则所成者，皆毫无一读之价值而徒沾沾自喜之劣下作品耳，新派失败之机既伏于此。而所谓旧派老辈作家，知格律体制形式之要，且曾经长久之练习研究，所作悉能合拍按律叶韵谐声，然亦以天才缺乏与不肯苦心精思之结果，其材料意旨则陈陈相因，其字句词藻则互相抄袭，千篇一律，曾何足贵？遭人攻诋，理固宜然。是故新旧二派，其行事方向相反，而同犯油滑轻率之病。新派以破除格律恣意乱写而油滑轻率；旧派以但知步武格律剿袭摹仿而亦油滑轻率，其失相等。（以上乃就大多数作者而言，新旧派中各有能手真才，非敢一概抹杀。）以若所谓，新派固不能创造精美之文学，旧派亦终难保存昔日工细之格律形式体制，唯一希望，即在如顾君之所致力者，知词中格律等之不可废不必改，故一切遵依之，而苦心精思，语必己出，戛戛独造，先经过模仿之阶级，深通格律，终乃底于创造，表现真正之自我，材料新奇而艺术工美，诚可贵矣。

二、新派之失，在不肯摹仿，便思创造，故唾弃旧格律。旧派之失，在仅能摹仿，不能创造，故缺乏新材料。欲救其弊而归于正途，只有镕铸新材料以入旧格律之一法。此说在中国近世倡自黄公度，（见所作《人境庐诗草》自序，此序于光绪十五年作于伦敦使署。）其实此乃古今中外文学创作之万有公例唯一方法。凡真正之批评家莫不知之，凡伟大之创作家莫不行之。以词而论，中国近世名家辈出，如王鹏运、郑文焯、文廷式、况周颐、朱祖谋诸氏，所作均能突过前人，卓然有成。其词中所表示者，亦身世之观感，不可谓非新材料，但非民国十七八年时之情景事物，又仅能代表遗老而不能代表此外各种人之思想感情经验。即硕果仅存之朱古微氏，吾人读其词既多，亦觉有意已尽而词常重复之感。故不得不望之于后起之少年词人，如顾君者。其于词之体制格律，既已研究精熟，运用灵活，又舍梦窗、清真而学苏、辛，取体适宜于清新劲健之作，亦属卓见。而同时则处处入以新材料，其所表示者，乃今年此日顾君自己之思想感情经验，亦今年此日凡与顾君地位智识相同之人之思想感情经验。合此二美，故读顾君之词，只觉其真挚深切、浑脱流利，语语若自我心中爬剔而出者也。

三、以新材料入旧格律，则格律不得不有相当之变化，但其变化要必出于自然而非由外铄。旧派词家或嫌顾君之句调神理过于自由（句法有时似曲），然感觉现代之种种事象及心情之人，则谓顾君所变化之程度实未为太过。总之，此事之分寸、之难决定，必须合乎中道。而所谓中道者又非一成不变，须临事审机，善为裁量，视结果以为断。大率一篇之中，所铸入之新奇之材料愈多，则其格律较可变化自由，反是则格律愈当精严整炼，必使读者但觉其浑然一体、美妙无穷，不见有斧凿胶黏之迹、矜心作意之态，而后此篇格律材料二者之分配取择方为适宜也。凡真正之艺术家，皆明白认识自己所据以创作之原理，但决非为证明或宣扬此原理之故从事而创作。故即镕铸新材料入旧格律之说，虽系确切不易，若入于俗子庸夫之手，以此为号召宣传，炫式矜夸，则亦徒滋流弊。观于顾君之作，亦当知所取法矣。

四、顾君词中所镕铸之新材料，析而言之，约有数种：（一）曰爱国伤时之心。集中最佳之《八声甘州》（哀济南）二首，属于此类，又于《无病词》第四页下《贺新凉》（青岛樱花）亦同。其下半阕云：

> 花如解恨花应语。是伊谁、东瀛取种，移栽中土。故国华魂飞不到，一片异乡情绪。便待得、嬉春游侣。十里红霞迷望眼，更香车宝马樱花路。谁会得，此心苦。

读顾君词，似觉其为江南人，然闻其籍隶山东德州，[1] 而居济南与青岛甚久。（《无病词·上》当系居青岛所作，《无病词·中》则

① 实为河北清河。

来往于济南青岛之间，《无病词·下》则已至天津矣。）《无病词》十八页下《百字令》云“四载明湖，三年东海”唯然。故顾君对于日人之霸占山东及济南惨案，感痛特较他人为深，而铸之于词亦最工。济案发生时，顾君已在天津，故其《八声甘州》二阕（十七年五月），为遥念济南之作。近二三年为中国战祸最烈之时，故顾君词中亦多悲干戈之重叠、哀民生之疾苦，如《味辛词》十四页上《永遇乐》云：

少岁无愁，爱将愁字，说又重说。近日闻人，言愁不觉，先自扪吾舌。沙场炮火，深沟弹雨，愁也怎生愁得。试翘首、战云滚滚，江南直到江北。……万丈银河，可能倒挽，静洗平原血。……浑无寐、披衣坐听，声声画角。

又如《味辛词》十三页下《庆清朝慢》云：

梦又还醒，醒还又梦，如环往复无端。那堪入梦，比着醒梦尤难。待到梦时又怕，者番未必胜前番。无人会，有人会了，有甚相干。　　试听街头乞丐，正饥熬夜永，冷怨宵寒。号呼惨苦，堪怜无个人怜。不是世情落寞，乞人怜处得人嫌。君休矣，不如归去，一枕高眠。

又如《味辛词》十五页上《木兰花慢》云：

又沉沉醉也，却独下，酒家楼。忽一阵风来，惊沙扑面，冷彻棉裘。街头。路灯焰小，正青磷数点乍成球。渐见幢幢暗影，似闻鬼语啁啾。　心忧。欲去又迟留。春夜冷于秋。恨如许悲凉，全非人世，直是荒丘。悠悠。上天下地，有不知我者问何求。我问红桥春水，谁教无语东流。

其妙处在深刻真挚，决非彼空言叫嚣自诩爱民救世之伪人道主义者所能道出。确是我辈智识阶级、生活及感想皆较彼军人乞丐贫民为优胜为丰裕为精细者之实在心理。其哀矜之情，出乎真诚，不求人知，不敢自喜，虽乏实行救济之力，而对于社会之道德责任心，固极强也。因忆黄节先生（晦闻）民国十五年《十一月初二雪夜归作寄俞伯敭》，念及是晨“过法部前街，路旁一妇两雏哭声甚哀，未及下车给予银钱，归后思之，歉然于怀”，诗云：

醉归今日得平安，便卸狐裘近火盘。一雪趣行卿独急，九街严逻夜逾寒。灯前未至伤饥冻，道侧犹闻有哭叹。将意入诗庸足补，痛哭全国付群残。

附录吾友人某君民国十六年七月十六日《过打磨厂见人力车夫倒毙于途多人围观》诗云：

悽然道左一尸横，暑热缠身尚急征。坏灭无常伤造化，勤学终匮叹民生。能甘事畜完天职，未能猖狂窃世名。贵贱贤愚同荡析，阎浮界外倘清平。

顾君词之佳处，即在其意思重叠，一句一转，愈入愈深，以其感情皆自然流露，故词句能戛戛独造，不蹈因袭，此乃忠于自己，忠于艺术者之所为也。

顾君词中所铸入之新材料（二）曰生活劳忙之苦。闻友言顾君现任天津（河北天纬路）河北省立第一女子师范学校国文教员，夫每星期授课二十小时以上，改卷数十百本，薪金积欠半年，校中风潮迭起，平日应付周旋于校中当局同事之间，又常遇无理取闹有意为难之学生，凡此皆身为教员者所同受所恒经之苦痛，谅顾君亦难幸免。按近世之生活日益机械化、功利化，使人劳忙困迫，不获喘息。即在美国，为教员者，已患工作之繁重，无暇深思冥想，成为粹美之人文学者。司教育者又追求所谓教授之效率，以一定之方式，驱策教员，使皆疲于奔命，急见成绩，而学生初未受益。若在中国，加以战乱之频仍，经济之困迫，一切生活位置之不安定，为教员者苦更不可胜言。尤可憾者，教育为智识阶级最大之出路，欲长期努力于学问而洁身自好之士，舍充任教员殆无他途，然此辈志行既高洁，感觉复灵敏，故其所受之痛苦，更比他种职业中人及仅因饭碗问题而为教员者为深且巨。痛苦如此，欲不借诗词文章以发泄之，得乎？老辈讲道德者，每责人以学养，谓汝虽有苦痛，亦当克除，而不当表示。此言吾殊不赞成，以为不近人情，盖老辈所度者乃闲适优游之生活，今日我侪境遇之困迫，生活之繁忙，感情之复杂，断非吾父吾师所可知所能解也。虽然，表示痛苦感情之法，又须以精炼之艺术出之，皆不可流于油滑率易。盖表现自我固为诗词创作之唯一要事，但所表现之自我，不当为（1）粗浅暴厉，骄妄空虚，毫无学识修养，临事纵性任情，类似动物原人之自我而应为。（2）深思明辨，广读博览，富情依德，笃志力行，具有绝大学问，绝大智慧，绝大经验，锻炼成材，能实现理想之自我。如仅有第（1）种自我，而不图上进于第（2）种自我，则其创作之诗词，亦难为崇伟之杰作。易言之，吾之主张如下：凡作诗词等，首当表现自我，出以真诚，但此自我必须有价值，故欲为伟大之创作者，应先勉为伟大之人物。所谓伟大之人物，非以地位职业财产名誉言，乃以知识感情道德经验胸襟气度言，天爵之所尊，非人爵之所贵也。天爵真，人爵伪，天爵永久长在，人爵顷刻即亡，天爵中有合理之平等，人爵则迷乱颠倒，生于偶然之机会。古今东西伟大之文学艺术作者，皆贵于天爵而贱于人爵者也。惟然，故若辈之痛苦乃较常人为甚，其宣泄苦痛之需要亦较常人为急。但其在文学中作品中宣泄痛苦之方法与态度，则与平常之作者异，所异者何在？细读屈原、但丁、杜甫、弥儿顿等之所作而可知也。今试观顾君所以表示今日中国身任教员者生活痛苦之方法与态度为如何，《无病词》十三页《行香子》四阕（三十初度自寿）表示最为完整明显。其第三阕云：

近来生活，力尽声嘶。问几人怜，几人恨，几人知。少岁吟诗，中岁填词。把牢骚、徒做谈资。

《无病词》十五页《木兰花慢》云：

文章。有如爝火，只人生、到此慢凄凉。君看孤星一个，尚摇万丈光芒。

《无病词》二十二页上《青玉案》云：

闷无人理，愁无人管，病了无人问。

同页下《临江仙》云：

脑海时时翻滚，心苗日日干枯。昔年故我变今吾。莫言今已老，不老便何如。

《无病词》二十三页上《绮罗香》云：

万斛闲愁，掮起掉头而走。挣暂时、眼下安生，经多少、不堪回首。

同页下《水调歌头》云：

为问先生何事，连日登台说法，意气转飞扬。尝遍人生苦，有泪且深藏。

《味辛词》十一页上《蝶恋花》（丁卯除夕）云：

半卷新词重点检。对影凄然，写罢从头看。爆竹向晨犹不断，声声打得心头颤。

《味辛词》十七页下《鹧鸪天》云：

新苦恼，旧心情。廿年湖海一书生。只缘我是无家客，却被人呼面壁僧。

孤寂劳忙，情景如绘。又顾君《味辛词》十五页下《清平乐》四阕云：

晕头涨脑。忘却天昏晓。镇日穷忙忙不了。那有工夫烦恼。　闲言闲事闲情。而今一笔勾清。领取忙中真趣，这般就是人生。

眠迟起早。都把愁忘了。磨道驴儿来往绕。那有工夫烦恼。　我今不恨人生。自家料理调停。难道无花无酒，不教我过清明。

鸦鸣鹊噪。妙处谁知道。听说疲牛还吃草。那有工夫烦恼。　天公真没天良。催人两鬓成霜。愁里翻身坐起，我能享乐穷忙。

天公弄巧。捉弄闲人老。近日忙多闲苦少。真没工夫烦恼。　任他春夜凄清。新填数首词成。唤起天公听我，仰天大笑三声。

此真今时文人为教员者之真生活真感情，写来自然深刻。吾友某君亦有《感怀诗》二首（民国十七年）云：

落叶堆阶绿转丹，秋阴黯黯渐催寒。无跟岂意情为累，有志徒伤力已殚。劳喘真同牛马走，枝栖未比鷦鷯安。投身便向清池了，得失盈亏等量看。

剥蕉幻梦层层尽，饮酖心情惘惘非。愁极竟无人可语，理深终使愿长违。文章适性绝闲日，罗网牵身阻道机。锻羽韬光惊老近，哀歌空自苑芳菲。

以其所写之生活情景与顾君甚相似，故录之以为比较。顾君《味辛词》二十一页上《风入松》云：

中年如此无聊赖，是堪怜、还是堪嫌。索性吐丝作茧，一生直似春蚕。

吾人读此，顿忆王国维先生（静安）以蚕喻己身并喻一般人生之诗，其词旨至为悲苦。该诗已录登本副刊第二十二期《王静安先生与晚清思想界》文中，今不重录。王先生词中有句云："坐觉亡何消白日，更缘随例弄丹铅。"盖王先生少时心境已甚消沉悲苦，殁后人始有知之者。王先生之词，不但意境高超，自然浑成，且深含人生哲理，是真能以新材料入旧格律者之好榜样，造诣复绝，而数近世词人者多不及王先生，殆以其词名为考据之学所掩乎？今当王先生自沉于颐和园二周年之期，吾人因读顾君词，不禁又哀悼王先生矣。

综上所录，顾君表示一己生活及感情之词，虽非崇伟，然皆深至真切，殊可称也。

顾君词中所铸入之新材料（三）曰浪漫之情趣。所谓浪漫者，非仅儿女艳情，举凡奇伟之思想，仁侠之行事，超乎平凡，迥异庸俗，而绝去功利自私之见者，皆属于浪漫之范围。中国旧日之文学中缺乏近世西洋文学中之所谓浪漫特质，然中国古人以身殉道之义，及历代慷慨激昂忠孝节烈之行，悉是浪漫。如仅以饮酒狎妓为浪漫，渺乎小矣。西洋近世之浪漫主义，其要素凡二：一曰尊崇女性，以所爱之女子为理想之寄托；二曰崇拜自然，以一己为自然之友而人类之敌。前者起源于基督教之崇祀圣母马利亚及中世之骑士歌者，后者起源于文艺复兴以来之极端个人主义与十八世纪卢梭等之返乎自然之说。自西洋文学传入中国，此二浪漫要素乃影响中国文学。近世中国诗人之具浪漫性者，前有龚定庵，后有苏曼殊，并为人所称赞。然真能以西洋文学中之浪漫情趣注入中国文学中而成奇伟之创造之业者，在今尚未有见。其故因旧派老辈作者不知西洋此种情趣，新派作者知之，而完全破坏旧文学中之形式体制格律，虽有此材料，亦不克善用之也。近年尝见年少之旧派诗人中，颇有以浪漫情趣合乎严整工细之艺术者，斯诚一好现象。今观顾君之词，格律既工，而甚多浪漫之新情趣，举一二例。《无病词》三页《蝶恋花》（寄其夫人）云：

仆仆风尘何所有。遍体鳞伤，直把心伤透。衣上泪痕新叠旧。愁深酒浅年年瘦。　　归去劳君为补救。一一伤痕，整理安排就。更要闲时舒玉手。熨平三缕眉心皱。

又《味辛词》十八页下《意难忘》（纪梦）云：

回首生哀。恁分襟意绪，卧病形骸。依依花落尽，点点缀苍苔。多少事，没安排。便地角天涯。记那时，残阳冉冉，正下楼台。　　清眠梦见君来。似春阳乍暖，照进空斋。嫣然才一笑，蓦地万花开。春甚处，费疑猜。敢尽在双腮。梦又醒，窗前漠漠，只见尘埃。

斯皆如烹调，味浓且美而不着痕迹者。《无病词》四页上《钗头凤》云“隔邻女卸残妆未”，吾人遂忆法国 Alfred de Musset 之 Le Rideau de ma Voisine 诗（写片刻之幻梦也）。李思纯君尝译此诗云：

邻女之窗帷，徐徐自揭起。吾心痴构思，揭帷何意旨。殆于片刻间，招风取凉美。

吾相对开窗，突突心跳久。女殆欲知吾，是否相期候。

惜哉此痴念，如梦仅片时。邻女未窥窗，蠢婿相伴居。窗帷小揭起，狡狯风为之。

盖中国诗词而入以浪漫之情趣，则所成者甚似西洋诗之译成中文者矣。

顾君词中之所铸入之新材料（四）曰现代人之心理。西洋之浪漫时代早已过去，浪漫之情趣在中国文学中虽为新奇，在西洋文学中则已成陈腐。西洋现代智识阶级人士之心理，大都枯索悲苦，理智太过澄明，感情无所发泄，缺乏信仰而偏于怀疑，无复热诚而徒工嘲讽。思想复杂，矛盾突出，见闻繁多，迷离惝恍，想象力既湮沉，意志亦僵萎，心中极知某人之可爱而卒不能爱之，久已决定某事之当行而终不能行之。摧挫疑沮，消歇颓废，此种精神之苦痛，比之浪漫人物之绝望失恋者实远过之。斯乃衰世之特征，亦人生之绝境，稍读西洋现代文学作品及评论者，皆当知之。唯是此种不幸之精神、悲凉之心理，业已传入中国，岂缘今日世界密迩、一切流布迅速乎，抑人心自然之机，感于此，发于彼，不期然而偶合乎。顾君词中表现此种心理之处甚多，是亦可称。彼新派之百千作者，破除格律，恣意表现，其所表现者尚不外浪漫之情趣，而遵依保存中国文学旧体制旧格律之顾君，其词中乃能写出真正现代人之心理及精神，在顾君固足以自豪，而亦可证明真正之文学创造，贵得新材料者，不必先以破坏旧格律为能事也。

上文所举《味辛词》十四页上之《永遇乐》及十三页下之《庆清朝慢》，皆表示现代人之心理者，梦者幻象（Illusion），醒者解脱（Disillusion）也。此外（1）如《味辛词》四页《浣溪沙》第三、四首，则言归乡之无聊、故土之荒凉，而古人所谓思乡怀旧之情，今人不能有也。（2）如《味辛词》六页上《水调歌头》，则谓人世终难如意，愁事长存，而所谓天国乌托邦黄金世界之梦想，今人不能有也。十三页上《定风波》与此意同。(3) 如《味辛词》六页下《贺新凉》，则谓文章著作之名、古来穷苦潦倒文人所恃以为唯一之慰藉者，今人不能有也。(4) 如《味辛词》八页上《踏莎行》，则谓英雄之心肠事业，今人不能有也。(5) 如《味辛词》八页下《念奴娇》，则谓古来诗人伤春惜花之美丽之幻想，今人不能有也。(6) 如《味辛词》十三页下《摸鱼儿》，则谓今人看事过于清楚明白，感情枯塞，彼理想家之希望与浪漫者之奇梦，今人均不能有也。吾友某君《南游杂诗》第三十首云“曾经恨海苦为人，阅历多时悟本真。世态物情观了了，更从何地可安身。”亦即此意。(7) 如《味辛词》十六页上《最高楼》，则谓文人以发表思想宣示感情，求得同心而自获安慰者，今人不能有也。(8) 如《味辛词》十七页上《壶中天慢》“我误清明天误我，都自无凭无据”，则谓世事多属偶然，毫无定规，犹哈代小说中之人生观，古人信天命、得安乐，今人则不能也。以上皆合于所谓现代人之心理者。(参阅本刊次期罗素评现代人之心理。)

以上论顾君词中所铸入之新材料，共有四种，以下论顾君词之格律。

顾君词学稼轩，渊明明显，其于格律，所造甚深，而能加以变化，吾人所特注意者二事：(一) 者选辞用字、简单而真朴 (Simple diction)，不加雕饰，而能曲折达意，和谐传情，有时且近于白话，如《味辛词》三页上《玉楼春》云：

恰如花并不曾开，越发教人生寂寞。

又如《味辛词》十七页上《壶中天慢》云：

> 旁人笑我，说书生、无分小楼听雨。又说江南听雨好，楼在花深深处。我只摇头，凭阑却看，镇日风吹土。长杨垂穗，看他还似花否。　　忘了今日清明，午眠醒后，闷绕回廊步。我误清明天误我，都自无凭无据。如此人生，者般人世，却要人担负。打窗撼屋，一天风势如虎。

又如《味辛词》二十页上《浣溪沙》云：

> 已没半星儿雨意，更无一点子风丝。这般耐到几何时。

如此自然浑成，洒脱流利，固不嫌其为白话，而彼以作无韵律之白话诗自豪者，所作能及此百千分之一乎。（二）者顾君词中常加入现代流行之新名词。夫新名词非不可用，但须融化过来，能具融化之力量本领，则用之愈多愈佳，（参阅本副刊第四十及四十一期马勒尔白逝世三百年纪念篇）否则毋宁避去不用为宜。顾君所用新名词，如《无病词》三页上《蝶恋花》之“补救”，同页下《采桑子》之“颓废”，九页上《蝶恋花》之“单调”，十三页上《行香子》之“不作超人，莫怕沉沦”，十四页下《蝶恋花》之“爱神烦恼诗神病”，二十二页下《临江仙》之“脑海”与“新苗”，以及《味辛词》一页下之“死神”等，似皆能融化过来者，可为引用新名词之佳例也。

以上所举各条，求为吾人立说之例证，不必即为顾君集中之佳作与名句，读者勿以选本视之。如（1）《无病词》十九页上《鹧鸪天》，写天津之景况云：

黄云都带金银气，白雨还浮酒肉腥。

乃极有力量之佳句，吾侪常居天津者，感受当最深也。吾友某君《南游杂诗》第二十二首写上海之景况云：

更拓洋场竞侈华，真成狗马送生涯（注云是日申园赛狗）。此中但觉非人境，妖窟迷楼拟未差。

可为比较。（参阅本报五月十九日社评《赛马场中之民众》篇。）又如（2）《味辛词》二十一页下《浣溪沙》云：

人在动中心寂寞，山于静处意缠绵。

以及（3）《无病词》十四页上《鹧鸪天》云：

相思谁道催人老，使我情怀更少年。

皆佳句也。如（4）《无病词》二十一页上《天仙子》，则全首皆佳，兹不录。

以《无病词》与《味辛词》相比较，则（一）《无病词》中较多浪漫之感情，《味辛词》中较多上文所言现代人之心理。（二）《无病词》之较多个人之心情与柔靡之嗟叹，《味辛词》中较多国家之大事与雄壮之悲歌。（三）《味辛词》中《八声甘州》（哀济南）诸作，《无病词》中未见有其比者。（四）《无病词》中造句遣词，尚露痕迹（Self-conscious），不如《味辛词》较为圆融自然。且据吴芳吉君之说（见本副刊第五十六期《白屋吴生诗稿》自叙），谓上等诗人为宇宙之创造者，中等诗人为他人之同情者，下等诗人为自我之写照者。准是，则民国十七年出版之《味辛词》，较之民国十六年出版之《无病词》，实胜过之。凡为艺术家者，宜悬一至高之鹄的，绝对之标准，不必与他人争名，只当以我之近作与我之昔作比较，以觇我之创造精力及技术为增为减、为进步为退步。由此以谈，顾君自视其作词之成绩，当可欣然于心而有纯粹难名之乐。不日第三集出版，吾人尤望于其中得读更胜过《味辛词》中之作也。顾君勉之哉。

附录

顾随君来函

编辑先生大鉴：

贵刊第七十三期评拙作《无病词》《味辛词》一文已拜读，不胜惭惶。随之为词，自写其胸中所欲言而已，此外即在所不计，亦非所敢计。至与近世文坛诸作家争一日之短长，则尤非素心。闲尝与二三友人谈论，辄谓今后词坛已届强弩之末，静庵先生则回光之返照也。极盛难继，途穷则变，证之古今中外，莫不皆然。

至于随之好此而不疲者，故步自封，了不长进而已。馀生先生所评云云，不独使下走愧汗不止，亦且内疚于心已。更有恳者，自尊评出，各处同好，颇多来函索寄拙词，数日以来，积牍盈寸，唯存在无多，供不应求，其为歉然。敢请先生于贵刊中略识数语，代申鄙怀，庶乞醯者不至失望，而随亦可免于一一裁答之劳。更望函索者勿附寄邮票。再随原籍并非山东德州，合并附闻。敬候撰祺。

顾随上　十八年六月六日

评顾随《味辛词》*

赵万里

《味辛词》二卷，近人顾随著，十七年夏间排印本。其词直追稼轩，兼祧樵风，今之词人所不能为且不喜为者，乃见之于顾氏，亦可谓"不同凡响"矣。其《八声甘州·哀济南》二阕，慷慨激越，读之令人神往。其词云："记明湖最好是黄昏，斜阳射湖东。正春三二月，芦芽出水，燕子迎风。城外南山似幛，倒影入湖中。醉里曾高唱，声颤星空。此际伤心南望，有连天烽火，特地愁侬。便梦魂飞去，难觅旧游踪。绕湖边、血痕点点，更血花比着暮霞红。凭谁问、者无穷恨，到几时穷。"又一阕云："便将来重复到明湖，胜游总成空。任三更渔唱，数声柔橹，半夜荷风。只怕双擎泪眼，觅不到残红。点点青磷火，芦苇丛中。眼看春光又老，谩酿成春色，费尽春工。上九重天上，细问碧翁翁。甚年年、伤春不了，却一春、不与一春同。春归去、已匆匆了，莫再匆匆。"往读蒋春霖《水云楼词》《扬州慢》《台城路》诸词，已叹为感时绝唱，然较顾氏此作，直有人工与天然之别。其一结尤令人不能为怀，实非今之词人所能道也。其《浣溪沙》（真个今年胜去年）、《踏莎行》（放眼楼头，信非吾土）、《渔家傲》（楼外红桥桥下水）、《浣溪沙》（一日阴阴一日晴）、《鹧鸪天》（点滴敲窗渐

* 原载天津《大公报·文学副刊》第47期（1928年11月26日），署名"镜"。

作声）诸阕，无一不以淡语出之。凡吾辈所欲言而不能如此言者，顾氏皆能言之，而不假色泽堆砌之巧。读者试诵其《蓦山溪》（年年客里，看得春光贱）一阕，真切而有味，古今来词人，除朱希真外，实不多觏。三复斯集，当知吾言非溢美也。

《荒原词》序

卢宗藩

羡季取其近二年中所为词，命名曰“荒原”，又最录其所删旧稿如干首，命名曰“弃馀”，合为一册，将继其“无病”“味辛”两集而付印，且属宗藩为序。余自维既不能词，又不能文，将何以序也。虽然，吾两人订交且十年，羡季视余若长兄，余虽未敢即弟视之，然友朋中知羡季宜莫余若者矣，是则不可以无一言。

以余所知，八年以来，羡季殆无一日不读词，又未尝十日不作，其用力可谓勤矣。人之读《无病词》者，曰是学少游、清真；读《味辛词》者，曰是学樵歌、稼轩。不知人之读是集者，又将谓其何所学也。而余则谓：“无病”如天际微阴，薄云未雨；“味辛”如山雨欲来，万木号风；及夫“荒原”，则雰飙之后，又有渐趋晴明之势。余之所能言者，如斯而已。抑更有进者，八年中，作者每有所作，辄先以示余。余受而读之，觉其或愀然以悲，或慫然以思，或倏然意远，或磅礴郁积而不能自已。作者固一任感情之冲动而不加以遏止约束，而极其所至亦未必无与古人暗合之处。要其初，本无心于规规之摹拟，盖假词之形式而表现其胸中所欲言。当其下笔，不自知为填词，其心目中庸讵复有古人？唯其忘词，故词益工；唯其无古人，而后或与古人合也。然而羡季今兹病矣，故是集卷末诸词，虽不能自掩其倔强奔放之本色，要亦渐趋于平淡萧疏之途。

余不知此集出版后，作者尚作词否耶？余又不知作者此后如有所作，即循此途以进否耶？羡季尝语余曰：自来作家，年龄既老大，则其作品亦逐渐趋于硬化，而衰老，而干枯。宗藩每取昔之“无病”与今之“荒原”比并而观之，深惧夫羡季之作品亦将硬化也。郑板桥自序其词谓“人亦何能逃气数”，《荒原词》之作者殆亦难逃此气数也夫？

十九年秋日涿县卢宗藩序于旧京宣外之直隶新馆

关于羡季的词

——我对于《味辛词》《荒原词》二集的体会

卢季韶

一

羡季的词有《无病》《味辛》《荒原》《再青》[①] 四集，都是我亲眼看见编印、分赠诸师友的，并且从初稿到编订成书，早已数不清我曾读了多少遍。所以关于他的词，我应该写写我的体会和我对于他这个作者的内心的认识。因为我们是四十年的老友，在一城一地时常是天天聚首、漫谈、大笑、骂人；不在一城一地时，也常有书札往还，彼此相知较深，当然有责任写写。

然而最好还是不写，因为一，原集四册俱在，你读了自有你的体会和认识，不需我来赘辞；二，即使我写了，也未必写到他的词和人的扼要处——即他的“心花”的正中心处——不如你自读，自家欣赏体会为好。

但是我也想到，我究竟对羡季其人，对羡季之词还是曾有所见，也略有所知的，我如果写写我的体会认识，也许对于未曾见他的读者可能有点助益，所以我还是应该写；并且既是老朋友么，

① 再青，印行时改名“留春”。

也义不容辞。但这又不免“姑妄言之”之谈，请勿认真重视我的所讲，为要，为要！

二

古今诗人（羡季这样的词人也就是诗人，在中国古今诗人之中自有他的席位）在创作时采用的方法很多，很灵活，最常见的是：

一，用日常语言直叙所见、所感、所思，如：

陶诗：“采菊东篱下，悠然见南山。”（《饮酒》）

太白诗：“秦王扫六合，虎视何雄哉！挥剑决浮云，诸侯尽西来。”（《古风》）“君不见黄河之水天上来，奔流到海不复回。”（《将进酒》）“飞流直下三千尺，疑是银河落九天。”（《望庐山瀑布》）

工部诗：“剑外忽传收蓟北，初闻涕泪满衣裳。却看妻子愁何在，漫卷诗书喜欲狂。”（《闻官军收河南河北》）

稼轩词：“却将万字平戎策，换得东家种树书。”［《鹧鸪天》（壮岁旌旗）］“千年田换八百主，一人口插几张匙？”［《最高楼》（吾衰矣）］

二，用象征的表现方法，这也是极为普遍采用的方法，如：

太白诗：“浮云游子意，落日故人情。”（《送友人》）

杜诗：“风尘为客日，江海送君情。”（《送元二适江左》）“飘飘何所似，天地一沙鸥。”（《旅夜书怀》）“飘然时危一老翁，十年厌见旌旗红。”（《冬狩行》）“绝代有佳人，幽居在空谷。”（《佳人》）

蒋捷词："壮年听雨客舟中，江阔云低断雁叫西风。"（《虞美人·听雨》）

从方法方面讲，象征的表述方法可以提出千条万条，而从创作方面讲，无论任何方法，都是相互融合、相互渗透，互相激发、互为波澜，绝不能割裂孤立地看待、体会。诗歌之中五言绝句、七言古风也好，或二十字左右的小令、百字以上的长调也好，不管长短，它总是一个整体。句句行行，既是总体的一个部分，联络贯通起来，又是完整的整体。它不同于一部机器，拆卸下来就是几十几百个以至千万个独立的个体（零件）。如果对于诗词也拆开只取一句，往往是不知所云了。

三

我还想再说明一点，我且以为是十分必须的。羡季生于1897年，于1920年毕业于北大英文系，所以他是专学英国文、深通英国文学的。1919年的五四运动，对于他当然有一定的影响。他少年时代由于家学和自修，对于中国旧文学下过较深的功夫；五四以后，由于鲁迅的影响，读了不少十月革命前托尔斯泰等几个大作家的名著和东欧被压迫民族的小说，以至高尔基及十月革命以后的苏联文艺伟大的作品，所以我们可以说，在文艺的道路上，羡季所受东西方古今文学的启迪、熏陶是相当深厚的。在1920年后，从我认识他的时期起，我知道他曾写小说、散文，后来才渐渐走上专门写词的路上。还有，从1920年起直到他逝世，这四十年的时间内，他平时和师友往还的书札也颇不少，这虽不是有意的创作，却表达出他的平生，生活、思想、艺术发展的明暗曲折的经历和所达到的造诣，而且也是委婉、精湛的散文——我希望将来都能搜集起来编印成册，传之后世。我想我们读羡季的词时，不可忽略的一点是：他写的是旧形式的词，但是他的思想感情的境界则又远远超越于旧文人的精神境界。若忽略了这一点，不了解这一点，则对于理解和欣赏他的词的全部素质和精神，可能会发生一些“误差”——受了不应有的约束或限制。

四

羡季之词，这四集主要是在二三十年代所写，抗日战争前后也常写诗词，大约较少一些。抗日战争期间，他因小孩幼小未离开北京，但也只在燕京、辅仁任教，没有沾过敌伪学校的边。我则流亡到陕西，任课于西北大学，相隔数千里，仍是时通音问，函牍也常附来新写之词，亦即“新词共欣赏”之意也。

对于他这四集的名称，我也有一点体会。说“体会”，自然不免主观臆测的看法了。

既曰“无病”，又何来“呻吟”？又何来“味辛”？如曰“有病”，则又何“病”？我只提此三问，却无回答，因为一回答便落入迹象，也赋予了定型，便非原词的灵空之境了。

“无病”之后是“味辛”。无“辛”又何“味”之可言？那么，有“辛”又是何“辛”？于此，作者未尝明言，我亦不敢妄加推断。总之，尽在“味辛”中，随君欣赏，请恕我不打“妄语”。

无病么？有病么？味辛也可，味甘也可，皆是个人的自家心境，既是“心境”，是还未跳出“个人圈子”之外。然而个人的思想、感情，亦即个人心境，似不一定必受时间、空间之限制，因此今日（20 世纪 80 年代）的读者可以理解古人之诗（如三百篇），亚洲读者可以欣赏欧洲、印度作家之诗（如莎士比亚、泰戈尔）。

“荒原”“再青”二集则有所不同了。一方面它们是抒写个人心境的创作；另一方面也关心到创作当时个人心境所处的自然环境或社会环境，自然，个人心境离不开自然环境和社会环境，而着重点则在以环境衬托心境。既以自然环境或社会环境为重点，则重点已转移到对于自然和社会的认识或批评或希望了，既然这两个又不能也不应截然分为二类，因为它们原是相联系、相会通的。倘若一定要说明这是某境、那又是某境，认为是具体实境，遽予落实，那就变成了“社会学”或“心理学”，而不是“文艺”的欣赏或评论了。文艺欣赏总是读者各有所见、各有所会、见仁见智、深浅有别；各赏所获，不是蛮好么？

总之，这四卷词自有转变，后作已非前作，情调不同，思想实质也不同；然而又有重复、有联系，又自有统一。一个作家的感情、思想以至所有的创作，有主干、有分枝，有变化、有分歧，甚至有矛盾，而又是一个整体，整体之内，各部分可合可分，又不可以强分强合，但又始终是一个整体，这个整体包含着分歧、矛盾、统一……一个人的脑子不过拳头大小，而其中的变化繁杂却比全人类社会的复杂毫无逊色！

五

古今诗人多言愁。太白有“与尔同销万古愁”之句。易安居士又有“只恐双溪舴艋舟，载不动，许多愁”之句。贺方回则有

“试问闲愁都几许，一川烟草，满城风絮，梅子黄时雨”之句，为人所传颂。在诗人心中，“愁”真是既长久、又沉重，且是浩浩荡荡，无处不充满了“愁”的。还有，后代诗人也常谈到“绝代佳人”。“佳人”所指，有虚，有实，是真有其人，或是“理想”，既无法指实，又引人去寻索不已，其微妙的作用也就在此吧。

羡季词中言愁之句也不少，现在且不摘引论述。但在《味辛词》开卷几页，却多次讲到“游子”，如：

身是行人却送行。（《南乡子》）

送行都是行人。（《十拍子》）

已判同作游离子，好认他乡是故乡。（《鹧鸪天》）

“行人”是离家在外的“旅客”，“客中”“家居”，其景况是有很大不同的。“旅客”是何“处境”呢？

耳畔数声珍重，城头一片黄尘；漠漠秋空无去雁，淡淡西山横断云。（《十拍子》）

这里通过高空辽阔之境表达了别情寂寞之深之广。又：

不是他乡胜故乡，故乡景物太荒凉，篱边空看菊花黄。春夏秋冬尘漠漠，东西南北路茫茫，无山无水有残阳。（《浣溪沙》）

于此，别离之境，其荒残寂寞之感，已写到了何程度呢？

在这样的情怀重压之下，如何前进，继续生活下去呢？现实的生活不能不有所转变，但这转变能否即时就是一百八十度的决然转变？又究竟是情怀随着生活转变呢？可还是生活随着情怀转变呢？这恐怕也是交互反复的转变，不能简单呆板地划一吧。于此，可能也会因读者的理解、体会的不同而又有所区别了。

在 1920 年前后，正是旧军阀混战的时候，所以羡季词中有这样的反映：

……沙场炮火，深沟弹雨，愁也怎生愁得。试翘首、战云滚滚，江南直到江北。……万丈银河，可能倒挽，净洗平原血。家山自好，韶华未晚，君莫蹉跎悲切。……（《永遇乐》）

又：

……欲寻屠狗卖浆游，荒山平野余衰草。　　逐鹿中原，化蛇当道。鱼龙扰攘何时了。自家不肯作英雄，从今莫恨英雄少。（《踏莎行》）

又：

神州事，须英雄作，谁是英雄。（《八声甘州》）

旧谚有一句："人不能一条道儿走到黑。"这话太平常了，却又十分真实；又说："穷则变，变则通。"其意义是和前一句相通的。一个困难的或十分烦苦的处境，不能让它长时间困扰你而不跳出去；一个愁烦苦闷的情怀，也不能由它长久地压在心上不断地折磨你，自然要打碎它、摔（甩）掉它。

羡季于此也依自然规律而转变了，不谈（或少谈）自己的心境，而写到时代和社会的情景。"战云滚滚""化蛇当道"，有谁来倒挽银河，"净洗平原血"以救生民涂炭呢？"英雄"，就是一个英雄嘛，他可能是一个人，然而又可能是一个"象征"，这个转变从狭小之"我"转到"众生"，广大的"群众""人民"，这不是一个小转变吧？！自然，若以为羡季当时已是马列主义革命家，那也不对，因不全符合当时他的思想实际，但同时也不能判断说他的思想中一点革命种子的萌芽也没有，这同样也不符合他的思想实际。且再加两条具体的证明，以证他在转变：

> 人间事，须人作，莫蹉跎。（《水调歌头》）
>
> 说到文章还气馁，算个中事业词人小。（《贺新凉》）

六

从曹子建到太白、工部、放翁、稼轩，许多大诗人，安于、满足于写几首诗以了此一生的有几个？没有一个！空怀壮志，往往含恨以终者，并不是少数人。

诗人情绪、心境之变化只经一夜而突然变了的，可能只是少数，大多数是经过一段渐变的、反复的过程，旧的才步步消歇、飞散，新的渐渐发生、发展，以至壮大。羡季前三四部词集之有转变，也是如此。若因为是四卷，且四卷却又有所不同，因而生硬地断定每卷一变，中间有过三次变化，这就不免“缘木求鱼”，反而背离了文艺创作活动的真情真境了。

《荒原词》中有这样的句子：

> 水边点点光明灭，恰似春灯。恰似繁星。恰似游魂自在行。　　细思三十年间事，如此凄清。一个流萤。自放微光暗处明。（《采桑子》）

又：

> 落落眼中吾土，漫漫脚下荒坡。登临还见旧山河。秋高溪水瘦，人少夕阳多。（《临江仙·游圆明园》）

> 乱山衰草下牛羊。教人争不恨，故国太荒凉。（《临江仙·游圆明园》）

这几行不是把空阔荒凉写尽了么？岂止荒凉？人在这样的境地之中，其精神上的寂寞也同样达到了极点。于是我不禁想到清代黄仲则的诗：“悄立市桥人不识，一星如月看多时。”“荒坡”，还可能是“山野”，“市桥”则必定是“尘寰”，这人世间的“孤寂”实在远甚于在“荒坡”上。

我们再读一阕《鹊踏枝》：

> 不见春来，只见风沙起。乍觉棉裘生暖意，阳春原在风沙里。

他发现了“风沙”中的阳春，这发现不是一个小发现，尤其不是容易发现的；这是人生道路上的转折点，是从阴暗崎岖的谷底小路走到光明开阔的阳关大道上来了！这时作者的思想境界如何呢？

> 心苗尚有根芽在，心血频浇。心火频烧。万朵红莲未是娇。（《采桑子》）

又：

> 年华有尽，人生无价。待明晨早起上高楼，看江山如画。（《小桃红》）

以前的词句中是“漠漠黄尘”“断云一片”，如今则换为“看江山如画”“万朵红莲未是娇”了，再进一步则是：

> 心未老，鬓犹青。尚堪鞍马事长征。秋空月落银河黯，认取明星是将星。（《鹧鸪天》）

“将星”是什么呢？是否可以理解为他个人生活的标的或前途呢？

如此就明确肯定了新的目标，新的路程了。这是荒原的结束。并且进一步写出：

隔长林、夜灯一点，蓦向人暂有暂还无。鞭摇动、马长嘶了，踏过平芜。（《八声甘州》）

于是甩开荒郊废墟，跃过田野，去寻求华丽光明的世界了。

七

历来诗人在自己的诗词创作中常有“自况”之作，也就是以一首（阕）或几首（阕）来描绘表现自己的神形风度之作，这和画家也常有自画像一样，羡季也是如此。散见在各首（阕）中的单句很多，如羡季的“归云闪出满天星”（《山花子》），这里不作专论，所以不再多引。有的人一首（阕）诗词，或四（六、八）首（阕）成为一组诗（词），从几个方面写出“自况”。羡季的词中我提出三阕：

第一阕，《木兰花慢·赠煤黑子》，且录其下片：

豪英。百炼苦修行。死去任无名。有衷心一颗，何曾灿烂，只会怦怦。堪憎。破衫裹住，似暗纱笼罩夜深灯。我便为君倾倒，从今敢怨飘零。

另一首《贺新郎》：

……踽踽行来举头见，一队明驼迤逦。爱他有些儿画意。曲项高峰肉蹄软，想来从大漠风沙里。一步步，几千里。

庞然卧息长街内。又木然、似眠似醒，非悲非喜。偶一摇头铎铃响，声落虚空无际。有谁识、此君心理。万里长城曾见否，问凋零破败今余几。驼不语，蹶然起。

二三百年来北京近郊和近郊各县农民在冬季农闲之际（约当阴历年前三个月），常引着一队驴骡或骆驼去西山门头沟、周口店一带煤矿上去贩运煤块煤末卖给北京和各郊县的城市居民作为过冬取暖的燃料，这些贩运煤炭的农民因为手持的、肩扛的、怀抱的、口袋装的，都是煤炭，于是搞成了头目耳鼻满脸两手都成了黑的，在旧时的北京，便称之为“煤黑子”，这是一个颇欠礼貌的称呼。羡季对于他们不仅全无嘲鄙之意，却更体会到他们心灵境界的纯朴洁白，且引以自况了。特别是“衷心一颗”以下四句，若作为客观的画像似有些不大妥当，若作为作者“自况”来体会，就蕴蓄很深了。

骆驼又称“沙漠舟”，所以“想来从大漠风沙里”这句既切合骆驼实际来路的历程，却又不当加以文字的拘限，“大漠风沙”这样的自然境地也可比作人世社会的荒凉冷漠的情况。“凋零破败”问的是长城，这是历史上古中国北方边境的国防线，则问的也是旧时代三座大山的摧残破坏之下还有多少遗留下来的东西？——这是那时所有的有心人的共同关注的问题，所以这阕词对于凡是认识羡季而又对文艺有一定兴趣的人，对于羡季这个人的精神体貌的印象和由“明驼”和“煤黑子”引起的印象大约可能有一线相通吧？

又，《贺新郎》——自然一阕词的上片、下片常是密切相连的一个整体，绝不容轻易加以割裂，但是我们为了说明某一问题，或某一情况，暂时地把注意力集中到哪几句上来，也是可以的吧。对于这一阕《贺新郎》，我们且看下片：

> 我如引火烧枯苇。想霎时、飞烟万丈，烈红十里。众鸟纷纷飞散去，火舌直腾空际。制造得、无边欢喜。……

这究竟是一种什么境界呢？这个境界所表现的精神、心思（希望和倾向）又是什么呢？一个“如”字，只是假设之词，却写来十分轻松、灵动，而最后接着来的是“制造得、无边欢喜!”是谁欢喜？且又是无边的？这一点，羡季这个作者未予明言，另外一些读者也未见有所阐述，那么，我也就不敢贸然来逆测了。

八

最后，我想再谈一点羡季自己对于他自己的诗词创作所表示的看法。《山花子》：

> 往事织成连夜梦，归云闪出满天星。

《荒原词》的扉页就以红色字体印着这行。为什么呢？我以为这两句直可看作羡季自己对他的四集全部词的“总的评述”。——当然，这时第四集《再青》尚未编辑付印，我这看法虽不科学（因为没有实物为根据），但从感情上说，我还以为是合理的。

又，还看《贺新郎》的下片：

> ……唤天公、重燃灵焰，再添生力。心上伤痕知多少，开落心花狼藉。看心血、涓涓流溢。试把君尝，君应说，甚春蜂酿得花成蜜。同一笑，莫悲泣。

心已受了多处的创伤，“心血”也在多处流溢，而滴滴心血凝成了无数心花，娇红艳丽，每花的花心献出一珠珠花蜜，这是什么蜂酿造得如此香甜的蜜呵？这香甜是从伤残苦痛中升华得来的，我想：很多读者是能理解到此的！

可惜的是从抗日军兴，我流亡到陕南，约二三十年，我手头只有《味辛》《荒原》二集，没有《无病》和《再青》，又，廿余年邮寄来的词亦未集中整理，所以我只能就这两集谈谈我的体会，这真正是无首无尾只拿到中间一段，远不是他的词的全部或整体。从整体说，《再青》词之后到抗日军兴，时间虽不过几年，但毕竟是一段时间，这几年也总可有几十首词，加上抗战时期、解放战争三年、建国之后约十年，在这二十多年的时间内，羡季也不断有新词写出，都未及整理印行，这个缺欠我希望他的朋友（自然也包括我自己）、及门高足，和他的女儿们，能完成编印他的全部遗著的工作。因为这是 20 世纪 20 年代到 60 年代中国文艺园地中的一丛鲜丽的繁花。

1984 年 7 月 9 日写毕

《积木词》序*

俞平伯

春来无日不风。一日风又大作，天地玄黄，室中飞尘漠漠若无居人。忽有来款扉者，声甚急，启视之，则吾友顾君羡季也，以其新著《积木词》属序于余。羡季与余有同砚之谊，著有《无病》《荒原》《留春》词草，足以卓尔名家，其蜚声艺囿者非一日矣。仆不文，于倚声一道惭无所知，偶陈詹言，以为世笑，何足以序羡季之词，而羡季之词宁以吾序重耶。故羡季之问序于余，似小失之，而余忝颜受之不辞者，亦僭也。虽然，语不云乎："风雨如晦，鸡鸣不已。既见君子，云何不喜。"又曰："逃空虚者，闻人足音蛩然而喜矣。"畴昔之情既与之相若，则聊叙吾怀云耳。若夫羡季之词则所谓不托飞驰之势而芬烈自永于后者，后吾而览之者咸当自得之，固将无待于予言矣。序曰：

河曲之水，其源可以滥觞，及其东流而到海，则俨然挟怀山襄陵之势与偕。何哉？始纤而将毕者巨也。词之兴，托地甚卑，小道而已，积渐可观。及其致也，则亦一归之于温柔敦厚，遂骎骎乎与诗教比隆，方将夺诗人之席而与君代兴。向之幽微灵秀宛折缠绵之境，诗所不能骤致者，无不可假词以达之，如驾轻车而就熟路然。善夫张惠言之叙《词选》曰："其缘情造端，兴于微言

---

* 原载《词学季刊》1936年第3卷第2号。

以相感动，极命风谣里巷男女哀乐，以道贤人君子幽约怨悱不能自言之情，低徊要眇以喻其致。”常州派固多头巾气，唯此一语，实已洞达词心，非同河汉。斯怀也，为人心之所同，固长存于天壤之间耳，使其不言也，则亦漂泊而已，湮没而已。夫漂泊可也，漂泊而湮没亦可也，其长存于天壤之间者自若。虽然，使其以不言为无奈而以言之为幸存，则亦人之情也已。未免有情，谁能此遣。温其如玉，其貌然也，风流可怀，是谓词想。然则如何言之耶？斯怀也，里巷男女之所不能言，贤人君子亦不能言也。使里巷男女言之，则亦普通之歌谣而已；使贤人君子言之，则亦普通之文章而已，其奈此风流缱绻无奈之情何。假借之，然后可也。或假贤人君子之笔，以宣里巷男女之情；或假里巷男女之口，以写贤人君子之心，其归一也。于是乎有词曲，而词尤婉于曲。夫假借之道何？不假借可乎？曰可。夫情，有径而致者，有曲而致者。径而致者，不烦曲而致；曲而致者，径或不必遂致，致或不必尽也。

夫《花间》者，结集于五代之际，如泉始达，如花初胎，盖善以曲喻情而为词家不祧之祖。欧阳一序，最为分明，所谓“南朝宫体，北里倡风”，已道破词之本质，而“诗客曲子词”一语又为《花间》及其支流之定评。夫曰曲子词者，当不甚高，而出于诗客之手当亦不甚卑，不高不卑，自然当行，其成为一代之著作，千古之文章，亦一大因缘也。由是而南唐，而北宋，而南宋，其支流日益繁，其疆宇日益扩，别起附庸，蔚为大国。然莫为之先，虽美勿彰，先河后海，则《花间》夐矣。尝于《花间》得两种观照——实则凡词皆然，不独《花间》然，特在此两种区别尤为显著耳。或深思之，或浅尝之。不浅尝不得其真，不深思不得其美。真者，其本来之固然；美者，其引申假借之或然也。夫浅尝而得其固然，斯无间然矣；若深思而求其或然，则正是俗语所谓钻到牛角尖里去，吾未见其如何而有合也。作者亦有此意否？若固有之，虽洞极深微，穷探奥窔，亦无所谓深求也。若本无而责以有，深则深矣，奈实非何。季文子“三思而后行”，子闻之曰：“再，斯可矣。”三思且由不可，况乃过之。然必谓文辞之意穷于作者之意中，又安得为知类通方乎。赤水玄珠得之象罔。文章之出于意匠惨淡经营中者固系常情，而其若有神助者，亦非例外也。迷离惝恍之间，颠倒梦想之例，或向晚支颐，或挑灯拥髻；其逸兴之遄飞也，其文如之，则如野云孤飞矣，其深情之摇荡也，其文又如之，则如绿波之摇荡矣。亦有意乎？亦无意乎？安见其可浅尝而不可深思乎？又安见其浅尝之之得多于深思之之得乎？安见其浅尝则是而深思者非乎？彼谓一意者一词，一词者一意，如花相对，如叶相当，凡志之所之，笔皆可往，而笔之所宣，意辄与会；此盖已擅定意尽于文，而文章之意尽于想也，不特为事之所无，并非理之所有，貌似明清实难通晓，近世妄人之见，大抵类是。狂言信口，羡季其恕之。

及读自序之文，有曰：“顾醉时所说乃醒时之言，无心之语亦往往为真心之声。”知其于疾徐甘苦之诣，居之安而资之深，将有左右逢源之乐矣，则于吾言也，殆有苔岑之雅，而曰于我心有戚戚焉乎。今兹之作，得《浣花词》之全，更杂和《花间》，其用力之劬与夫匠心之巧，异日披卷重寻，作者固当忆其遇，而读者能不思其人乎。若夫微婉善讽，触类兴怀，方之原作，亦鲜惭德，虽复深自抑而曰："但求其似词，焉敢望其似《浣花》。"窃有说焉。夫似是者实非，似词则足矣，似《浣花》胡为耶？当曰相当于《浣花》可耳。然吾逆知羡季于斯言也必不之许，以其方谦让未遑也。其昔年所作，善以新意境入旧格律，而《积木》新词则合意境格律为一体，固缘述作有殊，而真积力久，宜其然耳。其发扬蹈厉，少日之豪情，夫亦稍稍衰矣。中年哀乐，端赖丝竹以陶之。今之词客，已无复西园羽盖之欢，南国莲舟之宠，宁如《花间》耶。荒斋暝写，灯明未央，故纸秃毫，亦吾人之丝竹矣。以"积木"名词者，据序文言，亦婴婗之戏耳，此殆作者深自抑之又一面，然吾观积木之形，后来者居上，其亦有意否乎？亦曾想及否乎？羡季近方治南北曲，会将深通近代乐府之原委，其业方兴而未有艾，则吾之放言高论也，亦为日方长而机会方多，故乐为之序。

丙子闰三月既望，俞平伯序于北平之清华园

怀念羡季*

冯至

今天，顾随先生的生前友好和他的家属在这里聚会，纪念他逝世三十周年。我不能参加，却有一些话想用书面向大家谈一谈。顾随字羡季，请允许我，下边的话我都直称羡季。羡季教学兼写作的生涯是从本世纪20年代初开始的，他那时交往的朋友如今多已不在人间，我不自量，我或许可以说是他老朋友中的一个仅存者。今天参加这个会的同志们可能都是30年代至50年代与羡季结交或受过他的教益的友人和学生，了解羡季会比我更多，但羡季早期的生活和创作，或许知道较少。我想在这方面略作介绍，也涉及一些我个人的看法。

羡季于1920年北京大学英文系毕业，曾有一小段时间在山东青州某中学教书，后来去济南省立女子第一中学任国文教员，将及四年之久。我不清楚是在青州还是在济南，羡季与卢伯屏先生同事。二人很快就成为好友，结下深厚的友谊。羡季写过不少诗词赠送给伯屏，尊伯屏为兄长。例如诗集里有“只君待我弟兄亲”“预期来世为兄弟”等句。抗日战争时期，伯屏约于1940年在四川逝世，羡季在北平闻讯后，一再填词哀悼，又提到“便教来世

---

* 本文系为纪念顾随先生逝世三十周年而作。选自冯至著《文坛边缘随笔》（上海书店出版社1995年8月出版）。

为兄弟，话到今生已惘然”，尤其是六首《定风波》，作者心潮起伏，好像永远不得安宁，感叹“廿载交游今已矣，来世，来生飘渺更难期”。伯屏不常写诗，但他出于真情至性，在他们结交不久时，写过一首五言绝句给羡季：“百日交非浅，一别情更深。知君具慧眼，识我有良心。”这完全是肺腑之言。这首诗我四十年前①偶然在伯屏的案头读到，至今不曾忘却。

卢伯屏是我的涿县同乡、北大同学卢季韶的长兄。他是一位名副其实的忠厚长者，他爱护他的弟弟，情如父子，远远超过一般的兄弟关系，他看待他兄弟的朋友也好像自己的朋友。他介绍我和季韶于 1922 年②起始跟羡季通信。饮水思源，若没有伯屏的热心介绍，我当时，也许甚至永远不知道羡季其人。所以我不惜笔墨，在谈我和羡季的友情之前，先提到伯屏，并向他表示敬意和感谢。

那时像我们这样的青年，大都不求人知，但对于知心好友，则唯恐彼此知之不尽，尽量把心里想的、眼前看的、读书得获的告诉对方，对方也以此相报。我和羡季由于对伯屏的信赖，很快就开始了频繁的书信交往。我们写的信如泉水喷涌，又如细水长流，延续了六七年之久，我们信里写的，往往有纵使晤面也未必能说得清楚的内容。我收到羡季的信，不据为己有，常给北京的个别少数朋友传阅。我写的信，羡季也不仅自己读，还在教室里读给他的学生们听。《新文学史料》1984 年第 2 期载有阎德纯写的《沉樱及其创作和翻译》一文，其中有一段提到与之有关的情

---

① 卢伯屏 1939 年去世，在卢处得见此五绝，从 1990 年逆推，当在六十年前。

② 当为 1921 年。

况："一个人的道路、爱好和成就，往往同别人的影响有关。在山东省立第一女子中学，沉樱遇到了一位毕业于北京大学哲学系（'英文系'之误）影响她一生的国文老师顾献（'羡'之误）季。这位老师文才出众，不仅给学生讲解诗词歌赋，尤其拥护新文学，一有机会就给学生讲解五四运动后涌现的新作家及其作品，给大家朗读他的朋友——诗人冯至给他的书信及其诗作，还给学生讲解英文小说。"羡季是国文教员，由于他熟悉英语，又喜读鲁迅小说和周作人当时的散文，所以在课堂上古今中外旁征博引，很能开拓学生的眼界，受到学生们的欢迎，因此也受到某些教师（尤其是英文教师）的嫉妒。

在通过书信互相了解的基础上，羡季有时在暑假寒假回家探亲之前，绕道北京和我与卢氏兄弟会晤，如夏日冒雨出游，冬夜围炉絮话，都写入他的诗词，其中一片深情仿佛还延续着二千五百年前《诗经·小雅》里"嘤其鸣矣，求其友声"的歌唱。

1924年夏，羡季辞去济南女一中的教职，接受青岛新成立的胶澳中学的聘请。他邀我先到济南然后一起去青岛度夏。我约在6月22日到了济南。那时济南还是家家泉水、户户垂杨，《老残游记》里描绘的风貌还没有多大改变。我和羡季几次大明湖上泛舟，历下亭前赏雨，品尝鲜嫩的蒲笋和某饭馆（吉元楼?）院内活水养育的鲜鱼，至今记忆犹新。我们于7月初到青岛。我们这两个土生土长的燕南赵北人第一次看见海，非常兴奋。无论是海，是山，是花木园林以及一些建筑，无处不是新鲜的。胶澳中学是欧战前德国兵营旧址，坐落在如今的湛江大路，到海滨浴场要越过一座林木郁郁葱葱的小山。晴日我们去海滨游泳，雨时在室内读书谈天。羡季从前写诗，这时致力填词，也读西方的小说诗歌；我则写诗，写散文，写不像戏剧的戏剧，杂乱无章，想到什么就写什么。有时也沾染旧文人的习气，我们出游到太平山顶，在石壁上题诗，致使一年后羡季在一首《蝶恋花》前半阕里写："一自故人从此去，诗酒登临，都觉无情趣。怕见太平山上路，苍苔蚀遍题诗处。"我题的是什么诗，早已忘记，但我后来每逢想到羡季的这首词，便暗自称幸，幸亏一年后苍苔便把它埋没了，以免在青天碧海之间继续丢丑。

那正是中国社会黑暗重重，许多青年人感到前途茫茫的时代。我们一方面沉浸于祖国诗词里优美而又忧伤的名句，一方面又像鲁迅所说的"摄取来的异域的营养又是世纪末的果汁"。诚然，那时羡季阅读的西方作家，也正是鲁迅这句话后边列举的那几个名字：王尔德、波特莱尔、安特列夫。一些互相矛盾的思想交错在头脑里，难以排解，更加上个人生活上遇到的闲是闲非，也增添烦恼。眼前暗淡无光，有时也鼓起勇气，说几句豪迈的壮语，既鼓励朋友，也聊以自慰。羡季早期词里有不少处反映着这种心态。

我是8月中旬离开青岛的。我们朝夕相处，过了四十多天，我对于羡季有了进一步的了解。他在众人中间，从来不表露自己，显示才能，正如他后来在一首词里所说的，"处处追求寂寞，时时厌恶聪明"。但是对朋友，对他得意的学生，则敞开胸怀，无话不谈。我表示一点意见，写出一点东西，他若认为可取，就热情称赞，他若不同意，就不置一词，这沉默，我最初不大理解，经过几次，我觉得这沉默比批评还有分量。谈到鲁迅的小说，他都仔细阅读，认真分析其中的每个段落，甚至一句话也不轻易放过。

可是有一次我提到某诗人的诗集，说我写新诗受过他的影响，他一句话也没有回答，我立即明白那诗人在他心目中占的是什么地位。

我回到北京后，我们继续书信来往，他的信里常附有赠给我的词。一首《定风波》有这样一句，“那里友人情绪好，常道，风中乞丐雨中花”。读者或许会觉得乞丐与花并列，似乎不伦不类。这是我在1925年或1926年寄给羡季一首绝句（前两句我想不起来了），后两句是“春去与谁堪共语，风中乞丐雨中花”。那时在北京街头我最受感动的是狂风里缺衣少食的乞丐和霪雨中的落花。

羡季这时也写小说，在《浅草》季刊、《沉钟》半月刊上发表，有时署名“葛茅”。后来这两个刊物相继停刊，他的小说创作也停止了。可是二十年后，他于1947年忽然以惊人之笔写出长达三万余言的《乡村传奇·晚清时代牛店子的故事》，语言泼辣，情节离奇，辛亥革命前北方一个农村里的众生相好像跟鲁迅笔下未庄里的人物遥相呼应。

羡季于1926年9月来天津，在女子师范学院教书。那时天津是一个军阀统治下酒肉争逐、民不聊生的城市。羡季年已三十，更多地看见社会的阴暗，体会人世的艰辛，回想大明湖的春色，海上的风光，都不可再得，只是在一首词里说，“错把夕阳蝙蝠，当他燕子归来”。他的词风发生一定的变化。我们读到《鹧鸪天》：“向晓阴阴向晚晴，又来此地过清明。黄云都带金银气，白雨还浮酒肉腥。词不就，句难成。诗人莫怪少诗情。紫泥涨入桃花水，流过红桥不作声。”又如《御街行》的下半阕：“楼台车马知何似？似穷塞，非人世。明驼迤逦渡平沙，衰草寒烟无际。黑山列帐，黄昏吹角，夕照苍茫里。”前词形容混浊，后词比喻荒凉，正如后来他在《驼庵诗话》里所说的“一个文人要能用别人不敢用的字句”。此后他的词更多地摆脱前人的窠臼，形成自己的风格，开辟了新境界，表达出现代人的思想感情。

1927 年初夏，我们商量印行词集。羡季在天津编出上、中、下三卷，命名“无病”。他把词稿寄给我，我交给北京大学红楼地下室的印刷所排印，我尽我当时审美的水平，设计装帧，宣纸线装，书页上下两端留有较多的空白。羡季从词集里摘取两句能概括全书内容的作为题词，硃印在扉页上，这做法在过去的旧体诗集词集是不曾有过的。他后来印行的诗集词集都采用这种装帧形式，只是北平沦陷时期他印的词曲集，限于条件，就因陋就简了。书成后，他叫我给词集题签。羡季长于书法，朋友们公认他写的字苍劲有力，挺拔出众，我只在学童时临摹过欧体，此后毫无长进，而他自己不写，却教我写，我也毫不推辞，提笔写了“无病词”三个字。这中间没有别的话可说，只是由于彼此间真挚的友情。不料将及六十年后，他的女儿和学生合编《顾随文集》，又找我题签。我久不用毛笔写字，比当年更为荒疏，羡季晚年的友好中间颇不乏著名的书法家，他们的字能使封面更为生色。编者不找别人，却找到我，我十分感动，我仍然未敢推辞，就此用这四字题签来纪念我结交四十寒暑的老友。羡季著作中，最早的一部词集和迄今为止最后的一部文集都由我题签，我感到一种非语言所能表达的欣慰。

关于 20 年代以后的事，我本来还有许多话要说，但想到纪念会的时间有限，为了不耽搁大家的时间，就此结束。结束前，我再补充几句话，并连带谈一个故事。羡季多才多艺，写诗、填词、作曲，都创有新的境界；小说、信札，也独具风格；教学、研究、书法，无一不取得优越的成就；只是他有一时期说禅论道，我与此无缘，不敢妄置一词。但除此以外，他偶尔也写点幽默文字、调侃词章，既讽世，也自嘲。记得在20年代，他有一次生病，病重时他曾自拟挽联，上联是“昔为书生，今为书死”；下联是“人恨才少，我恨才多”①。他把这挽联写给朋友们看，带有开玩笑的性质，人们也觉得羡季自命不凡，有点“狂气”。如今平心而论，用这副自拟挽联概括羡季一生的才智，也未为不可。只是我认为，无论“才多”或“才少”，都不必“恨”。这个“恨”字写在这里，显得太重了一些。我真希望能有一次“故人入我梦”，我在梦里跟他商量商量，能否把这个“恨”字改换成另一个字？

1990年8月18日写，为9月2日用

---

① 此联见于1922年11月4日顾随致卢季韶书中，下联是“人患才短，我患才多”。

怀顾羡季八首[*]

郑骞

偶怀顾羡季四首[①]

羡季丁酉生，今年七十九岁，故都一别二十七年，音讯隔绝，未卜存殁。

毡笠棉裘独往来，在家学佛自堪哀。平生未得江山助，怅望千秋惜此才。

羡季自称在家僧。尝有《浣溪沙》词云：“莫笑衣冠似沐猴，青鞋毡笠木棉裘。”又戏作小诗云：“春来老腿酸如醋，雨后青苔滑似油。”四句合读，如见其长身瘦影，踽踽独行于燕京大学未名湖畔、成府村中。君河北清河县人，曾客居山东数年，一生踪迹未出此两省。

---

* 选自郑骞著《清昼堂诗集》（台湾大安出版社 1988 年 12 月出版）。题目为编者所加。

① 见于《清昼堂诗集》卷五，作于作者“乙卯七十岁”时，即 1975 年。

梦破江南烛影深，兰膏红豆试重寻。旁人未读香奁集，争识冬郎寂寞心。

韩冬郎《香奁集》《玉合》诗："罗囊绣、两凤凰，玉合雕、双㶉鶒，中有兰膏渍红豆，每回拈著长相忆。长相忆，知几春，人怅望，香氤氲。开缄不见新书迹，带粉犹残旧指痕。"羡季与余皆喜诵之。羡季有诗云："梦回忽失江南人，漫把天涯当比邻。醉后争言千古事，尊前谁是百年身。青山红树不知晚，霜鬓黄花相与新。万里途中远行客，大家各自老风尘。"诗中有人，呼之欲出。

平生风义友兼师，弱翰惭无绝妙辞。却忆昔年相勉语，危栏独自倚多时。

《礼记》云："十年以长，则兄事之。"羡季长予九岁。李义山诗："平生风义兼师友，不敢同君哭寝门。"民国十八年与羡季共事于河北省立女子师范学校，曾书沈秋明师词句"更寻高处倚危栏，闲看垂杨风里老"为条幅见赠。又赋《采桑子》小令题予词稿云："文章事业词人小，如此华年，如此尘寰，为问君心安不安。双肩担起闲哀乐，身上青衫，眼底青山，同上高楼再倚栏。"盖勉予努力从事于诗古文辞，而毋倚声自限也。至今四十余年，垂垂老矣，始终徘徊于考据词章两途，因循散漫，一无所成，俯仰平生，深孤厚望。

念旧怀人百感并，登高望远暮云横。殊方自古无鸿雁，此老凭谁问死生？

近始得知，羡季早于一九六〇年九月六日在天津病逝，年六十四。予作此诗，君殁已十五年矣。乙丑编集时记。

检编诗稿怀顾羡季二首①

少时期望感殷拳，散漫因循五十年。今日篇章差可读，编成谁与寄重泉。

故人坟树久成阴，零落遗编何处寻？待得河清吾已老，眼前一字抵千金。

旧藏羡季遗著多种，劫后散佚，仅存“荒原”“霰集”两词集。其门人弟子必能搜辑印行；予恐不及见矣。

顷者，羡季全集业经出版，予得及身亲见，欣慨交集。丙寅盛暑中识，时自编诗集亦将竣事。

论书绝句一百首其九十四　顾随②

屋梁落月念词英，曾见云烟腕底生。三百年来无此手，却将加倍许秋明。

---

① 见于《清昼堂诗集》卷七，此卷为“七十后作下”，起自1981年，讫于1984年。

② 见于《清昼堂诗集》卷十，此卷为“论书绝句一百首”，1982年冬始稿，1983年夏写定。

杜甫《梦李白》诗："落月满屋梁，犹疑照颜色。"又《饮中八仙歌》咏张旭云："挥毫落纸生云烟。"羡季有句云，"壮岁旌旗世已惊，人英落落更词英"，谓辛稼轩。羡季以词名于世，余事临池，工行楷，笔力圆劲，格在欧虞间。曾见其作字，运笔快速，顷刻数纸。燕大同学严君誉为"三百年来无此手"。羡季闻之曰："然则沈先生是六百年来无此手也!"羡季北大毕业，亦沈师弟子。

论诗绝句一百首其九十六 沈尹默 顾随[1]

秋明诗少江湖气，无病词多现代情。落月屋梁念师友，初闻无病自秋明。

秋明诗云："自写情怀自较量，不因酬答损篇章。平生诗少江湖气，怕与时人说短长。"此诗未存稿，予得自口述。羡季以词名世，一生精力萃于斯，能以现代人生活情调纳入倚声。诗不多作，而七言律绝有极佳者，词为诗余，羡季则诗为词余也。

羡季印行其第一部词集，名《无病词》。沈师在燕京大学授课时，为诸生评介，评为"佳作"，予始知有其人其书。旋经挚友刘公纯锡嘏之介，会晤定交于北平汇文中学东斋，时为民国十六七年冬春之间。

---

① 见于《清昼堂诗集》卷十一，此卷为"论诗绝句一百首"，1986 年冬始稿，1987 年仲夏写定。

生挽顾羡季联语*

郑骞

湘人欧阳某，忘其名，集唐诗为联挽曾文正公云：

平生风义兼师友　万古云霄一羽毛

上联李义山，下联杜子美。工稳自然而气象雄阔，挽者与被挽者之身份与关系，尽在其中，且俱为第一流诗人之名句，洵所谓“文章本天成，妙手偶得之”。予曾用其语撰联生挽友人顾羡季云：

东坡长山谷九龄，平生风义兼师友；
诸葛胜子桓十倍，万古云霄一羽毛。

羡季丁酉生，长予九岁。东坡生于宋仁宗景祐丙子，山谷生于仁宗庆历乙酉，亦相差九年。刘备谓诸葛曰：“君才十倍曹丕。”见《三国志·亮传》。羡季颇讳言生死，联成，未敢相示，亦未敢示他人。此联只可附于文字游戏之列；以予比子桓、山谷，令人失笑，羡季又焉能望诸葛东坡耶。羡季体弱多病，年甫五十，已呈

---

* 选自郑骞著《中华现代学术名著：从诗到曲》（下册）（商务印书馆 2015 年 7 月出版）之《永嘉新札之余》。

衰象，今年七十九，音讯隔绝二十余年，不知无恙否？

顾羡季诗词①

予来台湾时，失书一簏，羡季诗词集在焉；台湾公私藏家竟无一有其书者，容再访之。集中佳作，予昔年多能成诵，今已大半遗忘，偶忆数首，录出于下：

扑面轻风不起尘，河冰微泮乍宜春。拟沽薄酒消长夜，还惜中年抱病身。一事成名长短句，只君待我弟兄亲。故乡故国俱无着，剩把愁心托故人。

——赠卢伯屏

梦回忽失江南人，漫把天涯当比邻。醉后争言千古事，尊前谁是百年身。青山红树不知晚，霜鬓黄花相与新。万里途中远行客，大家各自老风尘。

——无题

知是留春是送行？一栏芍药忒鲜明。剧怜万木阴阴合，又听新蝉嘒嘒鸣。　　长记得，玉溪生。诗中解道碧无情。杜鹃啼得余春在，送尽春归是此声。

——鹧鸪天

短烛摇摇灺，初雪沉沉下。眇眇微躯，茫茫去路，漫漫

① 下录数首出于郑骞记忆，难免不确，兹据顾随词集订正，不再一一注明。

长夜。问何时突兀眼前来，有万间广厦。　　说甚真和假？说甚冬和夏？花落花开，年华有尽，人生无价。待明晨早起上高楼，看江山如画。

——小桃红

梦回忽失之“江南人”，实有所指。卢伯屏名宗藩，羡季挚友，热诚人也，亦以教国文为业者；北平沦陷初期，客川陕间，醉后服解醒药逾量，引发心脏病，一夕卒。玉溪生《咏蝉诗》：“五更疏欲断，一树碧无情。”此两诗两词，皆三十余岁时作，四十四五以后作品，似转不逮此，不唯才老，亦由境狭。羡季是奇才，惜平生踪迹不出河北、山东两省，无江山之助，未能尽其才也。

缅怀顾羡季先生*

魏际昌

50年代初，余与顾羡季先生同执教于天津师范学院（河大前身）之中文系，开古代文学课，合作无间甚相得也。先生光风霁月敦厚温柔，长余八岁，余每尊称之为顾老。亦以其为北大同门也(先生先余数届毕业于外文系)，先生亦昵呼余为魏兄。先生教学多方，博雅渊深而善于取譬，谈笑风生，使人解颐。尝愿学焉而惭才有未逮，课外谈叙尤多裨益。

顾老尝戏指附庸风雅而声情乖劣之诗人为“豆芽菜”，以其曳白不能自立之故。余则嘲之曰：“此犹愈于掐菜，尚有头尾在也。”先生戏曲之作一时无两，场面齐全，文武昆乱不挡。其嵌入剧作中之套数小令，多具独立成章之特色（如《祝英台身化蝶》剧中之“正宫端正好”“滚绣球”“倘秀才”等即是）。至其刻画人物之绘影绘声活灵活现，折子结构之严丝合缝珠玉双辉，更不待言。

曾谓余曰：“杨小楼不愧为‘武生宗师’，他不止是长靠短打都棒，白口清脆，武戏文唱，最难得的是能琢磨所扮人物的声音笑貌，使之栩栩如生地重现于舞台之上。如《别姬》之霸王‘垓下’一歌，凄凉悲壮，英雄美人，不得以成败论之。所以司马迁

---

* 本文系为纪念顾随先生逝世三十周年而作。选自《河北大学学报》1990年第4期。

为之作‘本纪’是千该万该的。反之，那位得天下的汉高祖，却真是个流氓，杀尽了韩信彭越一类的大将军，回到沛县家乡却唱起‘安得猛士’的《大风歌》来，何其不堪，所以睢景臣的《汉高祖还乡》的套数就写得妙，大胆，泼辣。”

又说小说《红楼梦》的人物道：“王熙凤美而能，使人销魂，是块当家人的材料，但，我不喜欢她。贾府里的丫鬟，我只觉得晴雯可爱，这不单纯因为她是黛玉的化身，可贵之处，在于她的情真意切，敢爱敢恨，爽朗干脆，快人快语，所谓‘任性’犹其余事。这曹雪芹把女孩儿们的心灵都吃透了，不只空前，可能绝后，真是古往今来一大手笔。”

顾老邃于佛学，尤精“禅宗”（凡“外道”“凡夫”“小乘”“大乘”等类）。他说：“六根（眼、耳、鼻、舌、身、意）清净，六尘（色、声、香、味、触、法）不染，谈何容易，这如同‘色即是空，空即是色’一样，乃是佛家‘有’与‘无’矛盾。‘大乘’（普度众生）‘小乘’（自家成佛）因有此病，盖不生‘大慈’曷有‘大悲’?”“无我相，无人相，无众生相，无寿者相”正是佛家“寂灭”之理。其虔修、苦度，所以为“来世”之“极乐”耳。

先生之《垂老禅僧再出家》杂剧有诗云：“薙发披缁空即色，参禅礼忏色非空，达摩无有西来意，一任泥鳅自化龙。”（第一折）又《仙吕点绛唇》云：“初祖西来，道传法外，非空色，任意安排，甚的不是菩萨戒。”（同上）虽有澈悟之词，非无清净之意，盖际生伪乱，家室多累，“古之伤心别有怀抱”也，非直为观美耳！迹其思维，余曾漫以“居士”呼之，顾老苦笑不应。嗟乎！“人之相知，贵相知心”，余岂敢自弄聪明哉。

顾老诗文清丽，书法妩媚，而惜墨如金，从不轻以遗人，更无论沽诸市井矣。居辄曰：“君子固穷，及其老也血气既衰，戒之在得。”言犹在耳，以视今之“货殖”者不可同日而语矣。

羡季先生平生以冯至老为挚友，诗文交流唱和极多。羡季先生及门之高弟子甚多，如周汝昌、郭预衡、史树青诸君子，均业有专长为当代名流。而其尤著者则加拿大籍之叶嘉莹女史也。因颂之以诗云：

悠悠顾老，师友无间。温柔敦厚，步武前贤。教亦多术，芳菲满园。翰墨飞香，守以清寒。名溢齐鲁，尽瘁幽燕。我之怀矣，旨在追远。

庚午初秋八十三叟魏际昌合十于河大之紫庵

又，今年9月2日为羡季先生举行纪念会，余撰《顾随先生纪念会序》如下：

清河顾羡季先生逝世之三十年，其友朋始得相与集会于北京而纪念之，意深远矣。盖先生：渊雅博大，霁月光风，居于仁，游于艺，与人恭，执事敬，为晚近鲜遘之学者，而际值国家多故出入靡常，使先生匆匆以去，未得常乐暮年竟其全功，为酸楚耳！余与先生桑梓同门，晚年又得共事一堂切磋经史，知无不言，尤眷眷也。先生之道德文章具在《文集》之中，其嘉言懿行亦备见于叶嘉莹、周汝昌诸君子所撰之述作，毋庸余之赘言。嗟乎！师道之不讲也久矣，今天少年喜谤前辈，矧能于三十年后垂涕泣以忆其先师哉，化行俗美此为楷模，余亦敬谨受教：殆先生古之遗爱也，是为序。

庚午初秋9月6日于保定

顾　羡　季*

张中行

1960年9月初，顾羡季先生卒于天津马场道河北大学住所，到现在已经二十年有余了。我总想写一篇纪念文章，也应该写一篇纪念文章。可是风急雨骤，安不下心，又即使写了也不会有地方发表，于是就“沉吟至今”。现在拿笔，当作“琐话”谈谈，变工笔为写意，也许未必合适。但暂时也想不出其他办法：传记之类，已经有刊在《中国文学家辞典》[①] 第二册的一篇（我参加起草）；新旧文学作品的释义发微之类，分量太重，我扛不动。不得已，只好舍正路而不由，只说说我自己在交往中的一点点感触。但这也有为难之处，是：谈别人，材料常常有限，唯恐不能成篇；谈顾先生正好相反，材料太多，唯恐一发而不可止。折中之道是大题小作，着重谈谈高文典册中不会记载的。

顾先生名随，字羡季，别署苦水、述堂等。河北省清河县人。他在北京大学是学英语的，毕业正是五四时期，自然不能不受五四精神的感染。但更重要的是他有才，富于诗情，在学业方面有

---

* 选自张中行著《负暄琐话》（黑龙江人民出版社1986年9月出版）。收入《顾随先生百年诞辰纪念文集》（河北大学出版社1999年6月出版）时，作者改题为《纪念顾羡季先生》。

① 当为《中国当代社会科学家（第二辑）》（书目文献出版社1983年3月出版）。

探险家那样的好奇心。这多种因素相加之和是多方面的成就都很高。他写新小说，鲁迅先生曾选入《中国新文学大系·小说二集》。他写旧诗、填词、作曲（剧本），单是出版的就为数不少。词比诗写得更多，风格近于北宋早期。曲也写了几种，有一次他同我说："不敢说好，反正韵律担保不错。"可见都不是浅尝，而是钻到里边。字学他的老师沈尹默，简直可以乱真。据我看，是锋芒较少而脂泽较多，正是各有千秋。以上都属于文的一面。但他又是深沉的思想家，文论方面的著作不少且不说；值得惊奇的是他不只熟悉儒、道，还通佛学，尤其是其中最难的禅学。关于禅学，下面还要提及。至于资历，如果不算细账，那就很简单，除了早期教几年中学以外，一生都任大学教授，直到归道山的一天。

顾先生在北京大学国文系任过讲师，也许由于来得较晚吧，我没有听过他的课。推想一定讲得很好，加上人好，学生一定能够深受教益。——也可以说不是推想，因为有人为证。一位是周汝昌先生，同我很熟，每次提到顾先生，他总是既恭敬又感激。另一位是叶嘉莹女士（住加拿大，我没见过），据说也是如此。以下说我亲身经历的。是 40 年代后期，我主编一种佛学月刊，筹备时期，觉得稿源相当困难，同学李君告诉我，说顾随先生喜欢谈禅，可以找他试试。其时顾先生住在北城前海北岸南官坊口，由他那里往西不远，偏南是辅仁大学，偏北是有人疑为大观园遗址的恭王府。我住后海北岸，走二十分钟可以到顾先生住处，于是就去谒见。顾先生身材较高，秀而雅，虽然年已半百，却一点没有老练世故的样子。我说明来意，他客气接待。稍微谈一会儿话，我深受感动。他待人几乎是意外的厚，处处为别人设想，还唯恐别人不满足，受到委屈。关于写稿的事，他谦虚，却完全照请求的答应下来。这之后连续一年多，他写了十二章，成为谈禅的大著《揣龠录》（已收入上海古籍出版社出版的《顾随文集》）。许多人都知道，中国的子部中，禅宗的著作是最难读的，有关禅的种种是最难索解的。我有时这样比喻，子部许多著述同是高妙，可是性质有别：就说《庄子》《荀子》等等吧，像是四大名旦演出，虽然高不可及，却都有个规矩；禅就不然，像是变戏法（新称呼是魔术），看了也觉得高不可及，却莫明其妙。莫明要使之明，先要自己能明，然后是用文字来表明。在这方面，顾先生的笔下真是神乎技矣，他是用散文，用杂文，用谈家常的形式说了难明之理、难见之境。我们读禅宗语录，都会感到，这些和尚都有个性，赵州是赵州，马祖是马祖；读顾先生的这部大著，这种印象尤其真切，只要一句半句，就知道这是苦水先生，绝不是别人。世间不少明眼人，第一章“小引”一刊出，就引来各方面的赞扬，这期间，顾先生常常生病，可是他的稀有的诚笃使他不能放下笔，每期总是如期交稿，稿用红格纸，毛笔写，二王风格的小楷，连标点也一笔不苟。十二章，六七万字，一次笔误也没有发现。我有时想，像这样的文稿，可以双料利用之：一是给写字不负责的年轻人甚至有些作家看看，使他们知所取法；二是装裱后悬在壁间，当作艺术品欣赏。遗憾的是，第十二章，也是最后一章的“末后句”，文稿交来，因为月刊不能再出版，竟未得与世人相见。直到80年代初，天气变好，风调雨顺，有机会印全集，我才把珍藏的手稿拿出来，凑成完璧。

我主编的佛学月刊，得到许多师友的支援；但由分量重、反响多这方面说，列第一位的是顾先生这一篇。当然，反响中有不少是说难懂的。难懂，是因为顾先生是顺着禅家的路径说禅，或说是在禅堂内说禅。为了化险为夷，顾先生希望我也写一篇，在禅堂外说禅。我很惭愧，学力差，又冗务多，一直拖到 50 年代初，才勉强凑成一篇，名《传心与破执》，请顾先生看。顾先生还是那样宽厚，没有打叉子，反而写了奖掖的跋语，后来一齐发表于 1953 年 11 月号《现代佛学》。

其时顾先生已经迁到天津，任河北大学中文系教授，住在马场道校内一座楼的下层。我有时到天津去，一定去看他。房子很大，靠南窗的大书案上，除书以外，总是摆着端砚之类的小古董。他说，到天津以后，在北京逛小市买小玩意儿那种乐趣没有了，现在偶有所获，都是他女婿曹君送来的。因为我也喜欢逛小市，买小玩意儿，所以他总是把他的新收获一样一样拿给我看。仍是像过去那样关心人，详细问我的境遇。也说他自己，说身体一直不好，背痛，简直干不了什么。

我觉得可惜，像这样一个人，竟不让他有个好身体。我说“像这样一个人”，意思是“罕见”，是“好”的方面的罕见。就学问说，他是集庾信与颜之推于一身。古语提到文人，有时说文人无行。顾先生正好相反，是文人而有高尚的品德。他精通诸子百家，可是用“道”只是待己；待人永远是儒家的“己欲立而立人，己欲达而达人”加释家的“发大慈悲心，度一切众生”。此外还要加上，他心道学而情不道学，所以能够典重而有风趣，写出那么多缠绵悱恻的诗词曲。我说这些好像是在作颂辞，其实我只是想说说自己的心境：因为他为人这样好，学术成就这样高，我常常是想减少一些因怀念而生的怅惘，但做不到。

由怀念自然会想到他的手泽。这可以分作两期：前期是在北京时期，后期是在天津时期。前期都是赠书，共八册，多数是诗词曲的集子。其中两册封面上有题诗，行书劲健流丽，可入妙品。诗不见于《苦水诗存》。一首是七绝，题在《苦水诗存》和《留春词》合册前，诗曰：

禅月空明息世尘，吾衰已久竟谁陈。
当前哀乐要须遣，论定千秋自有人。

一首是五律，题在《苦水作剧三种》前，诗曰：

未可成新梦，凭教觅旧心。清清零露坠，唧唧夜虫吟。
诗思入中晚，生涯一古今。博山烟缕缕，帐底自升沉。

这样的诗，这样的字，我每次看到，就禁不住陷入凝思。思什么？引顾先生笔下常见的一句话，“不可说，不可说”。

到50年代，我颇想集些前辈的手迹，当然不能放过顾先生，于是寄天津四张影印古籍宣笺，请他写。不久寄还，信中说：“……素不喜用宣纸作字，章草所写《心经》似尚可看，自书劣诗殊要不得……不佞自去岁病起，曾立誓不以诗文字三者应酬朋友，今兹为吾道兄破例矣。呵呵。……”所说诗是五古两首，题目是《癸巳（案为1953年）寒食日用苏东坡黄州寒食诗韵》，诗曰：

三年病垂死，今兹佳眠食。周命方维新，着意自爱惜。
相看两白头，静好鼓琴瑟。细雨洒春城，山中乃飞雪。
柳垂风有姿，桃开寒无力。朝来水边行，西山头更白。

二月已清明，余寒势渐已。高柳覆丛篁，一庵大城里。
西州花已繁，明湖茁新苇。友朋与弟昆，妙词书茧纸。
孰云隔影形，天涯若邻里。长吟动肺肝，既卧再三起。

诗雅字美，尤其可珍重的是皆如其人。而万幸，经过“文革”的大暴风雨，火化的什物不少，这件却安然地闯过来。

然而可惜的是更重要的方面，听说，印顾先生全集，有不少可收应收的却再也找不到。这是因为顾先生虽已作古，学术权威的称号是大家公认的；而在十年动乱中，学术权威当然是反动的，所以仍须清算。这一清算，纸灰飞作白蝴蝶，飞了就不会再回来。又，听周汝昌先生说，他原来保存不少顾先生著作，某先生借去看看，竟也一去不复返。剩下的，收入全集的，还能有多少呢？每想到这件事，总不免有人琴俱亡之痛。

先生之风　山高水长*

——读《顾随文集》

张中行

读者诸君想当都知道，这题目是借用范仲淹《严先生祠堂记》的最后一句。借用就不免将就。应该表明我的本意：先生指顾随先生，用不着说；风可以指作风，可以指文风，这里指文风，虽然文风也是作风的一种；就文风而言，山高指已定的成就，是就我的感知说，水长指未定的影响，是就我的希望说。这最后一部分的山高水长，意思还可以说得具体些，是成就很高，学步或进一步发扬光大之，虽然理当如此，却是不容易。

古人说，名者，实之宾也，意思是有名者必有实，所谓名下定无虚士；有实者必有名，所谓乃脱颖而出。其实则不尽然。纵目看古今，可以发现，有不少人是名过其实；还可以推想，必有不少人是实过其名，甚至有实而无名。如顾随先生就是实过其名。这样说，是因为，有不少亲近古典文学甚至研究的人也不知道，五四以后还有这样一位；而相反，某些人，即以诗词曲而论，只浅尝而大讲多印，却给人一种既专又精的印象。是非颠倒是世间的常事，不计较也罢。

因为顾先生是实过其名，关于名，限于最具体的经历，这里

---

* 选自《读书》1989 年第 11 期。

要补说几句。顾随（1897—1960），字羡季，别号有苦水、述堂等，书斋名倦驼庵，河北省清河县人。在本县上小学，永年县上中学。先入天津北洋大学，后转入北京大学，学英文，1920年毕业。一生过进学校面对学生、回家面对稿纸的生活。先教中学，在河北、山东等地；后教大学，始于天津河北女子师范学院，终于天津河北大学前身的天津师范学院①，中间较长时期在北京，有师范大学、北平大学、中法大学、中国大学、辅仁大学、北京大学等处。在大学主要讲诗词曲，因为有才，博学，文方面的，几乎无所不能，无所不精。举例说，佛家的禅，一般读书人总是畏或歧视而远之的，他却也读，并有很深的造诣；书法学乃师沈尹默，圆劲流丽，几乎可以乱真。为人朴厚，热情，健谈，教学有法，据我所知，受大教益的弟子不少，其中如加拿大籍华人叶嘉莹女士，与缪钺合著《灵谿词说》，红学家周汝昌先生著《诗词赏会》，都能抒己见，间或发前人之所未发，这本领有些就是从顾先生那里学来的。

以下可以转为说著作。上面说顾先生有才，恕我狂妄，他作古多年之后还说他兼有名士气。名士气的表现之一是可在乎应在乎而不在乎。他笔下出东西不少，出于口中的更多，可是除了自印几种诗词曲著作以及发表于报刊的一些零篇论文之外，大概自己都不留存。留存的一些，作古六年之后，“文革”的风暴起来，仍因属于“反动学术权威”而被清算，自然又失落不少。80年代初期，评价旧学之风有变，也是借了叶嘉莹女士外援的光，印全集以期嘉惠后学并纪念死者的梦想终于成为现实。集作品显然有

① 应为“始于燕京大学，终于河北大学”。

困难。克服困难的办法只能是众力成城加不求全责备。在这方面，除顾先生幼女顾之京以外，叶嘉莹女士和周汝昌先生都尽了不少力，如附录的《驼庵诗话》（兼论词），语简练而理精深，就是根据叶嘉莹女士的八册听课笔记整理的。我应该多尽力而尽力很少，只据所编佛学期刊《世间解》，集为谈禅的《揣龠录》。这样东拼西凑，只得五十余万言，印为一册，大概只能算作拾零吧。内容分上下两编，上编讲学，下编自作。讲学部分分为六组：第一组讲词，主要为苏辛词；第二组讲诗，主要讲曹操、李白和杜甫；第三组讲曲，主要讲关汉卿；第四组讲小说，主要讲《小五义》《说岳全传》和鲁迅。第五组讲《文心雕龙·夸饰》篇；第六组讲佛学，主要是禅和佛典文学。下编包括三部分，词选、诗选和杂剧选。以下还有附录的《驼庵诗话》，以及叶嘉莹女士的长篇评介《纪念我的老师清河顾随羡季先生》。

书由上海古籍出版社排印，于 1986 年出版，我得到一册。查扉页的题记，是顾先生三女之惠寄来，6 月收到的。翻看一下，虽然知道遗漏不少，但慰情聊胜无，还是既安慰又高兴。两三年来，我忙于其他杂务，没有机会再看。又是 6 月，三年之后的，一时得闲，需要读点什么，想到这本书。拿出来，择要看了一遍，所得和感触都不少。觉得应该写点什么。不是为死者，因为拙作《负暄琐话》有《顾羡季》一篇，已经把纪念的意思说了。写是为生者，用现在通行的话说，是他的文风有教育意义。这教育意义限定我写必须大题小作。大作就不能不谈他作的诗词曲（指杂剧）以及对诗词曲或说文学作品的看法。这不合适。先说作品，原因之小者是难讲。难至少有两种：一是牵涉的面会太广，以词作而论，如谈造诣和风格特点，也许就不能不提及沈尹默和俞平伯；二是“诗无达诂”，难于说清楚。原因之大者是时至今日，对这些还有兴趣的已经很少，没有人愿意听，当然以不讲为是。再说看法，这触及文学作品的各个方面，包括古今，太多，还是小节；大节是太深，比如诗词表伤感的情意究竟好不好，李飘逸、杜沉着能不能分高下，等等问题，都是看似实有、伸手又抓不住的，至少在这里，还是以躲开为是。那么，还有什么可说的呢？不多，但有用，至少是能够启发我们想到一些流行的文病，所以有教育意义。我想到的有三个方面：一是读书能够深入体会，不在表面滑；二是敢于并惯于说己见，不随波逐流，人云亦云；三是行文敢于并惯于以本来面目见人，没有八股气、讲章气、刺绣气和烟雾气。以下依次举例以明之。

一、关于读书能够深入体会。为了避免头绪纷繁，这里所谓书限于我国古籍。读古籍，正确理解不容易，深入理解更不容易。障碍有文字的，某符号表某义，古今常常不同，因而以今度古就常常会失误。障碍还有义理的，如“道可道，非常道”，常道指什么？不常的道指什么？很麻烦。更麻烦的障碍也许是意境的，“池塘生春草”，都说好，何以好？难言也。难言而还得言，这就需要心里和笔下（或口中）有大功夫。在这方面，我很佩服顾先生，他体会得深，而且说得出来。以苏、辛词为例，他选讲了三十六首，辛词《水龙吟》是这样讲的（为了读者能见庐山真面目，只好照抄）：

水龙吟

登建康赏心亭

楚天千里清秋，水随天去秋无际。遥岑远目，献愁供恨，玉簪螺髻。落日楼头，断鸿声里，江南游子。把吴钩看了，阑干拍遍，无人会，登临意。　　休说鲈鱼堪脍。尽西风、季鹰归未？求田问舍，怕应羞见，刘郎才气。可惜流年，忧愁风雨，树犹如此。倩何人唤取，红巾翠袖，揾英雄泪？

千古骚人志士，定是登高远望不得。登了望了，总不免泄漏消息，光芒四射。不见阮嗣宗口不臧否人物，一登广武原，便说："时无英雄，遂使竖子成名。"陈伯玉不乐居职，壮年乞归，亦像煞恬退。一登幽州台，便写出"念天地之悠悠，独怆然而涕下"。况此眼界极高、心肠极热之山东老兵乎哉？

此《水龙吟》一章，各家词选录稼轩词者，都不曾漏去。读者太半喜他"落日楼头"以下七个短句，二十七个字，一气转折，沉郁顿挫，长人意气。但试问此"登临意"究是何意？此意又从何而来？倘若于此含糊下去，则此七句二十七字便成无根之木、无源之水，与彼大言欺世之流，又有何区别？何不向开端两句会去？此正与阮嗣宗登广武原、陈伯玉登幽州台一样气概、一样心胸也。而且"千里清秋"，"水随天去"，浩浩荡荡，苍苍茫茫，一时小我，混合自然，却又抵拄枝梧，格格不入，莫只作开阔心胸看去。李义山诗曰："花明柳暗绕天愁，上尽层楼更上楼，欲问孤鸿向何处？不知身世自悠悠。”与稼轩此词，虽然花开两朵，正是水出一源。此处参透，下面“意”字自然会得。好笑学语之流，操觚握笔，动即曰无人知，没人晓，只是你自己胸中没分晓。试问有甚底可知可晓？即使有人知得晓得了，又有甚么要紧？偏偏要说无人知，没人晓，真乃痴人说梦也。前片中“遥岑”三句，大是败阙。后片中用张翰事，用刘先主事，用桓温语，意只是说，欲归又归不得，不归亦是空度流年。但总不能浑融无迹。到结尾处“红巾翠袖，揾英雄泪”，更是忒煞作态。若说责备贤者，苦水词说并非《春秋》，若说小德出入，正好放过。

通篇不及词句的释意，这是意在为上智说法。话都是评论，或说自己的体会。说开头两句为一首的主宰，好，理由与王国维《人间词话》推崇“菡萏香销翠叶残，西风愁起绿波间”是一路。其次是“落日楼头”以下七个短句，“一气转折，沉郁顿挫，长人意气”，可是这终归是由开头两句生发出来。所以最值得赞叹的还是开头两句，因为意境深而高，有阮籍登广武原、陈子昂登幽州台，物我混一的胸襟和气概。也同于王国维，顾先生论词特别喜欢早期的，李后主、冯延巳、二晏、欧阳修等，意境幽渺而语言平易自然，所以说“遥岑远目”三句不好，因为有拼凑用力的痕迹。辛弃疾填词喜欢用典，顾先生也不喜欢，因为，除了与平易自然不一路以外，还有借古人事表今意，总难得圆融无迹。

一般选本很少有这样的讲法，是都错了吗？当然不是，理由还是人各有见加诗无达诂。我想说的只是，专就解古典文学作品而言，近年有一种风气，曰解析，或赏析，甚至曰辞典，办法都是，重复句意之外，随着说几句修辞性质的好好好。话不少，都是在浮面上滑来滑去。读者所得呢，轻则看了等于不看，中则胶柱鼓瑟，重则把缺点也看成优点。总之是应该发人深省反而堵塞了思路，或者说，应该导向阳关大道反而引入死胡同。我有时甚至想，如果还想走上阳关大道，即主要靠自己的眼力深入体会，最好是不看，至少是少看解析、赏析一类书。要多看顾先生这样的。其中也许有不少或很多偏见，但他有见，不是在浮面上滑，就能够启发读者深思。思的结果也许是觉得顾先生的所见并不都可取，甚至都不可取，这也好，因为可以证明自己已经有了靠自力走上阳关大道的能力。

二、关于说己见，不随波逐流，人云亦云。只由《驼庵诗话》中抄一些例：

(1) 文学上变态固可怕，但白痴更可怕，这种人便毫无心肝，不要说思想，根本便没感觉。欣赏《田家乐》者盖皆此种人。

(2) 在黄（山谷）诗中很少看出人情味，其诗仅表现技巧，而内容浅薄。

(3) 曹子建有觉而无情思。《美女篇》虽亦写情思而情不真、思不深。

(4) 而陶有的诗其“崛”不下于老杜，如“且共欢此饮，吾驾不可回”（《饮酒》第九首）。然此仍为平凡之伟大，念来有劲。常人多仅了解“悠然见南山”，非真了解。

(5) 太白自然，有时不免油滑；老杜有力，有时失之拙笨。各有长短，短处便由长处来。

(6) 长吉幻想极丰富，可惜二十七岁卒。其幻想不能与屈原比，盖乃空中楼阁，内中空洞。

(7) 或以为苏、辛豪放，六一婉约，非也。词原不可分豪放、婉约，即使可分，六一也绝非婉约一派。

(8) 放翁诚实，看到就写，感到就写，想到就写，故其诗最多，方面最广，不单调。初读觉得清新，但不禁咀嚼，久读则淡而无味。

(9) 中国咏梅名句是“疏影横斜水清浅，暗香浮动月黄昏”（林逋《山园小梅》）。此二句甚有名而实不甚高。此二句似鬼非人，太清太高了便不是人，不是仙便是鬼，人是有血有肉有力有气的。

(10) 纳兰词只是不失赤子之心，此外更无什么东西。

所说多与常见有距离，有的甚至像是唱反调。谁对谁错？难定，也可以不管，因为这里想着重说的，不是“结论”的对错，而是“方法”的对错。方法有截然不同的两种：一种，依传统或随时风，人云亦云，是言己之所“闻”；另一种，不管来源如何，都要用自己的思辨能力衡量一下，然后言己之所“信”。就个别说，所闻也许是对的，所信也许是错的；但就长远和总体说，都言己之所闻，结果必是停滞和僵化。所以应该推重己见，提倡说己见。不幸这很不容易。举我自己感触比较深的二事为例。其一是关于古典诗文的评价的。很长时期以来，不少人，提到文，脑子里回旋的只是《古文观止》，甚至更收缩，只是《古文辞类纂》，限于八家。这种观点最明显地表现在各种选本上，翻来覆去总是那么几篇。其中有些，如出于韩文公的，思想浅薄，装腔弄势，以所谓气吓人，就很坏。为什么还选？追根问柢，自己不思索，人云亦云而已。其二是关于议论的表白方式的。常见的办法是，或大举，是引经据典，某某权威如何如何说，所以必是颠扑不破云云；或不大举，只是照本宣科，鹦鹉学舌，也就像是可以颠扑不破。真是颠扑不破吗？如果总是引经据典和照本宣科，这个问题就永远不能解决。所以，再说一遍，就不能不推重己见，提倡说己见。在这方面，顾先生是值得效法的，虽然他的己见，我们未必都同意。

三、关于笔下以本来面目见人。法国哲学家笛卡尔说过，读好书像是跟高尚的古人谈话。这是一种面谈的境界，以之为标准，有些作品，如嵇康《与山巨源绝交书》之类，是上好的，因为不只情意真实恳切，而且如见作者其人。可惜中古以下，文网日密，文人的矜持气日增，执笔为文，把自己的录像也全盘献予读者的越来越少了。顾先生是罕见的例外。举《揣龠录》第五章《不是不是》的开头为例：

> 中秋重九俱已来临，而又过去，天地肃杀，草木黄落，已是淮南子所谓“长年悲”的时候了。文人诗人，遮些日来，饮酒，持螯，赏菊，登高，插茱萸，看红叶……正在闲里偷忙，静中取闹。遮都不干苦水底事。苦水却别有一套，则是

> 每年此时的照例文章，其名曰伤风，作烧，头重，骨疼，而又加之以咳嗽。其实年年如此，毫不新鲜，今年满可以不须如此，然而仍然必得如此。有趣自然不见得。痛苦么？一个人如果常常生病，便不免习而安焉，是一位外国文人的话：病久了，药的滋味也觉得是可留恋的了。何况古德曾谓“病中正好着力”乎？
>
> 有一位大师，大约亦是伤风之余，上堂却说：“维摩病，说尽道理；山僧病，咳嗽不已。说尽道理，咳嗽不已；咳嗽不已，说尽道理。”苦水如今素咳嗽行乎咳嗽，一并无言可说，无理可申，只管咳嗽不已。然而昨夜中行道兄亲自送到《世间解》第四期，而且叮嘱说：“《揣龠录》的第五篇也该著手了。”苦水应之曰：“唯，唯。”遮唯唯并不是敷衍语，应酬语，却是佛家底不打诳语。自交了第四篇的卷子，我便已拟定了第五篇的题目，即是现在写在篇前的四个大字：不是不是。

这样的开头，有人会觉得，正是下笔千言，离题万里。对应之道大概是删吧？其时我忝为主编，却不这样看，而是觉得，读这样的文稿，不只见其文，而且见其人。什么样的人？或哭或笑的人，推心置腹的人。这就使文中的情意增加了重量。报刊上常见的宏论绝大多数就不然，而是有文无人，虽然声势浩大，却常常苦于情意像是不真，死气沉沉，因而读了会感到没意思。现在想，那时候所谓意思主要指兴趣；其实，笔下以本来面目见人，如果看作一种写作态度，其意义就不只是读来有兴趣。无妨大而言之，这态度的表现是怎么想就怎么说，积极的好处且不管，消极的，就可以正说之前瞻前顾后，因而想和说各行其是的文风。这文风还可以分化为四种气，或单干，或合流，即一篇中兼而有之。以下分说这四种气，一种是八股气，即用空话、大话、假话以宣扬既定的什么理。这种气源远流长，所以量最大，也就较难发觉，因而最值得警惕。另一种是讲章气。也是讲理，却未必是八股的理。特点在讲法，正襟危坐，隔几句就来个“必须指出”或“应该牢记”，表现为唯我独正确的样子。也可能是独正确，但是，就不能变道貌岸然为谈笑风生吗？再一种是刺绣气。最多地见于所谓美的散文中，形容词语很多，话曲曲折折，表现为扭扭捏捏，有颜色而无筋骨。这是文笔制造的一种境，现实中是没有的，所以不真实，并不可取。还有一种是烟雾气。办法是把不常用的术语、意义不鲜明具体的词语，先求多多益善，然后嵌在既冗长又不平顺的句子里，结果就使读者见文字之形而不能轻易地把捉其意义（也许竟至没有明确的意义）。据我所知，这种文风是近年来兴起的，有些人不只爱好，而且有理论，曰朦胧。依我国的传统，诗，尤其词，有些，其情意是难于把握的，但那是情意，不是语言。用刀而求其不能割，这想法总是有问题的。所以，就说是偏见吧，我还是爱读顾先生那样的，有一说一，有二说二，而且把面容和内心都献出来，让你看。

三个方面说完，结尾要照应开头，又想到山高水长。山高了，水也许不能长吧？真是逝者如斯夫！

禅内禅外*

——怀念顾羡季先生

张中行

今年9月6日，窗外又有长杨落叶声的时候，想到顾先生撒手而去，是整整三十年了。在此日之前四天，由顾先生的一些高足发起，在北京举行了逝世三十周年纪念会，我参加了。纪念会的后话是印纪念文集以免“言之无文，行而不远”。文集还不只一种。其中一种是河北大学的，曰学报专栏。也许因为我与顾先生的交往是禅引起的吧，编者希望还具体前行一步，说可以就佛学的因缘写一写。这使我一则以惧，一则以喜。惧，是因为自己所知甚少，不敢班门弄斧。喜呢，说来话长，是六年以前，我一则得闲，二则想偿一些心情的旧债，写了几十篇怀念旧人旧事的文章，集为《负暄琐话》出版，其中一篇题为《顾羡季》，就是追记与顾先生的交往以表示怀念的。又去年夏日，一时得闲，翻读顾先生遗著《顾随文集》，有高山仰止之感，拿笔，诗词曲等方面的造诣，重如九鼎，不敢动，避难就易，写了一篇《先生之风　山高水长》，专谈文风的广陵散，高不可及，给《读书》，刊于1989

* 本文系为纪念顾随先生逝世三十周年而作，初刊于《河北大学学报》1990年第4期，后作者又以《怀念顾羡季先生》为题收入自著之《月旦集》（经济管理出版社1995年11月出版）。

年 11 月号。这样，可写能写的像是都写了，而有纪念，我仍义不容辞，怎么办？编者的指点使我找到一条路，是围绕着禅想想办法。而禅，借用顾先生《揣龠录》中用为章题的话，是“不可说”；如果勉强说，就“不是不是”。但鸭子已经被打上架，又不能不说。两难之中挤出个办法，是古人早已用过的，赋海难，可以赋海之上下四旁。古为今用，是少说顾先生的禅，多说我的因禅而与顾先生的交往，以及因此而就难于忘掉顾先生的禅。难忘有理的一面，也有情的一面，心态都如《庄子·徐无鬼》篇所说：“自夫子之死也，吾无以为质矣，吾无与言之矣。”总之，很悲伤。悲伤，“仁者心动”之类，所以不敢说“纪念”，只是“怀念”。

顾先生和我都是（北京大学的）红楼中人，他 1917 年入学，我 1931 年入学，前后差十四年。他曾再度入红楼，在国文系任教，我没有听过讲。初次见面是 40 年代后期，在北京他的寓所“前海之后，后海之前”的南官坊口。其时我小材大用，主编一种佛学月刊《世间解》。约稿难，约讲禅的稿尤其难。知道顾先生是通禅的，于是大胆登门。以为十之九会碰壁，结果却出乎“意表之外”，他不但慨然应允，而且决定写连载的长篇。这之后我就催，就去取，他就写，大约一年有余，十二章完成，就是《顾随文集》上编收的《揣龠录》。揣龠是用苏东坡《日喻》盲人“揣龠，以为日也”的典故，表示所说都是瞎猜。这显然是客气。其实呢，他谈了禅法的各个方面，或者说，兼及表里，兼及知行，而且妙在推古德之心，置学人之腹，一并以散文诗的笔法出之。

禅，如语录等文本所示，“庭前柏树子”，“师姑元是女人作”之类，言在此而意在彼，很难领会。顾先生的散文诗的笔法，一半由诗来，一半由禅来，可谓兴之所至，轻按而海印发光。可是由读者方面说，就会如《老子》所说："上士闻道，勤而行之；中士闻道，若存若亡；下士闻道，大笑之。"上士究竟有多少呢？所以顿悟难；退一步，领会顾先生的揣籥所得也大不易。我是中士，读《揣籥录》总不少于七遍八遍，所得自然只能是若存若亡。这会高于下士的大笑吗？也不然，因为大笑之后还有话，是"不笑不足以为道"。我有幸，不只多读《揣籥录》，还与顾先生有这样那样的交往，所以对于顾先生的禅，自信还无妨以蠡测海。正面说，我觉得，顾先生小至逛小市，中至讲诗词曲，写诗词曲，写禅，大至为人处世，都是"不笑不足以为道"一以贯之。道是执着，悲天悯人；笑是不沾滞，或说超脱，以慧眼看一切。这是禅，至少是杂有不少禅的成分。不是马祖、赵州的禅，是苏东坡、严沧浪的禅。分别在于离俗世的远近。马祖、赵州不成家立业，没有教授头衔，顾先生有。这就可以分高下吗？也不尽然，因为，至少我看，禅的所得，由般若而波罗蜜多，或说究竟涅槃，终归是可望而难即的。为众生计，可即非常重要。所以祖师西来，禅东土化，不只茅棚，也通于樽俎揖让，直至吃喝拉撒睡，并不都是格的下降，而兼是致用的扩充。这具体表现为，行，也从俗，饮食男女；但心态不同，不是沾滞，而是超脱，即对于有些人视为有所谓的，却视为无所谓。顾先生的禅就是这样的禅，而且妙在，不只起而能行，而且坐而能言。这言，直接见于《揣籥录》，间接见于一切讲和作。专就为人说，顾先生"半是儒家半释家"，真挚是儒，超脱是释。可是真挚易见，超脱难见。所以这难见的一面，正如文风之为广陵散，更值得后学深思。

不好再说下去，因为，且不管根本的“不可说”；假定顾先生的禅为可说，也是“瞻之在前，忽焉在后”，用语言文字捉，只能隔靴搔痒。这难——只说顾先生的谈禅之难，是早有反映。那是《揣籥录》刚刊出两三章的时候，不少读者来信叫好，不少读者来信喊难，还有来信既叫好又喊难的。我想，这是因为：一，顾先生虽是在家人，讲禅却还是混在古德的队伍里，拈机锋，举禅杖，甚至也既棒又喝，而不直说命意所在；二，行文是为上智说法，草中兔，水牯牛，轻轻点染，要求读者因指而见月，闻一以知十。关系大的是前者，混在古德的队伍里，跟着马祖、赵州的脚步走，就难于俯就常识，变机锋、棒喝为家常话。诚高矣，不可及，终归是遗憾。补救之道是把嫦娥从月宫拉下地，卑之无甚高论。顾先生希望我试试。其时我还年轻，半瓶醋助长胆量，居然就想试试。“庭前柏树子”，要像登上小学讲台那样，说明就是什么什么意思，太难了。为了附顾先生的骥尾，我知难而不退。可是心为物扰，一直拖到 50 年代初才动笔。因为想变阳春白雪为下里巴人，只得改顾先生的禅内说为我的禅外说，即把禅看作处理人生问题的一种本不神秘的办法，用家常话讲。写成，近万言，标题为《传心与破执》，为了表示文由顾先生来，加个副标题，是“揣籥之揣籥，呈顾羡季先生”，刊于《现代佛学》1953 年 11 月号。为了说明这段因缘以及禅内与禅外的亲眷关系，想抄拙作开头的一部分，供有兴致的读者参考。（依原格式变直行为横行。）

提笔，想先说说提笔的因缘。已经是几年前的事了，顾羡季（随）先生慈悲，在《世间解》月刊上布施给读者一篇

《揣籥录》。那是一篇连载的谈“禅”的文章，由阿弥陀佛说到鲤鱼，意在言中，却又音飘弦外；至于文笔，则更是行云流水，拈来即是。对于这篇大文我有个特殊的因缘，在写之前后，印之前后，至少看过三四遍。看一遍，赞叹一遍，拍案几遍。但是可惜，并没有懂。这在理上像是说不过去，其实倒是应该的；就算作外行人看戏也好，到憋不住的时候，总要喊几声“好”的。不料我的放纵还不到此为止，“好，好，好”以后，嗓子发痒，又想小声随着哼几句。“泠风则小和，飘风则大和”，想顾先生也会曲为谅之的吧？不过只是心愿，笔是一直几年也没有拿起来。不拿笔，一来因为摸不着头脑，不敢写；二来因为机缘错过，不想写。于是就几年一瞬，到而今还落得个心愿。前几天，偶尔翻翻语录，觉得还是有一些意思要说，胆子壮了，就拿起笔来。

写什么呢？我想写“揣籥之揣籥”。这也有个来由。“生死事大”，古德好容易碰出一条路来，也想告诉旁人，只是急切寻觅言语不得，以致急得拈拄杖，绕禅床，忽东忽西，才上又下，像是大发其神经；又累得顾先生在倦驼之庵用几万字揣了又揣，直揣得前海险些儿移后，后海险些儿移前，这就表示一说到“禅”，人们就面对一个谜。这个谜有“底”没有呢？有，因为祖师西来不是无意；也没有，因为嘴皮须挂在墙上，一说便错。说，是下乘，即使不错，也总是不讨好，甚至煞风景。明冯梦龙编《笑府》有《赋诗》一则，说：

苏人有二婿者，长秀才，次书手，每薄次婿之不才。

> 次婿恨甚，请试。翁指庭前山茶为题，咏曰："据看庭前一树茶，如何违限不开花。信牌即仰东风去，火速明朝便发芽。"翁曰，诗非不通，但纯是衙门气。再命咏月，咏曰："领甚公文离海角，奉何信票到天涯。私度关津犹可恕，不合夤夜入人家。"翁大笑曰，汝大姨夫亦有此诗，何不学他？因请诵之。闻首句云"清光一片照姑苏"，哗曰："此句差了，月岂偏照姑苏乎？须云照姑苏等处。"

> 我这篇"揣龠之揣龠"就是想给古德堂上堂下的言动的像是莫名其妙来个"须云照姑苏等处"。这只是注脚，是揣之揣，因而写法便与倦驼之庵的大不相同。顾先生不失古德家风，虽然苦口婆心，还是神龙见首不见尾；我呢，只是车辙里的鲋鱼，不但上气不接下气，而且满身泥污。总之，我不过是想以下愚之力猜上智之谜。猜错了是意中的，那就可以博当行人如"苏人"者一笑；万一在某一点上得其仿佛，那就算作献给像我这样的望道而未之见也的同道们的一点参考资料吧。

以上所抄说因缘毕。以下入正文难得详说，大意是：禅有目的，不异于佛法，是灭苦。办法有别，是变日积月累为立竿见影，即求顿悟。悟什么？悟是非、苦乐等评价的不可信。视目所见为空，心所爱为秽，太难了。这难关，有些古德，据说，闯过了，也是依照佛法，要"众生无边誓愿度"。于是而有师弟的授受。而授受之间的奥秘偏偏不可说，因为说是用常，悟的所求是反常。这也是个难关，逼得已悟的师抓耳挠腮，颠三倒四，“庭前柏树子”之不足，而棒，而喝，以至画园相，作女人拜，等等。表现千奇百怪，却万变不离其宗，无非是，初步，破弟之执；进一步，传师之心。其意若曰，不是这个，是那个。那个是怎么回事？在哪里？偏偏又不可说。禅的看似奥妙在这里，而实际不奥妙也在这里。看似奥妙有作用，禅堂外的人惊，莫测高深；禅堂内的人参，或以为有所得，或以为无所得。总之，师所想的种种处方、疗效都未必能手到病除。未必能除病，价值何在呢？这篇小文因为只是谈师弟的授受之间，没敢碰这属于全面评价禅的大问题，等于仓促收场。

依照这篇小文的副标题所约定，写完，虽然只能算是半偈，也要“呈顾羡季先生”。顾先生宽厚，没打叉子就发还，并写了不很短的跋，照抄如下：

> ……复次，俗人多以为禅不可能。此其由来，则原于禅之不可知，不可说。“知者不言，言者不知”，此在今日治禅学者，势必推翻。禅决定可以知，既然决定可以知，便决定可以说。“不可以识之，不可以智知”，此言亦势须扔到臭茅厕里去！不然者，便仍旧在古人机境上做生活，更谈不到现代“禅”学！这里有一则话头，录出呈似一看（原出于苏联1950年出版的一部侦探小说）：
>
> 所谓直觉也和通常的论理思维过程一样，是需要合

> 理的推断的；换言之，所谓直觉也和普通的伦理思维一样，是完全要有事实作根据的。整个问题在于：要合理地解释“直觉”思维的结果是更困难得多……显然，问题在于：在这种场合之下，思想所指示的不是一条推理的不断的线，而是一种点线……思想的运动是由一个焦点跳跃到另一个焦点。所以从旁边看来，它会成为玄妙的，深奥的，不可理解的，而对某些人甚至是神秘的……

不是“不断的线”而是“点线”，“由一个焦点跳跃到另一个焦点”，此可为天才底（上乘、上智）古德的作工夫与说法下注脚。

吾辈今日治禅学，第一步须先做到将此“点线”联成“不断的线”，而出之于口，而笔之于纸，使夫浅学与下智者能有所摸索，有所遵循。不佞如此说，亦正可为道兄大作末尾所谓“通俗”一词作注脚也。至于“由一个焦点跳跃到另一个焦点”，不佞尚别有语在。有人谓尼采行之，譬如巨人(Giant) 在群山上，每一举步，便从此峰颠到彼峰颠。是故常人读之，每每不解所谓。天才底古德作工夫与说法亦复类此。吾辈今日说禅，要将巨人一步（即由此峰至彼峰）间之沟壑溪涧，陂陀丘陵，俯仰高下，凹凸坎埳，一一举似学人，使其虽不能如巨人之一步跨到，亦可以匍匐竭蹶，爬行而至焉。然此非述堂之所能胜任也。亦非由于述堂之年衰疾久，智减学荒。所以者何？此在上来一页纸中已言及之。述堂学禅自感性认识出发，故往往知其然而不知其所以然。如何能以语人且使闻之而知之？今兹道兄自理性认识出发，倘肯屈己为人，自然说来头头是道，使读者聆言之下，恍然大悟。说到述堂之感性认识，当其为己，奴仆风月，奔走万类，原不无其受用之处。若夫为人，则左说右说，终有搔不着痒处之叹。今得道兄舍身布施，夫复何憾？草草不觉又尽两页纸，欲言者尚不止此。

述堂白　八月九日

顾先生守佛门大戒，向来不妄语。因而跋语中的夫子自道，“说到述堂之感性认识，当其为己，奴仆风月，奔走万类，原不无其受用之处”，就更值得深思。且说我的领会，是他从开始就随着马祖、赵州，走到禅内，又因为天机深，才学富，所以能够悟入，得受用。我呢，“理性认识”是客气话，实际是站在禅外，推想“宗庙之美，百官之富”。但是，说句狂妄的话，也不无好处，是变不可说为可说；而且至少由用心方面看，是真希望“读者聆言之下，恍然大悟”。这希望自然不能实现，因为，一则自己还在门外，二则有限的文字说禅的大学问，难免力不从心。就顾先生的鼓励说，这是憾事，也只好不了了之。万没想到，三十多年之后，又因缘和合，我居然比当年胆量更大，决定全面谈谈禅。而且顽固不化加上态度明朗，写成二十几万字的一本书，名《禅外说禅》，“禅外”竟成了旗号。何以要这样呢？原因之一，是把顾先生的客气话看作期望，使读者恍然大悟，很好，想不量力，试试。

何以一定要站在禅外呢？先说外的意义，是站在禅堂之外，以平常人的身份，脚踩科学常识，看看禅是怎么回事。有的人，如铃木大拙等，会说，禅是非科学的，或干脆说是神秘的，脚踩科学常识，痴人说梦，必全盘错。我不这样看。理由有广的，是我们这个宇宙之内，形而上，有大神秘，比如这个整体何自来，将何往，有没有目的，确是有规律，规律何自来，是否永远靠得住，等等，很根本，我们很想知道，可是不知道；降到形而下就不然，种瓜得瓜，种豆得豆，以至于苦由于集，灭来于道，一切一切，都在因果规律的统辖下排列着，因而就不可能有非科学的小神秘。理由还有狭的，即由广阔天地退到佛门之内或禅门之内，《心经》“照见五蕴皆空，度一切苦厄”，这说法前一半是手段，后一半是目的，手段是为目的服务，即所求是灭苦，求顿悟以得解脱也正是这样，就其视乐可取、苦不可取而言，与愚夫愚妇的人生哲学并无分别。人，上至秦皇汉武，下至乞丐小偷，就其都受制于“天命之谓性”而言，须弥同于芥子，所异者不过是求的手段的形式及力量大小而已。参禅也是一种求的形式，视美女为污秽像是大奇，向下挖，到解脱而“常乐我净”，就又归入大流，一点不稀奇了。所以，我的偏见，是禅可以用科学常识讲，也应该用科学常识讲。这站在禅外就有了方便。方便之一是可以自由想想，在禅堂内的蒲团上就不成，因为必须“定”。方便之二是可以把禅看作文化史的一种现象，站在远处瞭望、分析，如果在内就难得远。方便之三是唯有在外，才宜于用常人的话说，试想，在禅堂内参话头，不说“自性”，而说“心理结构”，这还像话吗？方便之四尤其重要，是可以用乾嘉学派的治学方法，对于禅师预知示寂之期，大笑一声则乾坤震动，等等说法，公开说不信。

就本诸这样的信念，我写成了《禅外说禅》。这可以说是《传心与破执》那篇文章的补充与扩大。我没有忘记顾先生期望的话，可是扉页上不能写“呈顾羡季先生”了！不能写是小的遗憾，大遗憾是竟不能送上他的案头，请他评定得失，指出谬误。尤其是重点的几章，佛法通义，禅悟的所求，渐与顿，机锋公案，禅悦和禅风，理想与实际。未经顾先生看过，总有些不安心。有时还梦想，如果顾先生健在，循一篇小文写长跋之例，总当写一篇长序吧！顾先生不能写了，只好请通禅而不讲禅的启功先生写。启先生与顾先生在禅方面有同有异，只说异，启先生是笑先道后，顾先生是笑后道先。此或即顾先生所谓“不无其受用之处”乎？至于我，虽然笔下也有不少禅，清夜自思，与昔年所诌诗句“屎溺乾元参欲透，玄功尚阙祖师禅”相较，竟毫无进益，因而想到顾先生以及他的禅，就更感到愧怍和悲伤。

齐一变 至于鲁 鲁一变 至于道*

张中行

今天上午是顾羡季先生百年诞辰纪念会，我应该参加，可是记忆力差，中午答应另一个集会，并且在我家里集合，其中有的人没有电话，难得改期，实在不好办。幸而有王问渔兄教导，说可以书面发言，所以决定以笔代口，说几句。

内容很简单，是这样的纪念会很有意义。何以有意义？是顾先生作古太早，我们都不免有太史公“天之报施善人，其何如哉”之叹，不得已，只好退一步，开会纪念，小焉者是表示怀念，大焉者是缅想高风，高山仰止；学习，也有小焉者，是独善其身，还有大焉者，至少是希望，能够挽歪风于既倒。

这里单说顾先生的高风，我的私见，可以举三种。一是学术的造诣，世间稀有。古今中外，无所不通。单说诗词曲，无论是讲别人的，还是写自己的，都成家，而且是大家。也无妨想想，今可以不说，上溯到五四以来，有几个人有这样的水平？二是为人的造诣，也是世间稀有。我有幸，由40年代后期起，常有亲謦欬的机会，印象是，待人接物，不只是儒家的“己欲立而立人，己欲达而达人”，而且是佛家的慈悲为怀，或说“众生无边誓愿度”。我的想法，这方面的“德”就更值得景仰、学习，因为，如

---

* 本文系为纪念顾随先生百年诞辰而作。选自《顾随先生百年诞辰纪念文集》。

我们多年来所见所闻，上上下下，有为数不少的人是以整人为事，甚至以整人为乐。整人成风，应该说是民族悲剧，如何补救？也就只能求人人都肯向顾先生这样的人学习了。三或者应该算作小节，是顾先生学识高，品德高，却没有道学气，学究气，换句话说是日常生活中不少风趣。举一件小事为例，是喜欢逛小市，买些不登富贵人之堂的小文物，小工艺品，放在案头欣赏。我忝为同道，记得50年代前期，我到天津，抽暇到马场道去看他，谈起德胜门小市，他说不能再去逛，终是遗憾。

三种高风说完，还想由己身下笔，说几句私情的话。总的是我失去良师，每一想到就不免于悲伤。也举一些事为证，记得50年代初我写一篇《传心与破执》，谈禅宗的师徒授受，曾请顾先生过目，承他写个长跋。其后不久顾先生归了道山，又过了二十多年，我不自量力，不只写了谈诗词的《诗词读写丛话》，还写了谈禅的《禅外说禅》，书成之后就想到顾先生，如果他能看看，我就可以少出些丑吧？可是他却过早地走了。人去不能再来，补救之道就剩下，轻是开会纪念，以示不忘；重是学习他，并想法使更多的人学习他，求我们这块土能够“齐一变，至于鲁，鲁一变，至于道”。

1997年5月16日晨

深切怀念顾羡季先生*

葛信益

羡季同志比我大十三岁，我是他的小弟弟。我与他相识约在1940年夏天在沈兼士老师家中。从此以后不断有往来。后来他被聘任为辅仁专任教授，解放后一度担任辅仁国文系主任。他家迁住在李广桥西街后，我在松树街住，相距很近，我也常去他家串门。他的学问、道德以及做人忠诚耿直，教学上深入浅出，通俗易懂，旁征博引，兴会淋漓，皆具妙义，非常能叫座儿。这些我都是十分敬佩的！

记得1953年后，他到天津师范学院（即河北大学的前身）中文系任教时，我曾于1959年暑假去天津给教育部和北师大中文系合办的函授大学学生讲课，课余之暇，我即到他家看望过他。那时他身体尚好，很健谈，真没想到他于第二年即1960年9月过早地病逝！时间过得真快，今天距离羡季同志之殁，忽忽已三十年了。在三十年后的今天，他有这么多的弟子、朋友以及他的家属相聚一堂，来纪念他的逝世三十周年，这是他的光荣！羡季同志九泉有知，当亦含笑欣慰矣！

有一件事，我想在这里提一下，也许有的同志知道，有的还

---

* 本文系为纪念顾随先生逝世三十周年而作。选自会后所编《顾随先生纪念文集》。

不知道。这是发生在1943年元旦的事。顾羡季同志在1943年元旦早上去沈兼士先生家（景山东街附近吉安所左巷6号）拜年，不幸被日本军宪扣留了十多天。当时被扣留的还有辅仁的张星烺（历史系主任）及孙子书（中文系）二位教授，真是遭受了无妄之灾啊！事情的原委是这样的：1937年七七事变后，北平沦陷。辅仁的沈先生及英千里、张怀、董洗凡等教授即在北平秘密组织了抗日团体叫“炎社”（取顾炎武的“炎”），后改为“华北文教协会”，从事地下活动，宣传不与日本人合作，发展会员。1941年后，华北文协一方面编辑出版《辛巳文录》鼓励不与日本人合作的仁人志士写文章（羡季同志的二折杂剧《馋秀才》即刊布于此）；另一方面编印、传阅《时事简报》（即组织专人把夜里偷听中国电台报告的消息油印成小报形式传阅）。华北文协的委员们探知日伪的黑名单上第一名抓的就是沈兼士，几位委员劝他先走，1942年12月16日晨他偕第三女沈节离平去后方。12月30日凌晨日本军宪果然到吉安所左巷抓人，但扑了个空，于是在沈家“蹲坑”（即留下几个特务看守门户，只许进人，不许出去，怕走漏风声，当时就叫“蹲坑”）。1943年元旦早上偏巧这三位教授先后去沈家拜年，三人都掉进“坑”里，被扣留了十多天。三位先生的家属都不知发生了什么事，又无从打听消息，干着急！后来日本人知道沈先生确实离开北平，三位先生才被放回家，不知顾先生回家后有无日记或诗文记载此事，我在1988年《文史通讯》（全国政协主办）第二期上写过一篇小文叫作《著名语言学家沈兼士先生抗日爱国二三事》中记载了顾羡季等三位教授蒙难的事。1943年元旦到现在四十七年之久了，我们国家已发生了翻天覆地的变化，几位教授虽已相继去世，但中国从此再也不会受别国凌辱，人民再也不会遭受涂炭了！

1990 年 9 月

顾随先生临欧阳询《千字文》跋

启功

安麓村《墨缘汇观》欧阳询《张翰思鲈帖》条云：余曾收率更千文一卷，运笔结体全类此帖，上有“绍兴”小玺，贾似道印后有王晋卿大草跋，亦所罕睹者，为人索去，不知流落何所，余幸刻石，不至湮没也云云。此卷后入石渠，近年五国城中书画又付劫灰，此卷闻已撕毁，仅王晋卿跋尚在沈阳市上。余偶得照片，以苦水先生素好欧书，亟奉一观。先生手临一通，不啻右军之于伯英，所谓焕然神明，顿还旧观，欧书完缺，殆不足萦心矣。至于安刻书谱传拓至今，而千文石本一无所见。物之显晦，信非人力所能为，世之得见先生此本者，亦足以眼福自慰也。

戊子中元后三日识于简精堂灯下启功

附录

顾随先生临欧阳询《千字文》后记

元白居士闻余比来时时临欧帖，乃以其所藏率更楷书千文摄影本见示，此何异以摩尼宝珠与奚子也耶。元白谓此恐非真欧书，或是明人伪作。余初见之亦臆断其为赝鼎，以其运笔多圆而少方，决非信本家法。已而觉《兰台道因碑》及唐写《陀罗尼经》用笔亦多圆也，且此千文并无大欧款识，后来收藏，珍贵自矜，乃命为信本真迹以炫人而已。私意或是唐代无名书家所为，纵不尽合欧法，然结体用笔仍富古意，正恐宋元明人未必能伪托耳。至于余今兹所临亦不尽仿原帖，时时以意为之，又所用退笔入后益秃不中书，加以指腕无力，腰臂作楚，故后半卤莽，纵勉，更少合笔也。稚女于暑中以作楷为日课，姑以畀之使作范本云尔。既将原本归元白，乃书此以识一时翰墨之缘。

卅有七年七月十二日　苦水

《顾随先生临〈同州圣教序〉》跋*

启功

苦水翁最工倚声，讲授之暇，挥毫寄兴。平生服膺唯在沈尹默先生，心摹手追，升堂入室，偶临唐碑魏志，亦不失秋明指腕之法。今读所临《同州圣教序》，不啻重挹风规、再钦笑貌，而此翁不作已近廿年。树青我兄藏弆属题，附笔册末，不胜回车腹痛之感。

1974 年夏日　启功

* 20 世纪 40 年代中，史树青于北京琉璃厂集粹山房偶得顾随先生所临《同州圣教序》，70 年代中，持以向启功索得此跋。1990 年 3 月，天津市古籍书店影印出版此书，附跋文于册后。

苦水先生三十周年忌辰书联*

启功

文苑仰宗师众失拱辰三十载

书坛标重望脉延典午两千秋

* 此联系为纪念顾随先生逝世三十周年而作。

卷下

《顾随先生临〈同州圣教序〉》跋*

周汝昌

羡季师真书服膺信本，而自谓腕弱不足以为欧法，求其次乃学登善，更习小欧，又致力唐人写经，会通肉笔之妙。初不囿于石刻，尽得晋唐用笔真脉。平生作书多行草，横逸飞动，而笔笔不苟，使转敷畅，盖作草如真之典型也。然于楷法，珍重不恒与人，唯每为汝昌书信，短简巨篇，诗文韵散，当其兴会，则作意为正书，世不经见。汝昌宝爱远过行草，而知者希矣。庶卿老兄忽以此册见示，师之早年书也。拜观敬志其后。师往矣，小生何仰，怆然不复成语。

乙卯五月汝昌目坏后书

---

* 作于1975年。1990年3月，天津市古籍书店影印出版顾随所临《同州圣教序》，附此跋于册后。

“苏辛词说”小引*

周汝昌

先师羡季先生平生著述极富，而东坡、稼轩两“词说”具有很浓厚的独创特色与重要的代表意义。我是先生写作“词说”之前后尝预闻首尾并且首先得见稿本的二三门弟子中的一个，又曾承先生欣然首肯，许我为“词说”撰一序言。此愿久存怀抱，固然种种人事沧桑，未遑早就，但事关赏析之深微，义涉文章之精要，言说至难，落笔匪易，也是一个原因。今日回首前情，四十年往，先生墓门迢递，小生学殖荒芜，此刻敷楮搦管，不觉百端交集。其不能成文，盖已自知矣。

先生一身兼为诗人、词人、剧曲家、文家、书家、文艺鉴赏家、哲人、学者，——尤其出色当行、为他人所难与伦比的，又是一位传道授业、最善于讲堂说“法”的教授艺术大师。凡是听过先生的讲课的，很少不是惊叹倾倒，欢喜服膺，而且永难忘掉的。我常想，能集如许诸家众长于一身的，在那许多同时先后的名家巨擘中，也不易多觏；倘由先生这样的讲授大师撰写艺林赏析的文章著作，大约可以说是世间最能予人以教益、启沃、享受、回味的宝贵“精神营养品”了，——因为先生在世时，方便使用

---

* 选自《读书》1983年第12期。“苏辛词说”即《东坡词说》与《稼轩词说》的合称。

的录音、录像之机都还不似如今这样人人可有，以致先生的笑貌音容、欬唾珠玉，随风散尽，未能留下一丝痕迹，所以仍须就先生的遗文残简而求其绝人之丰采，不朽之精神。循此义而言，“苏辛词说”就不妨看作是先生的讲授艺术的自家撰为文字的一种“正而生变”的表现形式，弥足珍贵。

先生一生致力最多的是长短句的研究与创作，“苦水词人”是大家对先生的衷心敬慕的称号；但先生自言：“我实是一个‘杂家’。”旧的社会，使先生这样的人为了衣食生计而奔波不停，心力交瘁，他将自己的小书斋取名为“倦驼庵”，也许可以使我们从中体会出一些“境界”——那负重致远的千里明驼，加上了一个倦字为之形容，这是何等的“历史语言”啊！由于时代的原因，先生于无书不读之间，也颇曾留意佛学典籍与禅宗语录。凡是真正知道先生的，都不会承认他的思想中受有佛家的消极影响。正好相反，先生常举的，却是“透网金鳞”，是“丈夫自有冲天志，不向如来行处行”，其精神是奋斗不息、精进无止的。他阅读佛经禅录的结果，是从另一个方面丰富了他的文学体验，加深了他的艺术修养。他写“词说”，行文参用语录之体，自然与此不无关系。但采此文体，并非是为了“标新立异”或文人习气喜欢掉弄笔墨。今日读者对于这些事情，已然比较陌生得多了，便也需要稍稍解释一下了。

说采语录体而行文是否是为图一个“标新立异”，自然是从晚近的眼光标准来讲话的。语录语录，原本就是指唐代的“不通于文”的僧徒直录其师辈的口语而言，正是当时最普通的俗语白话的纪录。到得宋代，理学家们也喜采此体，盛行于时，于是“语录”竟也变成了一种“文体”之名了。为什么语录盛行呢？说它在讲学传道上具有其优越性，大概是不算大错吧。那么羡季先生讲说宋词而参采语录之体，其非无故，便已晓然。还应当看到，先生的“词说”，也并非就是一味模仿唐沙门、宋诸子，而是取其所长，更加创造——也就是一种大大艺术化了的“语录文体”。这些事物，今天的读者恐怕会感到十分新奇，甚至觉得“阴阳怪气”，其妙莫名了。假如是这样，就会妨碍他很好地领会先生的苦心匠意，那将是一大损失和憾事。故此不惜辞费，先就此一义，略加申解。

然而，上述云云，又不可只当作一个“文体问题”来理会。这并非是一个单纯的形式体裁的事情。它的实质是一个如何表达思想感情、道理见解的艺术问题。盖禅宗——语录的艺术大师们的流派——是中原华夏之高僧大德将西土原始佛法大大加以民族化了的一门极其独特的学问，它对我们的文学艺术，发生了极其巨大深远的影响。不理解这一层关系，那中国文艺全史就是不好讲的了。写意画的兴起和发展，诗歌理论和创作中的神韵、境界的探索和捕捉，都和禅宗精神有千丝万缕的牵连。禅家论学，讲究破除一切形式的障碍阻阂，而“直指本源”。它的意思是必须最直截了当地把握事物的最本质的精神，而不要为任何陈言俗见（传统的、久惯的、习以为然的“定了型”的观念见解）所缚所蔽。因此禅宗最反对烧香念佛，繁文缛节，形式表面，而极端强调对任何权威都不可迷信，不惜呵佛骂祖，打倒偶像（将木佛劈了作柴烧!），反对缀脚跟，拾牙慧，具有空前的勇敢大胆、自具心眼、创造精进的新精神。不理解这个十分重要的一面，一听见说是禅宗属于“佛法”，便一股脑儿用一个什么标签了事，那也会对我们的百世千年的民族文化精神的真面全貌造成理解上的许多失误。读先生的“词说”，更要细心体味他行文说理的独特的词语和方式，以及采用禅家“话头”“公案”的深刻而热切的存心用意，才不致像《水浒传》里的黑旋风李逵，听了罗真人的一席话言，全“不晓得他说些甚底”。那岂不有负先生的一片热情，满怀期望。

我国文艺传统上，对作家作品的平章赏析，本亦有我们自己的独特的方式，这又完全是中华民族的，而不应也不能是与西方的一模一样；加上禅家说法传道的尤为独特的方式，就成为了一种濬发灵源、溉沃智府的高超的艺术和学问。其最主要的精神是诱导启示，使学人能够自寻蹊径，独辟门庭，而最忌硬套死搬，灌食填鸭，人云亦云，照猫画虎。以是之故，先生的“词说”里是找不见什么时代、家世、生平、典故、训诂……这些“笺注性”的死知识的——这些都不难从工具书上查他一个梗概。先生所说的，全是以一位诗人的细心敏感，去做一位学者的知人论世，而在这样的相得益彰的基础上，极扼要地极精彩地抉示出了文学艺术的原由体性，评骘了名家巨匠的得失高低，——而这一切，只为供与学人参考借镜，促其精思深会，而迥异乎“唯我最正确最高明”“天下之美尽在于斯”的那种自居自炫和人莫予毒的心理态度。

先生的讲说之法，绝不陈米糟糠，油盐酱醋，流水开账，以为“美备”；也绝不同于较短量长，有意翻案，以耸动世人耳目为能事；他只是指头一月，颊上三毫，将那最要害、最吃紧的关节脉络，予以提撕，加之勾勒，使作者与讲者的精神意度，识解胸襟，都一一呈现于目前，跃然于纸上，——一切都是活的。他不像那些钝汉，专门将活龙打做死蛇来弄。须知，凡属文学艺术，当其成功出色，无不是虎卧龙跳、鸢飞鱼跃样的具有生命的东西，而不善讲授的，却把作死东西来看待，只讲一串作者何年生、何年卒、何处人氏、何等官职，以至释字义、注故实、分段落、标重点如此等等，总之是一大堆死的“知识”而已，究其实际，于学子的智府灵源，何所裨益？又何怪他们手倦抛书、当堂昏睡乎？——然而，正是习惯于那种引困的讲说之法的，总以为那才是天经地义，乍一见先生的“词说”，无论文体语调，还是方法方式，都会使他吃惊不小；“离经叛道”，“野狐参禅”，“左道旁门”，以及其他疑辞贬语，也许就不免啧啧之言了。比如，有人看了“词说”，会诧异诘问：为何不见一句是讲思想性与艺术性？他却不能懂得：先生字字句句，都在讲那真正的思想性和艺术性，只不过这一切都是中华民族的文艺概念、美学观点，并且也是中华的表现法讲说法，而非照搬舶来之界说与词句罢了。当然，讲我们中华民族的文艺特色，除却人们常用的思想性与艺术性而外，是否就没有了别的可讲——或者一讲了别的就是“错误”的了？这正是一个问题。读“词说”而引起认真严肃地思考的学人，定会想上一想，并试行研寻解答这些课题。对这一点，我是深信而不疑的。

“词说”正文，篇篇珠玉，精义名言，络绎奔会，给读者以极大的启迪与享受。然而两篇“自序”，同样十分之重要，这都是先生数十年覃思渊索的结晶之作，最堪宝贵。就我个人的感觉，从行文的角度来说，《东坡词说》卷尾的“自序”笔致又与“说辛”卷端的“自序”不同。后者绵密有余，而不无缓曲之患；前者则雄深雅健，老笔益见纷披矣，盖得力于汉魏六朝高文名手者为多。我还想试为拈出的是先生写到《东坡词说》之时，思致更为深沉，心情益觉严重，哲思多于感触，笔墨倍形超脱，已经是逐步地摆脱了开始写“说辛”时的那一种心境和文境了。两部“词说”，本系姊妹为篇，同时相继，一气呵成，而其异同，有如是者。说辛精警，说苏深婉。精警则令人振奋而激动，深婉则令人叹喟而感怀。苏辛之不同科，于此亦可概见，而顾世之评者犹然“苏辛豪放”，众口一词，浑然不别，先生言之之切，亦已晓然。破俗说，纠误解，原非“词说”之主体，而举此一端，亦足见先生借禅家之宗旨，提倡自具心眼，自行体会，于学文之人为何等重要了。

凡了解历史、尊重历史的，都会承认，王静安的《人间词话》是一部词学理论史上的重要著作，而且影响深远，又不限于词之一门，实是涉及我国广义的诗学理论与文艺评论鉴赏的一部具有世界声誉的著作。先生之于王氏《词话》，研索甚深，获益匪鲜，也是可以看得出的事实。但先生的“词说”，其意义与价值，超过于静安之《词话》，我在四十年前初读“词说”时，即如此估量。估量是否得实，岂敢自定。以余所见，先生之“词说”，视静安之《词话》，其所包容触发，无论自高度、广度而言，抑或自深度、精度而论，皆超越远甚。先生之论词，自吾华汉文之形音义说起，而迄于高致之生焉。所谓高致，先生自谓可包神韵与境界而有之。窃尝与先生书札往还，商略斯事，以为神韵者何耶，盖人之精神不死者为神，人之意致无尽者为韵，故诗词文章，首须具有生命，而后济以修养——韵者即高度文化修养之表现于外者也，神者则其不可磨灭而蕴于内者也。至于境界者又何谓耶？盖凡时与空之交会，辄一境生焉，而人处其间，适逢其会，而有所感受，感而写之，是即所谓境界。先生尔时，深致赞许，以为能言人所未能言。及今视之，境界为客观之事，人之所感乃主观之事，境固有自性，不以人为转移，然文学艺术，并非单纯反映客观如镜面与相机也。必其人之所感，表于文字，而览者因其所感而又感焉，此或谓之共振共鸣，互为激越，互为补充也。循是以言，其有感之人，品格气质，学识胸襟，必有浅有深，有高有下，——由是而文艺作品之浅深高下分焉。徒言境界，则浅深高下皆境界也，有境界果即佳作乎？殊未可必。况静安自言：有写境，有造境。其所谓写境，略近乎今之曰“反映”云者。若夫造境，余常论温飞卿之《菩萨蛮》，率不同于实境之反映，而大抵词人以精美华贵之物象而自创之境也；境既可造，必其所造之境亦随造者心性之浅深高下而大有不同。是以太史公之论屈大夫也，椽笔大书：“其志洁，故其称物芳。”然则“楚骚”之境界，盖因屈子之高致而始有矣。志洁、物芳，二者之间，具有辩证法的关系，是以读者又每即词中之物芳，而定知词人之志洁。此则先生所以标高致之意，可略识焉。盖高致者何？吾中华民族之高度才情、高度文化、高度修养之一种表现是也。先生举高致为对词人词作之第一而最后之要求，而不徒取境界一词，根由在此。昔者龚定庵戏拈“柳绿桃红三月天，太夫人移步出堂前”以为笑枋。夫此二句，岂果一毫境界亦无可言者乎，实又不可谓之绝无。然则其病安在？曰：苦无高致耳。无高致，纵然字句极工，乃不得为诗为词，于此可见矣。东坡尝笑“认桃无绿叶，辨杏有青枝”，而云：“诗老不知梅格在，谓言绿叶与青枝！”而“疏影横斜水清浅，暗香浮动月黄昏”之句，传为咏梅绝唱者，岂不亦即系乎高致之有无哉。是以先生于论词之极则，而标以高致。即此而察，先生所会，已突过王氏。此外胜义，岂易尽举。至若先生之“词说”，商略旧问题固然已多，而提揭新课目，更为不少。即“词说”以窥先生之文学思想，艺术精神，可以勒为专著，咀其英华，漱其芳润，滋荣艺圃，沾溉文林，必有取之逢源，用之无匮之乐矣。

但四十年来，国内学人，知先生“词说”者尚少，其意义与价值毕竟如何，当然有待于公论。唯是四十年前之历史环境，与今大异，先生此作，又未能广泛流布，其一时不获知者，原不足异；今者行将付梓[①]，固是深可庆幸之盛事。然而词坛宗匠，半已凋零，后起来哲，能否快读先生之“词说”而领其苦心，识其旨趣？又觉不无私虑。实感如此，无须讳饰；但念江河万古之流，文章千秋之业，如先生之所说，与吾中华民族文化精神无有一合，虽我一人爱奉之，维护之，又有何济；如先生之所说，实与吾中华民族文化精神甚合甚切，则民族文化精神长存，即先生之“词说”亦必随之而不可没，而我又何虑乎？

回忆先师撰作“词说”之时，吾辈皆居平津沦陷区，亡国之痛，切肤割心，先生之词句有云：“南浦送君才几日，东家窥玉已三年。嫌他新月似眉弯！”先生之诗句又曰：“秋风瑟瑟拂高枝，白袷单寒又一时。炒栗香中夕阳里，不知谁是李和儿？”［李和儿

① “苏辛词说”1948年曾连载于《天津民国日报》，此言“付梓”，指将收入上海古籍出版社之《顾随文集》。

宋汴京炒栗驰名，金陷汴都，李流落燕山（今北京也），尝流涕语宋之使金者：我东京李和儿是也。〕爱国之丹心，隐耀于宫徵之间，此情谁复知者？尔时吾辈书生，救亡无力，方自深惭，顾犹以研文论艺相为煦沫，盖以为中华民族文化精神不死，则吾中华民族岂得亡乎？嗟嗟，此意之于“词说”，又谁复知者！

吾为先师“词说”作序，岂曰能之，践四十年前之旧约也。文已冗长，而于先生之精诣，曾无毫发之发挥，而可为学人之津渡者。抚膺自问，有负先生之所望，为愧何如！然迫于俗事，吾所欲言正多，而又不得不暂止于此。他日或有第二序，以报先生，兼以印证今昔识解进退，可也。

癸亥端午佳节　受业周汝昌谨述于北京东城

创立顾随先生学术研究会倡议书启*

周汝昌

中华文化，宛若起于箕、斗之间的那一道天河云汉，焜煌绵亘，迄于无际之太空。云汉天河，原非虚象，是有实体。实体者何？亿万无量之大星巨耀，联辉以成奇观者是也。中华文化之长河，亦复如是。而顾随先生实维析津象纬中一大巨星名宿。是以倘欲弘扬中华文化，必当覃研这一星宿之光辉的造诣，芳洁的遗徽。

顾随先生身为中国韵文散文领域的大作家、理论批评家、美学鉴赏家、讲授艺术家、禅学家、书法家、文化学术研著专家，贯通古今，融会中外。这多方面，他都是一位出色罕觏的大师，超群轶伦的巨匠。邦归命新，朝华夕秀。同时并世，来哲前修，绵延承接的中华文化命脉中，有先生的一席重要地位。

顾随先生也是一位哲人。其识照，其思想，其学力，其性情，其胸襟，博大精深，弥沦万有。其治学精神，以诚示人，以真问道。忧国爱民，为人忘己。精进无有息时，树人唯恐或倦。凡此诸端，皆我中华民族文化之精魂，于先生之立身志学而体现分明。而吾人所以永怀无匮，端在于斯。

然而先生辞世已久，桃李自蹊，门墙愈远，遗文间出，研习

---

* 此启系作者于顾随先生逝世三十周年纪念会后所作。

未周。此诚吾辈之深惭，岂独高山之难仰。值此昌期，讵宜泯默。谨以兹启，为先生学术思想研究会之创立，作一倡议。先生生前所在之学府，平昔故交，以及各方道义之士，定能闻风兴起，惠以鼎支。俾同人、弟子等系我怀思，日有瞻企，则无忝中华文化之辉光，亦乃河北高等教育之至幸焉。

谨启。

受业弟子周汝昌贡此初稿以待斧削参采

庚午三九

《顾随临帖四种》引言*

周汝昌

先师顾羡季先生手临名碑四种原迹，稀世之宝卷，书道之津梁，先生辞世既三十年，始得拜观，欢喜赞叹，得未曾有。

此所临碑四种，如以原石书写时代序之，当为《黄庭经》《张黑女碑》《善才寺文荡律师塔碑铭》《道因法师碑》。然以先生之书学而次第其先后，则应以《善才》《黑女》《黄庭》《道因》为序。盖先生之书法，途径所由，取则于初唐三杰，而力追右军。初则致力于欧阳信本，唯自言腕弱，不足以学欧，求其次而取褚登善，以褚得笔自欧，神明而变化之，宜为楷梯也。然欧本自隋入唐，欲识其法，又当措意于南北朝所遗小碑版。是以先生复习北魏石刻之佳者。而其后期，于唐人写经之外，更力摹小欧阳。是则汇美终归于信本。米元章评书，谓欧阳“真到内史”。是知能造右军真楷堂奥者，端推率更。隋唐人所见右军真楷书甚多，而后世不传。《黄庭》为小真书，世谓右军之笔。故先生又偶欲一试其法，而非素习也。

以余愚陋，妄窥先师笔法书学，粗叙如此。今按四种真笔，论其大齐，用笔以欧褚两大家为本，变而不离其宗，殆可晓悟。

至于所临《黄庭》，则复与虞法相通，不矜不伐，翛然意远，

---

* 《顾随临帖四种》，天津市古籍书店 1992 年 6 月影印出版。

然先生之不朽非在此耳。

先生之临褚，真能得其神致。尤奇者于临北魏小真书，亦能以褚法而会通之，迥异乎世之习“魏碑”者板硬粗陋狰狞之俗体，叹为仅见。

自50年代始，先生忽复于小欧以求笔法三昧，于是体格一变，精彩倍出，观其笔笔精到，尽得古昔相传之真法，而绝无一点一画曾染明清人习气。卓然特立，中华书道之光，赖以不熄焉。

先生之书，难及者更有二端：一是书卷气，二是精彩足。书卷气者，秀而不飘，厚而不滞；精彩足者，笔笔到纸，绝无一画懈怠怯薄处，更遑论败笔荒墨。此种造诣，虽工力所至，亦有天姿存乎其间。是以展卷之顷，书气精气，秀笔厚韵，扑面而生，如闻仙乐，如践神居。艺术之魅力，叹观止矣。

古无照相制版术，法书多赖刻石以传。书本柔翰之事，而以铁刃坚珉相仿佛，其得失之际，毋庸讳言。故学书贵多观名手肉笔。先生此四帖，霑溉来学，岂可量也。爰志所感，悲喜拜书。

辛未冬至及门弟子周汝昌于燕京东郊之寿玉轩

燕园名师顾随先生*

周汝昌

怀念先师羡季先生，我只写过一篇《苏辛词说小引》（刊于拙著《诗词赏会》中）。今蒙《燕京学报》嘱我，因届先生百年冥寿，务必勉为一文，以为燕京旧友怀念名师的一份代笔，用写诸多门弟子的哀思与敬意。我迟迟不能下笔——因为一提先师，辄觉心绪如潮，方寸百感，文思难静，笔不胜情，字不副意，嗟叹歔欷而止。

欲传师辈风范，本是难事，而要写顾先生，则尤为难上加难。盖先生首先是一位“课堂讲授”这门专业的超常的典范，而且，我久认为课堂讲授是一门绝大的艺术（我写过一文题曰《教学是一门艺术》），先生则是这门艺术的一位特异天才艺术家——凡亲聆他讲课的人，永难忘记那一番精彩与境界。然而正因为如此，今日欲凭“文字”以传先生的笑貌音容，欬唾珠玉，其感人之心弦、浚人之灵智，这又如何可能呢？

言念及此，只好温习庄子的庖丁之游刃、轮扁之运斤，只增怅惘，无能摹绘。

先生一生，集词人、诗人、戏（曲）作家、文论诗论鉴赏批评家、书法大家、禅学家于一身，门门超众出尘，事事真知灼

---

* 选自《燕京学报》第5期（北京大学出版社1998年11月出版）。

见——无以名之，大约这方真正当得起一个“大家”的称号。

以上所举，可知先生是一创作家、鉴赏家、“表现”（讲授传业）家、艺术家。

然而，先生不欲示人阅世者，实在又是勤学、覃研、深思、妙悟的大学者。

但作为大学者的顾随先生，知者似乎不多。

原因何在？小生揣量，似乎有以下两端——

第一，您为人禀赋，情感特富特重，而彼时学者往往是不重性灵的老师宿儒——学问虽好，文笔不超，一入此流，遂大大损害学人的真性情真灵慧，而易变为“俗人”。

我如何体会此意的？因为 1947 年我重返燕园后，您于信札中即明对我言：

“希望玉言（拙表字也）做一位作者，而不做学者。”

看来，先生是认为：出一个作者（当然这指的是高标准的，如鲍谢李杜、欧苏柳秦、关王马郑……）要比出一个学者更难，更可贵重。

先生此意，耐人深思。

然而，这儿就发生了教育界、教学史上的一大“矛盾”：

师所授者学——历来传道授业，也只能指学，教人做学问，成学者。至于一个作家，那又如何凭“讲授”而使之真正“成为”（即真变成一个名实相副）的作家？谁也无法办到，谁也不会这样要求。

这儿先生可能有无限的苦衷与感慨，口不便言，心则戚戚焉。

第二，先生大病一场之后，离开北京，赴天津任教——在我印象中，先生平生不愿以学者面目示人的，这时忽然转入了治学的领域。

这可能是当时文学创作的环境使您落笔较为困难之所致。

就我所知，您病后的第一项宏愿与壮志是撰写“中国文字大系”。这是一个极为雄伟的计划：把每一个汉字的历代铸刻、墨写、碑拓、其他可获的书写形态，逐次详列，并细讲此字的形音义的多方涵蕴与演变发展，实际是一部综合文字学、训诂学、用法学、书法学的“汉字大典”！

我在成都华西大学外文系教书时，您已向我邮叙此一弘纲，并已开笔（1953 年，您病后尚未恢复教学时期）。

先生到津沽之后，似未停断此一事业，唯创稿几多，我终未再与先生谋面，不得而知。稍后，您闻悉了汉字改革的信息，一次来信说，“文字大系”只好暂且搁置——具体原因未曾示我，大概是不愿以自己个人对语言文字的见解而有妨于文字改革界的方案与施行。

今日看来，这实在是学术艺术史上的一大损失（先生平生积累的稿本，自存者已在“文革”时抄毁无遗）。

这个“打击”对先生晚年失意改入治学之途的兴致与心理的影响颇大。

也由这个时期起，先生给我的书札已从品诗论文变为论学为主的内容了。不但如此，您的来信逐渐变为长幅——以致变成数十页的学术论文！

由于我在成都时给先生买了一批四川特产的佳楮朱丝栏（竖行）对开大稿纸，很适于墨书，先生甚喜，便告诉我：将专用这些纸书写论文。

果然，50 年代，先生逝世之前，这样写成的长篇论文一代书简，不断寄来。

我每收一篇，如获至宝！见解卓然异俗的内容，那一笔无与伦比的行草书法，令我爱不释手！

因不忍多加翻动，总是拜读一过之后，即包裹谨密，什袭以藏——唯恐有所破损散落。

谁知，这却造成了一种“错误”。

先生的“文字大系”工作虽停顿，但其胸中的蕴蓄丰盈，厚积必然满溢，学问无有“用武之地”，势将有触即发——果然，又出现了一次异常奇突的奇迹现象。这事情与我密切相关。

——1953 年之秋，拙著《红楼梦新证》出版，首先寄呈先生一册。其后得来书云（大意）：新书收到置于案头笔砚之侧，心喜而久不敢开卷——怕玉言之白话文不逮诗词与文言文，损害了玉言的印象。谁知前夕无事，硬着头皮打开书——这下子可糟了！一看下去就再放不下了，害得整夜也没合眼睡觉！……

老师对学生的成绩所表现出的衷心喜悦，溢于言表，也对全书加之赞赏评议——比如先生认为：那沈尹默先生的五字题签，并非真迹，乃其家人助手的代笔。书中引了先生的《小说家之鲁迅》（那时还只是手稿）中论及小说写人物行动的“诗化”一段创见，先生非常高兴，至言“如此好书引及拙文，与有荣焉”的语意，令我惭感难忘。

——叙谈这一段经过，是为了便于说明，何以先生于 1953 年冬月忽然又有了那一次奇突（而实有来由）的学术“爆发”。

当我见老师并未斥责学生的习作而且如此兴奋，不但增添了勇气，也唤起了我多年的一个疑问：先生从未提过《红楼》一字，是否不喜此书？或是对雪芹的文笔造诣另有所见？盼先生于兴会所至，略一开示……

这一来可不打紧：先生立即写来了一封很长的信札——

一、叙说雪芹之书很早读过，以后再未重看，只觉越到后半越是思想庸俗，以至不愿再看了——今悟此乃妄人高鹗所伪造，一切豁然，前情顿时复现辉煌，文思随如泉涌。……（大意）

二、列出一份很长的写作“规划”，计全文共分十大章，每章名之曰“××分”（此仿佛经分章名目），如“人物分”“园林分”……，即把《红楼梦》分以十大方面来深细论析赏会，——在此领域中，从未见能有如此规模意度的伟观宏构！

三、告知已经开笔，从《人物分》起，而以探春为第一位主题——看出在先生心目中，这三姑娘的地位是何等不同凡响！

四、并且表示：倘无玉言此问，则糟堂（按此为先生最末一个别署）哪得有这一番花团锦簇的文字！其高兴、游动与心手相应、自感惬怀得意的撰作心境，溢于言表，也可说是得未曾有。

我获此佳音，真是欢喜无量，一面伫盼早观厥成，一面不断问询催促，以提高先生的兴致。

然而，仅隔半载有余，批判胡、俞“红学”的运动就启幕了。

先生从此，再也不提《红楼》一字。我向您请讨已经写成的部分，亦置而不答——我一直无法知道已写了多少，皆作何语。只能怅然“想象”。

先生的学术运途已有此两番崎岖阻滞，所积胸藏财富，不得如愿倾泻而出，化为乌有。

孰知，先生学术之困厄，还有第三次更大的不幸结果。

燕大同学孙正刚（名铮），后来经先生之力也调到天津与先生一处教学。而彼校之中文系负责人高熙曾，亦先生之弟子。孙、高尽知先生的一切，尤其注意陆续写付与我的多篇论文手稿。60年代中，高嘱孙向我索讨这批珍宝，说是要给老师出版文集。

我起初存一份小心，不想轻率交付，恐有闪失。无奈正刚兄函催甚切，我无词推托（人家为老师出书，你怎能将手稿孤本秘笈据为私有？说不过去……）。

在十分勉强的心情下，我于1964年赴津讲演时，亲手将这批珍稿交付于高熙曾之手。

从此，这批珍稿再无下落。

对此，我每一念及，辄有“犯罪”的愧疚之感，异常痛切！

因此之故，我在学报上怀念老师，应着重介绍他的学术成就（其诗、词、曲的创作方面，不属学报的范围），但我既失师稿，实难凭空虚拟——也更不可以想象以为之辞，那将有失实的危险。

不得已，姑且将几点体会记于此处，虽不足以尽先生之学识品德于万一，或可供后来者窥慕探研之一助，亦胜于曳白之义云尔——

第一，先生治学授业，借径于禅家词话、精神者非常重要。所以取禅家者，大略有五端：

一曰精进不息。二曰破除俗障。三曰不盲从于权威。四曰喜胜于己。五曰“勿参死句”，务识“活龙”。

精进不息是禅家主要精神态度，绝非消极懈惰。一意向上，不居人下。如此治学，方可望有过人成就。

破除俗障，包括多方，最大俗障是俗世庸常的眼光识解、议论评估；如被这些先入为主，则随波逐流，终难自树。此义包括“直指心源”，以自己的智慧灵能去直接接触研究对象，而勿为物隔（禅家连语言文字也视为一种获得真谛的障隔）。此非“唯心论”之谓，是指学人要观察外物必须亲切痛切，方得其实，而非假象或陈言误导。

先生教人，启牖指点，绝不“填鸭”“照抄讲义”，以学生为“仿己”木偶，强调“见与师齐，减师半德，见过于师，方可传授”。是以极喜弟子有胜己之见，以为大慰。

以此，不欲学人盲从权威专家，更不烦多说了。此又非蔑视前修，当然学必当“多师以为师”，但须自具心眼，师是则是之，师非亦不“为贤者讳”也。

至于勿参“死句”，更为重要。先生常常举示，“莫将活龙打做死蛇弄”。此借禅家语以警学人，盖治学不仅仅是“逻辑”“考订”等等“程序”之事，更是智府灵源的作用与机能。老师宿儒，经书熟诵，却“死”于字句之下，一点儿“活气”也无，此则岂有卓识妙解、真知灼见可言乎？

凡此，俗人不习惯，不理解，不接受，不欣赏……，而视为异说歧途，旁门左道。而先生之“知我者希”，无怪乎其然矣。

应该郑重指出：此非学术见解之是非正误问题，而是文化层次不同，不对“口径”的大问题。

此义甚长，亦非本文所能尽述。古谓“文人相轻”，实亦非只“文才”优劣敏拙之别，更多的即是文化层次的差异，这便很难

"对话"。

先生因此平生每有寂寞之感。

一次，见我某作，大喜，先生即作一词，其末句云："谁谓糟堂陋室，门前寂若寒灰！"我得师许，并不因此而自足自美，翻觉先生至出此话，其寂寞孤独之感亦深矣重矣！悲夫。

先生在辅仁大学时，每入旧恭王府园看海棠。及名花既谢，先生再访，感赋一诗，其结句云："无人赏新绿，独为立多时。"我读后，亦为之惆怅悲感不已。

一位全能特异、大师级的学者，欲获人知，竟是如此之困难。拙文戋戋细琐之言，又何益哉。

我自 1941 秋季，方得在先生的宋词选读课堂聆讲，统共不过三四次（日寇封校而止）。先生家在西北城［先是南官坊（关防）口，后迁李广桥西街］，到燕园讲授路远不能常至故，每讲辄三堂课连接。聆讲者毫无倦容，以为是一大享受，宁愿多听一时。

先生是外语系本科出身（我与先生正同）而经过一番学习领悟，终归"本宗"——返回中华文化高层次造诣境界，而不以西方为"圭臬"或"归宿"。一次，提英文诗，一起句就是"Oh! ……"在西方表示激情也，而先生说："这一 Oh，就糟了！"意谓吾华诗国，绝不如此表达感情，此中分别差异极大（也须专题细讲方可）。又一次"自我检讨"，举其旧作咏马缨花之词，有句云："一寸柔丝一缕轻，丝丝缕缕系深情。……"先生说：原先自以为写得好，很觉"得意"；如今自批，这是西方的 Description（描写、刻画）的误引，专求"细节""貌似"，而于马缨花的风姿神采，一无所会——真是下品，要不得！

先生对历代名篇，也不盲目一味夸赞，而是推心置腹，以诚以情，抉其要害——虽起古人于地下，也当心悦诚服。比如世人向来震于子建高名大才，优于魏文。先生则详为指明：文学赏鉴，丕高于植。先生论玉溪，论昌谷，……皆有过人之见，开人茅塞，难以尽举而备述。

先生非常注意探索一个重要难题，即中国诗词的“神韵”，毕竟为何等含义，又应如何讲析传授？自谓此绝不玄虚，但无法讲授，因此又每借禅家语句，标举“不可说，不可说——说便不是！”及先生至津，书信论学时，我一次写道：“神者，不灭者是；韵者，不尽者是。”盖名作与日月常新，因其作者之精神永存；而韵（古作“均”，即众乐据以定音协律之“乐准”）即“和声”“共振”，故其余音袅袅，绕梁三日——即回味不尽之境界也。

先生得此，极为欢喜肯定，说“玉言此解为前人所不能言”，然又谓“此时尚不宜公开示人……”。揣先生用意，殆恐此言一出，必又有人指为“唯心论”而大加挞伐耳。

先生爱人惜才，顺时承运，不肯示人以岸异者如此。

先生爱国忧民，固穷自守，不失寸步。日军侵略，华北沦陷，燕园罢讲（此师之用语也），我在家乡，藏于暗室，几无生趣，乃冒昧奉函于先生，竟蒙不弃一村童子，由此鳞鸿频数，相契日深。师有新制，必荷写示。当时一首《浣溪沙》下阕云：

南浦送君才几日，东家窥玉已三年。嫌它新月似眉弯！

此暗怀故国而斥敌寇也。又一七绝云：

西风瑟瑟动高枝，白袷单寒又一时。

炒栗香中夕阳里，不知谁是李和儿！

此用《老学庵笔记》中叙李和儿自汴京陷于金人之事也。读之令我悲不自胜。嗟嗟，今日谁复知我辈在敌军破国亡家之心情，又将何以写之？

先生又一七绝云：

煨得薯蓣成软玉，嚼来萝菂似甜冰。

半年不食肉边菜，惭愧西山入定僧。

此则先生之清苦生活的真实写照。

大师往矣。追仰何及。

谨以弇陋之文，为先生百年介寿。

草讫于丁丑十一月中浣

即 1997. 12. 15

顾随先生的书法*

周汝昌

顾随先生逝世于1960年，一代名师，京津高校，无人不知，桃李满天下；及今四十年往，老辈渐稀，后生难问，这位近现代教育史上少见的全才，已越来越少有人传写他的风采和造诣了。每念及此，未尝不感叹追怀，莫能自已。

顾随先生名随，字羡季，别署甚多，早期自号“苦水”，故“苦水词人”一称广为人知。其后则有述堂、倦驼庵、糟堂、废翁等号，然非交密者不尽知之。先生为清河人，工诗、词、曲（剧），精于文体理论与鉴赏批评，课堂讲授精彩绝伦，得未曾有！凡属及门受业，未有不极口礼赞者。

然而，先生的书法，尤为特立独出，而知者言者却至稀而罕遇了。此或由于曲高和寡？抑或八法之事难以笔宣？噫，虽不可确断，亦足以令人怅然喟然。我今不揣，妄加申解，纵不能稍得先生之用笔与风神之绝特所在，聊以填补空白，倘或大雅君子不以为甚大谬，则幸甚至矣。

谨按先生作字应从以下几点来着重理解认识、玩味欣赏。第一是直承晋唐书脉，一笔不容宋元以杂笔劣札羼入笔端。第二是由欧褚入手，力追二王，而晚境归于小欧（询之子通）。第三是特

* 选自《中国书画》2003年第4期。

取唐人写经古法融入贯通。第四是悟知自六朝相承的用笔“拨镫法”之真谛。第五是其草书的独特风格，已达到了古今罕有的高境，难求伦匹。

就笔者一隅之见，先生早年似乎颇受沈尹默先生的影响，上世纪40年代之初，犹可觅见这种痕迹。但这是一种入手的途径，而非墨守成规，因为沈书的造诣虽堪钦佩，而其用笔却还不能完全满足寻求晋唐真脉者的要求与愿望。先生当时已脱离了沈派，自己于大欧书法上潜心用功。这是一个决定性的阶段。

顾先生为什么从沈书入而不肯亦步亦趋、以沈法为终极？这就涉及了中华书法史的一个最根本的问题：如何感悟书圣王右军之所以为“圣”的学、识、慧、悟的天赋与功夫之人各差异了。

沈老一生以书法书学为专诣，观其所造，路数纯正，气味醇厚，风致高洁，晚年已达到炉火纯青之境；人人敬慕，得其尺幅以为宝，同世之人罕能比肩，这是大家公认的事实。但他有三不足：一、老成持重有余，风流潇洒恨少。二、缺乏英俊秀拔之气象。三、观其行笔运笔，“使转纵横”不够，遂致变化无多，丰富之感不足。这样，就还不能使顾先生感到满足，使他必然要寻求更好的书法源头和师表。

顾先生常引禅宗大师的话：“见与师齐，减师半德。”他的书识高出常流，看出沈老的局限是误抱“中锋”，不敢舍离，又误认“藏锋”之义而不敢多出锋芒，遂致缺乏晋唐大家的那种骏利明快、流丽遒举的笔致——这就是说，须从根基上重下功夫。顾先生选中了欧楷，这是入手的必由之正路，“风骨俊伟”，莫与之匹。

但顾先生自云：学欧书，苦于自嫌腕弱，不能尽其遒劲峻拔的法度之美，于是转而求其次，向褚法借径。

无论欧抑或褚，都是运用侧锋臻于极致的笔法大师。褚本自欧出，其早期的《孟法师碑》最能窥见其师承变化之迹。褚是在欧上加之婉约含蕴，而另生一种秀丽之美。他的字，离“硬”而化“柔”，去“板”而生“活”，一片灵气流动于纸上。

顾先生在40年代早期，得力于褚法者最多。然而，褚河南毕竟与顾先生的性格不甚相近。稍后，他就倾力学习唐人写经与六朝小碑版。于是，顾先生的字立即再现新姿，一往无前，尽悟晋贤一脉承传的用笔之法。

说来有趣，再后一个时期，顾先生又回到了“欧家”！这回，不是重习大欧，而是认定小欧——欧阳通。

小欧传世的两名迹，一是《道因法师碑》，一是《泉南生墓志铭》。此二石刻，后者尤胜前者——我记得小欧的《泉志》已是写《道因》以后十二年的新境界了！

那真好看！顾先生一双巨眼慧眼，看准了这份珍迹，专心力学。在顾先生笔下，用不了多久，那种新的笔境立即焕发出大胜往昔的神姿来了。

顾先生的字，得此数家大师之营养，“字向纸上皆轩昂”（杜少陵句，此借用），绝不“躺”在纸面上。他笔笔鼓立，笔笔到位，笔笔飞动，绝无一丝一毫的松、塌、蔫、浮、滑、走、败。其神完气足，精彩百出，令人叹为罕觏。

自唐中叶以后，未见有书到此境者——我如此说，会招致疑惑，以为我是师生之契，有意张皇……我自问我们是论道论艺，并无“人情世故”羼扰的余地。

顾先生的草书尤为奇兀工致相兼，也是得未曾有！

唐贤孙过庭《书谱》的名言至理："草不兼真，殆于专谨；真不通草，殊非翰札。"这番大道理，我于顾先生的书法中得到了真实不虚的印证。

我常想：我每次见顾先生的信札，他那满纸的一笔草法，简直无以名之，以至于要给它创一新名叫"草楷"或"楷草"。因为，顾先生才真的做到了"作真如草，作草如真"！

他的草书绝非俗常所见的那种"有墨无笔"，只见满纸"蛇蚓"的缭绕。他是以草之形态而作楷之运笔。

顾先生的用笔，得自古人指示的"拨镫法"。"镫"被清代人误解为"马镫"，大谬。"镫"即古"灯"字，诗词中每言"银釭"者，即此——盖古时油灯是锡碗儿，故灯叫"一盏"。"拨灯"之秘，其实就是篆书变为隶、分、楷法的侧锋用笔之新法。顾先生之解"拨灯"，由实践而悟得，非玄谈虚论、揣测之谈可比也。

讲书法，是困难的；讲顾先生的书法，更是难上加难。拙见不一定即是，而拙文又不善达意。草草窥测，略志大端。不妥之处，方家幸予匡正。

壬午冬小寒节前写讫于燕京东皋之寤羲轩

在顾随先生诗词学术研讨会上的发言*

周汝昌

今天这次顾随诗词学术研讨会的召开，是我多年来期待实现的一个重要愿望，也为我们中华诗词这条大命脉的不断繁荣发展增加了一份讨论学习、交流共进的良好范式。

讲起先师顾随先生，我要说二句话八个字，就是："大道无名，大师无界。"这是什么意思呢？我们先民、先圣、先贤常说的那个"道"，本来没有名称，因为不知道怎样称呼它才好，无可奈何中这才挑选了一个"道"字姑且作为代表，所以，我们说大道的本质在大自然中存在，不可捉摸，无形之中却实有此道、此理存在。换言之，"道"本无名，称之为"道"，不过是个假名而已。那么，"大师无界"，又为何义呢？在我看来，顾羡季先生这样的大师是很难用一个界别或者科目来称呼的，说他是什么"界"的大师，比如文学界、史学界、哲学界等等。在我看来，不应该用这样的分界法把顾先生框定了——框定也就是把他狭隘化了。因此，我们的大会主题尽管是顾先生诗词作品的研讨，而实质上应该说是他的人格、道德、文章的学习研讨。比如：我和先生请教

---

* 2009年11月7日，由中华诗词（BVI）研究院主办的顾随诗词学术研讨会在北京召开。周汝昌先生特为赋诗二首，并口述此文，专讲诗词音韵等，因身体原因未能出席大会，由女儿周伦玲在会上代为宣读。

一首诗或讨论一首词的时候，涉及的问题范围甚广，绝不限于文章、典故的事情，而我所得到的印象是先生在回应这些问题时，真是无所不通，而且，他只用上几句话就能说到“透亮”之处，有时入木三分，有时一针见血，令你恍然、憬然、心折、口服，真好像他对你提出的任何一方面的话题都深入研究过的一般。所以，我才说，像他老这样的真大师是不能用一个什么“界”字而划定而紧紧缚住的。当然，我这样说又不是完全雷同于宋人的“功夫在诗外”的那种见解、论调，相反，我是想这样来说明先生的无所不通、无所不透，却正是他为了诗而下的真实功夫——我的“翻案文章”就是先师顾羡季大师的一切功夫，都是为了“在诗内”而绝非“在其外”。

此意既明，方可专就诗词的这一方面来粗加讨论。我和先生二十年的书札来往诗词唱和，所获得的印象至少包括以下几大特点。一，先生对诗词的鉴赏、评论、要求，实际上包括了汉字、汉文的形、音、义、神、韵、情、致……二，不论理、意、境、事、人……要传达起来，都必须是要活生生的。作品和人一样是一个宝贵、可喜、可爱、可敬、可佩的生命，而不止是一堆文字符号。“活”是作品的第一义，切忌落于一个“死”字上，“死”，就是机械化，就是八股化，就是堆砌、粉饰、扭捏、做作、搭架子、装派头，一切似乎变化多端而总不脱离一个“索然寡味”“没有生命”。三，既然作品是一个活生生的生命体，它就要表现出一种活气、朝气、英气、爽气、灵气、逸气；总之，是骨肉俱全、脉络贯通、品格高尚。四，要向上，要自创，切忌人云亦云、鹦鹉学舌、陈言套语，所谓“向上一路”，似禅家的用语，禅家的精气神讲究走自己的路，不要缀人脚跟。而所谓自创者，又不是无源无本张口乱道，而是从旧的传统脉络中脱化出崭新的风格、境界、智慧、见解。所以，先生常常鼓励我们要发扬蹈厉，有向上进取的精神志向，不怕向老师提出质疑的问题。所以，禅家甚至明言“呵佛骂祖”，要“丈夫自有冲天志，不向如来行处行”……

先生对于汉字的一切特色、优点，考虑得最为深透，他是一位诗、词、曲贯通的大作家，而这种文体是最要讲求音调格律的，他对此要求得很严格，绝不认为这是琐末之事的可有可无的细节。例如：他老人家批评我的那一点拙作时，不止一次指出，说我的七言律开头主体两部分尚时见可取之处，唯独结句其音偏“哑”，不知何故？老师的意思是不愿多说，要我自家留意，或可改进……对此所涉缘由很是复杂，又因偏重于我个人的问题，不宜占据大会的太多时间，我只能把它提出来，举例说明先生对于音律的要求之严、讲究之精，实非一般作家所能望其项背。关于音律格调问题，先生特别注重，他只要听你口中读上几句，就知道你懂不懂音义的重要关系。他说：会念的人一出口，便把字句原意全都“念”了出来，不用注解。

其次，他的另一个讲授重点是教给人们汉字文学的讲求文采，文采不等于字面上的华丽、美观、堆砌等各式各样的形容词，那好比涂脂抹粉都是表皮上的事情。他喜欢引陆机《文赋》的名言“石蕴玉而山辉，水怀珠而川媚”，正是这个大道理。说到这儿，不妨顺带讲一讲他特别尊崇《文赋》和《文心雕龙》，这是我们中华民族文艺理论的两份宝库。先生不仅仅是一位文论专家大师，而且是一位身体力行的实践家，对此，我们此刻难以尽叙，有待大家今后不断研求领会才行。

最末一点，先生讲授常常喜欢以禅喻诗，老师的意思是，把禅与诗放在一起来讲，并非是表明讲禅就等于讲诗，禅与诗二者并不雷同，先生只是借用禅家传授的方式来讲授诗的道理。我理解为：禅在寻求真理和讲授真理时，都特别注重把世间日常生活中的一切比方、标记、表达、表演等都要破除尽净，因为那都是一种“障”。“障”是什么？就是它把你和真理之间设上了隔离障碍，而你真正需要理解和表现的主题实际却被它淹没和替代了。诗人想题咏一个主题，他必然首先直截了当地去接触那主题本身的一切，否则，你便是被许多的“障”隔离欺骗了。例如：你要咏月，却不去直接观察感受天空中的一轮明月的境界，而你提起笔来，首先想的就只是苏东坡的“明月几时有，把酒问青天……”,再不然就是李白的“举杯邀明月，对影成三人……”，那么，这种诗作出来之后，必然就是一堆掌故，老套陈言的堆砌，最多不过是从新组联一次罢了，这儿没有你对月亮的崭新、鲜活的感受领略，你的作品就成了“障”的堆砌物。假使古往今来我们中华的诗词曲都是这样的东西，这可怕不可怕？好了，时间有限，我想说的自然是并不止此，但是我想，我们对顾先生的诗词曲的丰富遗产，进行认真的探索、学习的话，不妨从上面所列的几个要点来作指南，或许能收到事半功倍的良好效果。

我个人从幼遭逢乱世，失学、废学很多次了，平生所经历的学校老师很多，回想一下，我最为佩服而崇敬的首推苦水词人羡季大师，对他的研究异常重要，这次大会只是一个开始，真诚希望由此为一个重要标志，把研讨会适当分期继续下去，我相信这对我们中华的诗歌文学的发展是一个非常重要的工作，也是对先师羡季先生的最好怀念。

周汝昌口述

2009. 11. 4

顾随先生诗词学术研讨会感赋

一

大师去已远，天际散遗芬。爱马支公俊，雕龙慧地文。
一生三化备，八法六书均。风雨高楼在，凭谁仰及群。

二

大道无名久，先型有象尊。倦驼千里路，苦水一杯醇。
作剧红氍上，登堂绛帐门。思量杜陵叟，芳意与谁论？

受业周汝昌拜书

己丑闰五月十八

点晴墨采碧云升*

（《顾随讲〈文心雕龙〉》代序）

周汝昌

顾随先生遗稿《刘勰及其〈文心雕龙〉评介》作于1956年3月，去今已是二十三年了。文章接近讲稿性质，对象是青年学子。所以，写得平易通俗，要言不烦，深入浅出，这一点无俟多赘。可以看出，先生在这种文稿中自然也要略涉一些有关的基本知识，但那是为了便于说明要说的问题，并不是目的、本身。对可由其他办法获得的知识性材料的罗列、灌输，“照本宣科”，并不是（从来也不曾是）先生的用意所在，他更为注意的总是如何帮助学生提高见解的水平。我想，凡善于培育人才的老师，都是这样不肯忽略这种启发、诱导的精神的。

举当前的例子来说，《文心雕龙》是一部非常重要的中国（古典）文学创作理论的名著，内容所涉，十分繁富，项目之多夥，问题之复杂，探讨起来，极不容易。那么，要在如此简短的一篇讲稿中向一般同学来评介它，应当把重点放在什么地方呢？我们可以看到：顾先生着重指出的，首先是刘勰撰作此书的用意和目

---

* 本文原为《刘勰及其〈文心雕龙〉跋》。《河北大学学报》1979年第1期选登了顾随遗稿《刘勰及其〈文心雕龙〉评介》和《〈文心雕龙〉选注》，同期刊登的还有周汝昌的这篇跋文。征得周汝昌先生同意，此文用作2013年河北教育出版社出版之《顾随讲〈文心雕龙〉》代序，先生还特为作“附记”置文末。

的，这就是，我国文学发展演变到六朝的后半期，由于时代背景的种种关系，文风已是日趋凋敝，积习所至，举世从风，罕能自拔，这就需要有识之士，针对时弊，登高而呼，振聩发聋，拨乱反正。刘勰的《文心雕龙》正是这一时代文坛情状的反响和产物。认识到这一点，则其他一切有关的现象和问题，就都较易解释解决了。

顾先生在讲这一点时，也指出了刘勰的严肃的探研、撰述的态度，敢于批评的精神，和善于思考分析的能力。这是我们研读《文心雕龙》时所最应着眼的要义。

然而，顾先生进而指明，刘勰又是有破有立，“旗帜”鲜明的：他标举文章当以“自然”为宗，这似乎可以说是“总纲”，然而又针对“诡”“杂”“诞”“回”“芜”“淫”六点时弊而提出“深”“清”“信”“直”“约”“丽”六项标准。而根本问题，又在于文学作者本人的品质的砥砺和提高，所以在此“六义”之上，又追溯到“四教”——这一切认识，在刘勰的时代，是“不合时宜”的，所谓“未为时流所称”者，恐怕还是史家的一种委婉之笔，在事实上有些“时流”一定是“迎头痛击”，至少也是“大加讪谤”的。刘勰为了使他的著作发挥作用，不得不向沈约面前去“自售”，而书中之“抬出了《五经》和圣人的金字招牌”，在他这个人微言轻的“虔诚的佛教徒”来说，又岂是一个“明显的矛盾”所能解释？——所以顾先生一箭中鹄地指出：这里刘勰实在有其苦心，我们是不能单从表面现象来论事的。

顾先生为文的精义，首先是诱导学子在治学时要透过现象认清事情的实质，在此已略可窥见一斑。

文中在首次提到刘勰的“自然”这一文学理论时，立即指出，这和“自然界”“自然主义”的那些“自然”是毫不相干，不可误认。先生的分析审辨之精，也在此一例中表现得十分鲜明突出，因为，据我见过的关于评论《文心》的论文中，确实有过那样的或类似的见解，当时就感觉这是徒滋误解、增加混乱的，现在得读此文，才知道先生在很多年前早已抉出指明了，实在深有感触。

不过，顾先生当时把刘勰的“自然”只看做是“指的文体之简洁和语言之朴素而言”的，这是否已然十分全面？似乎还可以进行探讨商量。刘勰说：

> 故两仪既生矣。唯人参之，性灵所钟，是谓三才。为五行之秀，实天地之心。心生而言立，言立而文明，自然之道也。傍及万品，动植皆文：龙凤以藻绘呈瑞，虎豹以炳蔚凝姿；云霞雕色，有逾画工之妙；草木贲华，无待锦匠之奇。夫岂外饰？盖自然耳。

他在这段话里，解说了“自然”之义，大致意思是说：天地万物，以人为独具“性灵”（或“心”）——就是我们今天所谓的“思想感情”，有“性灵”的人，就会有语言文字，——也就会有文学作品发生。这是“两仪”之间万物发展的必然结果，有人类就会有文学，这就是他说的“自然之道也”，意即文学活动并非是由于谁的生造强为，是思想感情的“自然”产物。（至于“性灵”与客观世界的关系，他在《物色》等篇有所接触。）这是第一点。然后他又拿动植生物甚至自然界景色来比喻，说龙凤虎豹，草木云霞，都会生出文采来，比人工巧匠都要美妙，而这并非是由“外饰”所成的，是“自然”而具备的，——意思着重在：真正的文采，不是从外部“拉”来加以涂饰妆扮而可得成的，而是“自然”的表现，也是一种必然的结果。换言之，有了某种实质，一定会表现为某种文采。这意思等于后来常说的“笃实生辉”：有一分实际，就发一分光彩，比如精金美玉，发出极美的光彩，那不是“外铄”的，是由其美质“内发”的；单靠打磨表面，只能发生一种“浮光”或“贼光”（假古董，伪珠玉，表面的“外铄”之浮光，俗话叫作“贼光”），而浮光贼光，是并不真美，不搪眼，不耐欣赏玩味的。这是第二点。

第一点是刘勰对文学的“尊题”，为之辩护，强调它的存在的“理由”和“权利”，不是什么该当摒斥的可有可无的东西，反对那些由于只看到文风浮靡就根本非难、怀疑文学价值的道学观点。第二点就是刘勰借“四教”来说明的道理，文学家如不努力敦品励行、充实提高自己的“实质”，而只图外饰，不会有什么真正好作品。作家自己有真实货色，就可能有好文采，——这才是“自然之理”了。

我觉得，理解刘勰的“自然”论，至少应从这两点上去研究体认。至于“文采”，刘勰倒正是十分重视，而不是轻视。这由上面引录的那段话已可看得非常清楚，无待多述。他对文学，绝不摒弃文采（即所谓“丽”），只是主张不可失之于“淫”（那就是过分，一味追求辞藻的华美，就是流于“外饰”）就是了。

从这一方面说，我与顾先生对“自然”的理解略有出入。（至于刘氏所说的“道”，同样也还需要进行细微的分析评论，方能得其本旨。限于篇幅，就不多赘了。）顾先生当年循循善诱，最不赞成学生“随人脚跟”“亦步亦趋”“师云亦云”，无所发明，无所前进；最喜欢青年学生能提出不同见解，常常引用禅宗的话头“见过于师，方可承受”来鼓励学人。相互启发，切磋，是顾先生引以为最大快乐的事情。这一种高尚的治学、为人的精神，给我的印象至极深刻，使我永难忘记。我现在为顾先生草此跋文，还是遵循先生在世时的教导精神，才记下了这些粗浅意见。

我还要特别指出，先生此文结束处所提出的问题——即刘勰所运用的这种文体的价值意义以及他对这一文体的造诣成就，是一个极有见地的问题，先生要我们“不可以轻轻放过”，语重心长，深可感动。可惜先生只是“提出了一个问题”，而没有对它做出阐释，展开议论，这真是一件憾事。从文章结构讲，先生此文收束得也比较仓促，读到结尾部分，不免令人有“强弩之末”的感觉，心中感到不能满足，我想，这一定是由于当时事忙、体弱或其他干扰，被迫草草住笔的。对此，我只想提醒一点：如果有青年学人想深入体会先生提出的这一问题，那么不妨试取鲁迅先生运用骈散行文的那些“文言”的文章，细细读过，看看鲁迅先生为何喜欢采用这种文体，以及他已然达到了何等高超美妙的造诣境地，就可以“思过半半矣”。

顾先生是我最爱最钦慕的老师，平生撰述极富，可惜多遭事故，半归零落，每一念及，无限痛惜。这篇讲稿，远不足以代表先生一生对文学理论的精深的造诣；现在学报为了纪念先生，先把它予以发表，其意义并不在这篇个别讲稿的本身。我和先生有数十年的深厚交谊，不揣谫陋，以此短跋来略表个人的怀念之情，本来想竭其驽钝，好好撰写，可是百务丛脞，力疾从事，种种简率，深衷愧仄，实难笔宣。敬请学报编委、读者同志们多加原谅，并予指正。

1979 年 2 月

己未立春

附记

此篇小文乃是 1979 年应河北大学学报之约，为先师顾羡季（随）先生遗稿《刘勰及其〈文心雕龙〉评介》所作之跋文；今者，先生之论将作为专著正式出版，又欲将拙跋权作代序同时刊出。细思时隔三十余年之久，尔时方值改革开放之伊始，学术界对于古典文学之经典著作如何评价、定位尚在讨论研究过程之中，而我个人又正忙于为 1980 年之国际《红楼梦》研讨会准备长篇论文，所以，不但长期以来对《文心雕龙》的研究早已中断，而且当时之思路正在集中于红学方面，难以立刻回归素所用心的主题。以是种种，此跋仓促成文，本无流存之价值，然又别无选择之余地，只好惭颜而应命，仅在篇首冠以新题七字："点睛墨采碧云升"，以表我个人对刘彦和与苦水先后两位大师的崇敬之诚，私衷欣幸而愧亦谁知。

回忆 1941 年于燕园方得拜识苦水先师，仅能亲聆先生讲授三四堂课，其第一讲即涉及中华诗词之核心问题——"神韵"一词毕竟应作何解，并举《老子》《周易》等经典之文以引发学生辈之思路、灵感，印象深刻，永难忘怀。及至 1953 年春在成都四川大学与先生通讯时，我又曾旧话重提，有云："神者，不灭者是；韵者，不尽者是”，原函所论尚繁，如今只能回忆此两句而已。先生见之即赐函，欣慰之情见于言表，然又云：此解为前人所未能道；然此时尚不宜公开讨论……（大意如此）。此后，先生曾多次努力设法欲调我到先生身边工作，口虽不言，两心相契，知先生多年所怀一段大愿，愿我师生二人能就此方面合作一部重要论著，为中华文论美学作一开路奠基之试验，而终未如愿。闻孙正刚学兄曾言：先生对此十分伤感，而又无人可言……。而我对《文心雕龙》研究之残稿也散落殆尽，仅存《隐秀》《风骨》等二三篇发表问世，知者已不甚多。言念及此，不胜怅惘之至，附记于此，异日或有知者可备参考。

庚寅端午佳节　受业周汝昌敬志（时年九十有三）

《兔子与鲤鱼》跋

滕茂椿

右《兔子与鲤鱼》上下两篇，一名《悲智双修》，顾羡季师谈禅之文也。写作缘起具详自序中。吾虽久从师游，而于禅所知至浅，不敢有所论列。抑有不得已于言者：忆师当年上堂说词，时复拈举禅宗公案，以与诗心相印证。尔时虽欢喜信奉，顾不能深解义趣之所在。厥后，师尝取稼轩长短句廿首、东坡乐府十五章，为文立说，以示承学之士。吾受而读之数数，觉两部词说，虽皆说文，而实致于道。兹之《兔子与鲤鱼》二篇则专谈道者矣，而其翦组之佳妙，文字之优美，直似说文之作。当年师之苦心，至是始稍稍有所体会。若夫见解之深远，意境之高超，则与师之创作：诗词、古文、小说、戏曲以及书法，如出一辙，盖四十年功力与先天智慧有以致之，非可以躐等而进，亦非可以幸而致也。抑更有进者，师学问淹博，从学者胥知之，若其行已之谨，律身之严，则容所未尽知。或谓谈禅，乃实行上之努力者，是已。然岂独谈禅一端而已哉！

民国三十七年六月十一日即旧端阳节

受业滕茂椿谨识于天津之听雨楼

附录

《兔子与鲤鱼》序

顾随

去年夏天，有一家杂志约我写关于禅宗的文章。因为是月刊，于是每月就写一篇。遮之先，我并未曾写过遮类文字，起初笔下颇勉强，待到写过第四篇之后，渐能畅所欲言。遮也并不是说我底禅学功夫之长进与夫见地之明白，而只是文字运用得熟习而已。然而在勉强时多少尚有些儿规模；待到熟习时，我觉得我已不复是谈禅而是写近代所谓底散文了，虽然内中引用着许多经典以及宗门中底公案与话头，而且行文还沿用着语录体。遮一本小册子乃是原稿底第八、九、十，三篇，以其内容尚有联系，就抽出来并为上下两篇，且系于一题之下。禅人读之，将嫌其非禅；非禅人读之，又将嫌其太似禅也。苦水不想骗人，顶门具眼底亦决不致为其所惑。但愿读者于其非禅处有以得苦水底文心耳。今者心圆道兄将以之付印，又有新雨誊录校勘，虽异嗜痂，终近好事。其在苦水，则感谢之外，更益惶惭。若云彼此俱是作无益以遣有涯，其然，岂其然？

三十七年苦水于北平之倦驼庵

清河顾随先生临帖四种跋

滕茂椿

天津古籍书店影印出版之顾随先生碑帖临本四种——《黄庭经》《善才寺文荡律师塔碑铭》《道因法师碑》《张黑女碑》，系先生40年代初抗日战争期间作品。

先生方盛年，已为知名学者，工外文，更长中国多种文学创作与研究。以家累困居沦陷区北平，甘于清贫，仅执教于私立燕京、辅仁、中国等大学，潜心教书育人，不遗余力。三校相距甚远，每周分别到校授课，辛劳可知。余于1938年秋始入燕京大学学经济，慕名先后选修先生诗、词课，亟钦先生道德文章。迨太平洋战争起，燕京大学为日寇封闭，先生授课时数减少，生计日绌，而出处自律，不渝初衷。余时卜居地安门外福祥寺，与先生居停相望，因得时时就教。相见则必畅谈今古，借以忘忧。先生有诗词新制或书法得意之作，辄获先睹。几日不访先生，先生亦偶到寒斋小坐。过从既密，知先生课余临帖自娱，乃其池课，绝少间断，用功亟勤。

先生尝谓余曰："吾早年临苏黄，难于精进，后从吴兴沈尹默先生游，服膺其用笔理论与实践，并悟'腕力遒时字始工'之奥诀，乃取晋唐诸大家行楷碑帖悉心揣摩，日日临读，于褚河南、小欧阳尤多致力焉。"先生嗣以精研佛教文学，每观赏唐人所写经卷，并留意章草，书法境界因之益高，渐成一己风格。先生曾戏成一绝句云：“学晋未能复学唐，当年曾记写苏黄；而今始会苏黄笔，也有些儿出二王。”盖甘苦之纪实也。

先生向不以善书自许，亦不肯轻易为人作条幅、楹联。一如前述，先生志在教育人才，故治学至勤，书艺特其余事。然为文属草，乃至书翰札记，类皆认真书写，真草字形靡不规范有法度，结体亦力求淳美；池课则更一丝不苟，气贯神完。顾其作品每于出示二三学子后辄随手弃置或为友人门生携去。兹四临本中之三本，即先生由碾儿胡同移居南官坊口时，弃置废纸堆中而为余发现，携归寒斋者。五十年来，历经丧乱，尚留全璧，抑有“神灵”呵护耶！

先生于书法艺术实有深湛研究与会心处，对书体源流亦有独到见解与引论。所惜晚年体弱多病，又苦教学事冗，未遑多所发挥。先生尝谓临池首宜讲求用笔，点画务实，注意平直，则结构工稳，而又须灵活飞动，熟中有生，学古而有个性，庶不至失于邯郸学步也。先生《倦驼庵诗稿》有论书绝句：“笔精墨妙说山阴，千古风流直到今。异代萧条时序改，今人难会古人心。”又云：“此事何堪中世用，天然爱好是生成。自心没个悟入处，枉向如来行处行。”三复斯言，或有资师承者深造之参考也！更有进者，深究先生书法艺术，实不应游离于先生创作暨教学诸艺术之外。明乎此，恐将亦有助于试作顾学（“GUOLOGY”）① 之探微。

1990 年 9 月 2 日，白头弟子为先生捐馆三十周年举办纪念会，

---

① 详见黄宗江《顾学（GUOLOGY）琐忆》一文。

余亦应先生女公子之惠、之京相邀参加公祭，得见先生临《同州圣教序》影印本之原件收藏者史树青及叙记者周汝昌两学长，谈次益感遗墨深为世重。亦复念：余年逾古稀矣，恩师手泽，藏珍于家，曷若公之乎世，庶于今人临池之步入正轨，定有裨益。适天津古籍书店编辑部热心于弘扬祖国文化艺术，除已将先生临《同州圣教序》影印出版外，并愿筹印此四种临本，以广流传。余也无似，忝列门墙，得附骥尾，幸何如之！故为叙其缘由如上。

今所记叙，初稿曾经穆崇栻学兄为修订并提出补充意见，又经顾之京师妹提宝贵意见，复得卢文卿同窗热情鼓励及建议，参照同门卓见，已做修改，附此致谢。

公元1991年7月受业滕茂椿谨识

《兔子与鲤鱼》*

郭预衡

《兔子与鲤鱼》一书，是顾羡季师的谈禅小品，我读过之后，没有发明，却有感想，因此也想谈谈。师自谓野狐禅，真所谓“夫子自道”也，我当然不信；况且，如果师是野狐，学生还得了吗？站在学生的立场，我更不敢信！

是什么禅，且置不提；更重要的是：这本小册子根本不单是谈禅，禅外还有东西呢，请看师的自序：“……禅人读之，将嫌其非禅；非禅人读之，又将嫌其太似禅也。苦水不想骗人，顶门具眼底亦决不致为其所惑。但愿读者于其非禅处有以得苦水底文心耳……”如此说来，师所谈的实在是文心了！

有趣的是：师谈文心，不先引圣经贤传，却偏从兔子和鲤鱼说起，鲤鱼是河鲜；兔子是野味；但禅宗和尚对于这两种动物却别具慧眼，他们的看法和凡人不同。在这里我想把鲤鱼放下，单提兔子。一因我嗜好野味，二因节省文字，读者其勿谓之“野兔禅”则幸矣！

先看羡季师怎样说兔子：

在我的故乡就流传着一个故事：古时候兔子终日提心吊

---

* 原载1948年12月3日《华北日报》，署名“郭帝北”。

胆地生活得不耐烦了，于是聚族而议曰："如此生活，终朝每日毫无乐趣，还不如去自杀吧！"大家也都觉得缩短了生命，就结果了痛苦，当时全场一致通过这提议。又议定了自杀的方法是投水。一些兔子成群搭伙，缕缕行行地到河边去了。方到河边，不少的青蛙慌忙得扑通扑通地跳下水去。就有一只兔子说："我看咱们不必自杀了，还有怕咱们的哩。"于是兔子们虽然并不骄傲，却也心满意足地回去了。他们的种族就一直繁殖到现在。

我想：这个故事的创作者是"因兔子而发；说出之后，却与兔子丝毫无干，水米无交"。正如师评密公以"白衣拜相"说兔子的话一样。

古今来不知有多少人只因为"还有怕咱们的哩"一句话而活下去！民族的繁衍以此！人类的不灭以此！为了这一句话使专治暴君的子孙万世之业在中国就持续了几千年！但是在这几千年间，我们可曾听过有人提议"如此生活，终朝每日毫无乐趣，还不如去自杀吧"的话吗？如果说没有，那人类便不如兔子；如果说有，可又无从有起。所以"他们的种族就一直繁殖到现在！"

"一人之下，万人之上"，是达官贵人的得意之言；"比上不足，比下有余"是推车卖浆的自足之语。前者可以自豪，后者可以自慰。如此这般，便使人类万岁了！更何况还有"好死不如赖活着"的至理呢。

上面的故事，本来是对兔子"含有不敬之意"的，兔子本身可怜，人类也瞧它可怜，因此人与人之间，说谁是兔子，谁也不愿意，但禅宗和尚则不然，他们却有人看中了它！且看羡季师引述的宗门的话：

洞山与密师伯行次，见草中蹿出兔儿，密曰："俊哉！大似白衣拜相。"

再看羡季师怎样解释"俊"字：

此一俊字正是孔夫子所取底狂狷，孟子所谓使"贪夫廉，懦夫有立志"底伯夷柳下惠之风。宋儒所说"我虽不识一个字，也要堂堂地做一个人"，亦复正是此个道理。……既俊矣，自然不肯做奴。既不做奴，自然便肯创造。……世尊有言曰："如此良马，见鞭影而行。"俊之义也夫。

且住，说到创造，已经是文心了。

不肯为奴而力不足以为主，便只有自杀。巴金在《家》里面写的"鸣凤"便是这样死去的。假如到河边而不肯自杀时，那便只有逃避之一途了。因此兔儿见人而蹿，是俊！良马不肯受鞭，是俊！"觉民"兄弟从家中出走也是俊！否则即是呆兔，是惊马，是弱者！

脱出旧的环境，才能有新的创造。要想创造，必须能"俊"；也就是尼妙总禅师所说的"倜傥分明"，由于"倜傥分明"，羡季师说到"取舍"，我到此处，不能赞一词，还是说我的感想吧！

俗语说"舍不得孩子打不得狼"，就是说：要"取"狼，便须

"舍"孩子。我们身为孩子的，当然不愿父母这样做，但取舍之权可在父母的选择了！一者不可得兼，方取方舍，方得方失，期间不容踌躇，不许通融。但世上的人却多在踌躇着，在通融着。

一方面要做卖国的汉奸，一方面又做民族的英雄；既想风流，又要遵孔；既充文人学者，又做帮闲政客；既当和尚，又想妻子；既爱金钱，又要名誉；一面标榜清高，一面卑鄙下流，人间哪有这种便宜事？

且住！再说下去，神经过敏的人该说我在骂人了，其实骂人又谈何容易？我要声明：这里所说的"世上的人"都指古人或未来的人，今人一个也不在数！如果说现在的人，那只好说我自己；我自从上大学，入研究所，以至毕业一年后的今天，人生方面，不能有所取；学业方面，不能有所得。苦闷不能摆脱；情感不能排抑，提得起来，却放不下去。有时候因为喜好太多，瞧着什么都眼熟，都想学，都想做，结果弄得"五技而穷"，自己也茫然若失了，这不是因为不能有所弃，才不能有所得吗？

人生本来是苦闷的，但"倜傥分明"，我觉得是人生最重要的态度，如能做到，便不致再有忧愁烦恼，不致再做感情的奴隶。苦闷之来，能担荷时，便即时去创造；如果不能，便自杀也高于兔子一等了！但两者我都不能。明知为人所弃，而仍难割舍；明知为俗所嫉，而又勉强周旋，所以我烦恼，我苦闷了！宗门有言："佛是烦恼，烦恼是佛。"这真骗人！果然那样，我早就成佛了！但我只听说有"如意"佛，哪里有一"烦恼"佛？

属笔至此，离题太远了。好在是感想，远也无妨，假如羡季师看了，一顿禅棒，把我打出山门之外，我也只有生受！

1947[①]之冬写于辅大北楼

---

① 当系 1948。

读羡季师《小说家之鲁迅》所想到的*

郭预衡

羡季先生在《小说家之鲁迅》这篇讲演中说：

> 鲁迅，在学术与文艺上说起来，同时是思想家，文学家，艺术家，考据学家，史学家，诗人，又是小说家。集许多“家”于一身，简直无以名言，也许就是“博学而无所成名”，与“大而化之之为圣”吧。

这是先生于1947年在当时的北平讲的。我以为这是那个历史时期，在北平这样的地区的学术界对鲁迅最全面的评价。

毛泽东同志于1940年说过鲁迅“不但是伟大的文学家，而且是伟大的思想家和伟大的革命家”。先生在这里未提“革命家”，我想，在那个历史时期的北平这个地方，不提“革命家’，是可以理解的。

但先生首先说鲁迅是“思想家”，这一点我以为非常重要。我觉得，鲁迅之所以伟大，首先在于他的思想深刻，鲁迅的文章之所以耐读，百读不厌，甚至几十年后读起来都有现实意义，就因

* 本文系为纪念顾随先生逝世三十周年而作。选自《河北大学学报》1990年第4期。

为其中含有深刻的思想，经得起时间的考验。

先生推崇鲁迅的话，不仅见于这篇讲演，也见于其他论著，特别是在平日闲谈之中，先生也常常提到鲁迅。

我于 1945 年在辅仁大学国文系毕业，当时留校做助教，向先生请教，同先生谈话的机会比做学生的时候更多了。尤其是当 1949 年前后，我和先生常在一起，几乎无话不谈。当时给我最大的教益之一，是启发了我对鲁迅著作学习的兴趣。我从这时开始读《鲁迅全集》。当时辅仁图书馆只有日文版的《大鲁迅全集》，一位姓金的女同学看我读得吃力，为我借了二十卷本的《鲁迅全集》。

读了《鲁迅全集》，我感到鲁迅著作的最大特点，是思想的深度不同寻常，能够启发人的思想。读鲁迅著作和读别的学术著作很不一样。

我当时曾经觉得，听先生讲课，有时也像学习鲁迅著作，首先的感受是思想深度不同寻常，能够启发人的思想。

先生在这篇讲演中又说鲁迅是“诗人”。我以为这一点也非常重要。

鲁迅自己是不以诗人自居的。但先生却做如是说，先生从鲁迅的小说中分析出诗的成分，指出其中具有诗的特点。先生说：

> 在两部书（《呐喊》和《彷徨》）中，先生表现出除了成为一个小说家思想家而外，同时是诗人。我所要谈的特别是后一点。而这一点，许是先生的作风特别成熟之故，在《彷徨》中表现得尤其显而易见。在表现人生哲学的《孤独者》

《伤逝》里，在处处流露感伤气氛的《在酒楼上》《祝福》里，那诗味的浓厚自不必说；即在《肥皂》《弟兄》以及其他所谓讽刺小说里面，也还是举不胜举。

这里说的讽刺小说，包括《阿Q正传》，先生认为，在这些小说里面，都有诗的成分。

鲁迅小说之所以有诗的成分，就因为鲁迅不仅是小说家，同时也是诗人。说鲁迅是诗人，也并非因为他写过“平平仄仄”“仄仄平平”的诗句，而是因为他确有一颗诗人的心。

我觉得，羡季先生在这里也有与鲁迅先生相似之点。例如，听羡季先生讲课，就不同于一般的学术讲座，而是诗人在谈创作。

说先生讲课是诗人在谈创作，也并非因为先生常常在黑板上写出自己的诗篇加以吟诵，而是因为先生确实也是怀着一颗诗人的心。

先生的学问造诣是多方面的，非我所能名言。但我觉得先生主要是诗人。不仅先生作诗时是诗人，先生平居之时，为人处世，随地随时，都是诗人。

我在这里说羡季先生是诗人，也就是说他是真诚的人。先生说诗拈一“诚”字，其为人也正如此。

由于真诚，先生不但令人钦敬，而且使人感到可亲，我们有许多老师是使人钦敬的，而羡季先生则是最可亲近的。

但是，作为一个真诚的诗人，在旧时的社会中是难免身心交病的。也许正因为如此之故，先生的健康终于未能恢复，竟过早地离开了我们。

顾学（GUOLOGY）琐忆*

黄宗江

我接到召开顾随先生纪念会的通知，既高兴又惭愧，也不免感伤，因为我也忝列顾师门下。我是1938年入燕京大学，头一学期选了现在台湾的郑骞老师的“诗选及习作”，下半年就选了顾随老师的“曲选及习作”。我说惭愧真惭愧，我难比在座很多位登堂入室继承衣钵的顾门弟子，我这个弟子学了“曲选”，出了校门，到现在为止，这一生平仄不分；可是到底曾受业，顾随恩师的片言只语，我获益匪浅，甚至终身受用。1944年的时候，当时我在四川当演员，江湖卖艺，写过一集散文《卖艺人家》，内有一篇提到顾随老师，题为《书卷气》，谈的是演戏的书卷气，有这么一段：“昔日听顾随先生讲曲，讲到好处，常‘跑野马’，转论‘杨、余、梅’。三人中顾最欣赏杨小楼：长啸一声，偌大气魄，他用个英文字形容——真 Dramatic！梅兰芳高华，余叔岩书卷气。书卷气则不免落于纤细，终是小品文章。”这不是逐字逐句，可是那时离开老师才五年，现在五十年了，那时的感受记忆还是比较真切的。我引申老师的话做如是结论：“读破万卷，再抛却万卷，与天、地、人、物俱化，自能达到一种至高境界。杨宗师（杨小楼）

---

* 本文系作者在顾随先生逝世三十周年纪念会上的发言。选自《河北大学学报》1990年第4期。

虽或读书不多，必参透此旨，乃获乌江之啸。”那时梨园行的杨小楼读书不多，还可能是个文盲，他没有听过顾先生的课，然必参透此旨，达到了顾先生所称道的剧诗与史诗的境界。我感到顾先生本人的境界，正如周汝昌学兄所说的是那样深、那样广，所以我觉得拿自己这几句结束语形容顾随老师，也还是合适的，即“读破万卷，再抛却万卷，与天、地、人物俱化，自能达到一种至高境界”，我想顾随老师就是达到了这样的至高的境界。

我很惭愧，我不能说自己年幼失学，小学中学大学照上；却可说是年长失学，这自然有许多客主观原因，有时代的原因，有个人的原因，我踏入艺坛文坛之后，反而失学了，再经过那十年那么一个并非全然“史无前例”的新的“焚书坑儒”的时代，我没被全“坑”也半“坑”了，就落到这样一个失学境界。王蒙同志前几年写文章说作家要学者化，乍一听有点让人吃一惊，这作家而非学者，是不可思议的，然而就是如此。作家要学者化，那当然导演、演员所有的文艺家均应如此，然而今日之缺乏学者却是更其通常的了。近年清华大学中文系恢复，要我去讲一通，我就说我来到清华是来朝圣的。我随便提问了一句，“汉园三诗人”，竟没人回答得出来是李广田、何其芳与卞之琳！我是搞戏剧的，乃问起清华学长洪深、李健吾、张骏祥等，也没人能答得上来，曹禺还是有人知道的。我就不便再问顾随是谁？陈寅恪是谁？……我想大多是要交白卷的。这年幼年长一片失学的状态可想见。就说我个人，我离开顾先生五年之后写文章时还可以谈到顾先生，可是离开顾先生五十年后，我连先生在哪儿都不知道了；对先生的著作，我已经到了开卷恨晚的境界。书铺我都不想进了，我倒不是说我不爱书了，我们这些人不爱书成什么人了？可是到书铺去，我想要的是我找不到的。我找到的是我不想要的。我见到《顾随文集》，还是1987年在美国康奈尔大学，在英国老师谢迪克[①]家里，才看见《顾随文集》呀！我想现在到新华书店找找，未见得能找到《顾随文集》。我是在洋人谢迪克的书斋里见到《顾随文集》，又在加籍华裔学者叶嘉莹女史的文章里读到顾随先生，直令我逸思哀思无限，在国外还有人研究我们老师啊！

我前几年给《中国烹饪》写了一篇文章，按说是很犯忌的，也可说是伤心文章，叫《礼失求诸洋》，套自古典"礼失求诸野"。何以"求诸洋"？由于我发现纽约、东京、巴黎……，我到过的这些外国城市，他们的中国菜绝不比咱们的差了，引申之，中国的月季花，人称 Chiness Rose（中国玫瑰），"文革"后中国就几十个品种了，人家却有数百！饮食如此，花卉如此，甚至我们的历史资料也要到外国去找。我在谢迪克书斋里，在叶嘉莹文章上，才又见恩师，实令我感慨何可言说！

今日盛会又令我感到既高兴又惭愧也温暖，想到我们在顾随研究上还是能够有所作为的。1986年至1987年我在美国讲学一年，讲授中国戏曲、戏剧、电影，我在课堂上创造了一个英文字，在讲梅兰芳时，我讲到"梅学"，就来了个"Meiology"。后来我一个洋弟子说："黄教授，这个字英文字典里没有，将来会有的。"我认为，顾随先生的学问如此博深，今后会有"Guology"，会有"顾学"的。

1990年9月2日即席发言

---

① 谢迪克，20世纪30年代曾来华任燕京大学英文系主任，当时经常旁听顾随先生讲课。

顾随先生临《同州圣教序》跋*

史树青

唐太宗为玄奘大师所撰《三藏圣教序》除怀仁集王书刻石以外，尚有两种刻石，雁塔本与同州本是也，两本皆以为褚遂良书。上述三本刻石在中国书法史上均为经典之作，占有重要地位。

羡季先生书法初学欧阳询，继学褚遂良，先生在本册中跋谓："以岁月考之，'同州'本实非河南笔，其结体虽大致与'雁塔'本相同，间亦小异；其用笔亦时时类小欧阳，不尽是褚法也。"但过去有人认为同州本刻于褚遂良卒后五年，乃据雁塔本手迹重刻，刻工甚精，而两刻各有独到之处，以同州本为较优，故孙承泽《庚子销夏记》列同州本于雁塔本之前，并谓"两本字迹不同者，摹手有异耳"。或谓褚遂良曾书《圣教序》正副两本，刻于雁塔者为第一本，刻于同州者为第二本。盖第二本原未刻石，褚逝后，人们不忍弃而不用，故刻石于同州。

先生书学，临帖读碑，功力甚深，几十年中，未尝间断。其笔力腕力，轻重得宜，挥洒自如，深得古人书法三昧。

此册为先生所临同州本圣教序，余昔年得之琉璃厂集粹山房，先生跋称为1938年所书，知先生曾以欧、褚书学，列为日课，非

---

* 1990年3月出版之《顾随先生临同州圣教序》前有史树青序，2003年作者又为此跋，刊于《中国书画》2003年第4期，收入本集时略作删节。

世传尽学沈尹默先生也。1943 年，以寒斋所藏尹默先生早年书联求先生跋语，先生为题七绝一首：“腕力劲遒无不宜，出唐入晋竟谁知。腾空挂角无踪迹，此是灵蛾破茧时。”从诗中可以看出先生视尹默书法是从晋、唐人出。“出唐入晋”“灵蛾破茧”全是先生平日学书、作书之体会。此诗虽是题尹默先生书，不啻为先生论书、创作之自白。因知学书从唐人入手，上追下连，实为精辟之论。

1946 年，余游沈阳，得唐人写经残纸数种，寄赠先生，恰经文中有一“随”字，先生以遒美书法，欢快复函称：“‘随’字，小女辈皆谓与苦水平时署名笔意相似，亦可谓小小巧合也。”又先生函中欲求得日本毛笔，盖日本笔多狼毫所制，尖硬挺拔，善于书写。凡此种种，皆可见先生书学功力之深，堪称后学之楷模。

读顾随《乡村传奇》*

吴小如

顾羡季先生是老牌的辞章家，而《乡村传奇》却是一篇崭新的结晶品。

这是一个中篇故事。有好几处是故事的高潮。高潮的起伏，恰如题目所示，是有着浓烈的戏曲色彩的，像莎士比亚型的西方戏剧，却更像元曲。然而，它毕竟是一篇故事。

故事的开场，是牛店子一个“真正的冬天”的冬天。清淡几笔，白描出那村镇的轮廓。主角无疑是“大麻子”，却拉了一个会学口技的“比亚比扬”做幌子、做序幕。不知怎么，我总觉得“比亚比扬”的面貌活像老年的《原野》中的白傻子。从那浪漫而又踏实的描写中，骤然被一片诙谐的烟幕所笼罩，却终于给读者带来了一阵幽寂的阴森，象征着一出悲剧的开始。

然后出现了大麻子和四先生。四先生是陪客，然而倒是枢纽人物，再把那伪善者的走狗二牛鼻也烘染出来。有大麻子的阳刚，就有四先生的阴柔，但是写得若即若离，不即不离。通常人看小说都爱给人物加上善的褒扬和恶的批判，戴上一副陟臧罚否的眼镜，如曹操是奸臣、关羽是好汉一类的概念。读文章，又都好寻

---

* 选自吴小如著《旧时月色——吴小如早年书评集》（北京大学出版社 2012 年 9 月出版）。

章摘句来评论美丑，有一次，连顾先生自己，也曾说老杜《北征》中的“垢腻脚不袜”一句欠美。可是我们要知道，真正的好文章，即以这篇《乡村传奇》而论，是很难说出谁是好人坏人，或哪一段写得顶美。因为故事中的人物，不论他平凡或特异，都被作者写得同样的美；而全篇文章，也成为一个完满整体，不容我们强为分割。仿佛演技纯熟精力饱满的演员，在台上吸引着观众，使人只顾看演奏的精彩，便忘掉了场次的更迭。作者在这些地方，我重说一遍，真有元曲的余绪。准此，我们绝对用不着说四先生是坏人，或大麻子是好人了，也用不着指出哪一段文字格外精彩了。

从大麻子闯宅生事，经过被押上公堂挨完板子，直到水坑边“豆腐皮”家寻二牛鼻报仇失败为止，这一不算小的波澜一直挑逗着读者的情趣向前大步紧追。每个角色都很卖力地在幕前幕后露着头角。可是，大麻子一个仰跤跌下去后，却应了东坡那句诗：“事如春梦了无痕。”轩然大波，却来了个翩然而逝，这一幕的台帘便这样地落下了。

跟着下一场，作者又渲染着牛店子新年的集市。仿佛《左传》中描写几次大战争的笔墨，只从远处闲闲叙起，宛如无关痛痒，却逐渐拖你入彀。这又是剧本作家应有的狡狯，被作者偷天换日搬进了故事里，那些铺排便是一层层的障眼法：买猪喽，买粮喽，讲价钱喽，吵嘴喽，看年画喽，放鞭炮喽，都像走马灯似的摆在你眼前。接着写大麻子要地基钱，二牛鼻不许商人给。这一场戏更是作者故弄玄虚，好像要出事，并没有出事。只是调戏了一下读者，使观众提心吊胆地顺着他的笔锋走去。

再往下写，风平浪静般，不惮烦地说着一桩桩风土物事；直写到玩龙灯、高跷会，才到了全篇的最高潮。

大麻子的儿子如意儿是二牛鼻的徒弟。为了虚荣，师徒俩绑了高跷站在冰上搬朝天蹬。这场比赛的结局产生了不幸——如意儿摔死了！死尸拖到家，作者这样形容大麻子："既不表示惊惶，也不表示出悲痛，睁开了络满了红丝的眼，向在场的每个人身上都喷上了血光，喊了一声：都出去！"等到人们跑出门去，大麻子的妻"老黄毛"哭也不敢哭，而大麻子呢，"依然蹲踞在炕角里，红血丝的眼闪闪地在发光"。

故事好像完了，不。莎翁的戏，最高潮大抵在倒数第二幕，结尾总还要别起一波的。末一场戏，是在玩龙灯的场面下，大麻子如猛兽恶鬼般直扑向二牛鼻的身上。这一场肉搏，令我想起杰克·伦敦在《老拳师》里那些精致的描写。二牛鼻无疑是吃了苦，然而村民并不清楚谁是为虎作伥的乡愿，谁是值得同情的失势丧子的粗人。一顿乱打之后，大麻子也被人运走，抬回家去放在炕上了。

在挨打的第四天，大麻子终于嚷了一句"我不能死"，又嚷了一句"死就死了吧"。"于是一个仰八叉，也倒在地上不动了，死了。"读到这儿，不禁想到《史记》上喑呜叱咤的项羽的死。作者的笔也是能"扛鼎"的。

点明了二牛鼻成了残疾之后，作者很冷峭地说："牛店子从此一直太平了许多年。"

这出传奇落幕时，我们还依稀听见那土地庙前比亚比扬的口技声。还有那白杨树上的猫头鹰，在夜深时，也哈哈地发笑。

我记得顾先生评辛稼轩的词："以健笔写柔情。"这话无啻为《乡村传奇》的自我写照。用笔那么豪爽，用心又那么精细。读历史只能增加你的知识，读故事却能怡养你的情感。这力量不在故事本身，乃在那些风土人情生活习惯的琐细摹绘。作者不辞辛苦地写了这许多，看上去好像为故事作陪衬的背景，实际上，那些朴实无华的白描才是作者寄托他眷言之情用心所在。每一段娓娓动人的絮语，活脱是一支支杂剧中的丽曲。寓凄凉于感慨，蕴壮烈于温馨。顾先生如有逸兴，何妨真的写一出火杂杂的剧本，供后人的观摩欣赏呢！

1947 年 3 月 28 日在北平写讫

顾随（羡季）先生谈辛词*

吴小如

1981年秋，叶嘉莹教授自加拿大归国度假，我有幸得初识荆州。嘉莹先生是已故辅仁大学教授顾随（羡季）先生入室弟子，此次归来，她要偿的夙愿即是整理羡老遗著，并准备为之付梓问世。由于我1945年曾旁听过羡老讲课，1946至1949年，又常到南官坊口顾宅向羡老请益，虽非及门，却时亲謦欬。因此嘉莹先生问我手头是否还有羡老手迹，以及听课笔记之类。我本藏有一批羡老给我的信札，但在60年代因高熙曾先生征集羡老遗作，我已扫数捐献，今则不知浮沉何所，而手头当然更一无所有了。不过既经嘉莹先生提示，我便冥思苦想三十多年前多次同羡老谈话的情景，终于想到有一次（也只有这一次）羡老曾为我讲解过辛稼轩词。现在追记下来，供读者和嘉莹先生参考。

事情是从我请教羡老引起的。我问：稼轩《念奴娇·书东流村壁》第一句“野棠花落”，一本作“塘”，到底用哪个字好？羡老答：关键不在“棠”而在“野”，这个“野”字用得既险且精，外野内文，为东坡以下诸人所不及。为了便于了解，还是把全词抄在这里，再介绍羡老的意见。

---

* 节自吴小如著《书廊信步》（辽宁教育出版社1995年10月出版）中之《学林漫忆》一文。

> 野棠花落，又匆匆过了，清明时节。刬地东风欺客梦，一夜云屏寒怯。曲岸持觞，垂杨系马，此地曾经别。楼空人去，旧游飞燕能说。　　闻道绮陌东头，行人曾见，帘底纤纤月。旧恨春江流不断，新恨云山千叠。料得明朝，尊前重见，镜里花难折。也应惊问，近来多少华发？（据邓广铭先生《稼轩词编年笺注》卷一）

羡老说，此词盖是从小寄托入，大寄托出。“小寄托”者，自词意言之，显然稼轩在此地曾经情有所钟，恋慕过一个少女。及故地重游，则已“楼空人去”，即使明朝重见，也如水月镜花，“相见争如不见”了。“大寄托”者，则词中作者所怀念的女子实际上正象征着作者自己所向往的政治理想。志既不酬，时不再来，故旧恨新愁层出不穷，自己也垂垂老矣。而第一句乃是全词起兴之笔，如取兴于少女，则是野草闲花，“野芳发而幽香”，于无人处自成馨逸；以喻小家碧玉，不为人知，而春残花谢，终于遭到不幸结局。如取兴于作者本人，则已为在野之身，野鹤闲云，不为世重，纵有经纶盖世，而人却等闲视之，时值乱离，愁恨自然如春水云山，抽绎不尽，令人徒添白发了。羡老说，不论寄托小大，第一句却经纬全篇，尤其是开头的“野”字，更是寄兴无端，寓意无穷。这正如谭鑫培唱《战太平》（小如按：此指谭在百代公司所录之《战太平》唱片），固然整个唱段十分精彩，但第一句“叹英雄失志入罗网”却是全段的灵魂和精髓，倘若第一句没有唱出英雄失志的感情，后面唱得再好，也显示不出大将内心的抑塞悲愤了。

羡老讲课，每以京剧界谭鑫培、杨小楼的艺术与文学名作做比较，此即其一例也。

八一年岁杪写记

谈羡季先生对古典诗歌之教学与创作*

叶嘉莹

一、先生之生平、教学及著述简介

顾师羡季先生本名顾宝随，河北省清河县人，生于1897年2月13日（即农历丁酉年正月十二日）。父金墀公为前清秀才，课子甚严。先生幼承庭训，自童年即诵习唐人绝句以代儿歌，五岁入家塾，金墀公自为塾师，每日为先生及塾中诸儿讲授四书、五经、唐宋八家文、唐宋诗及先秦诸子中之寓言故事。1907年先生十一岁始入清河县城之高等小学堂，三年后考入广平府（即永年县）之中学堂，1915年先生十八岁时至天津求学，考入北洋大学，两年后赴北京转入北京大学之英文系，① 改用顾随为名，取字羡季，盖用《论语·微子》篇中"周有八士"中"季随"之义。又自号为苦水，则取其发音与英文拼音中顾随二字声音之相近也。1920年先生自北大之英文系毕业后，即投身于教育工作。其初在河北及山东各地之中学担任英语及国文等课，未几，应聘赴天津，在河北女师学院任教。其后又转赴北京，曾先后在燕京大学及辅

---

* 本文系《顾随文集》（上海古籍出版社1986年1月出版）代跋，原题作《纪念我的老师清河顾随羡季先生——谈羡季先生对古典诗歌之教学与创作》。

① 顾随1915年报考北京大学中文门，因成绩优异，校方建议改学西洋文学，并先送至天津北洋大学预科专攻二年英语。

仁大学任教，并曾在北京师范大学、北平大学、女子文理学院、中法大学及中国大学等校兼课。解放后一度担任辅仁大学中文系系主任。1953 年转赴天津，在河北大学前身之天津师范学院中文系任教，于 1960 年九月六日在天津病逝，享年仅六十四岁而已。先生终身尽瘁于教学工作，解放前在各校所曾开设之课程，计有《诗经》《楚辞》昭明《文选》、唐宋诗、词选、曲选、《文赋》《论语》《中庸》及中国文学批评等多种科目。解放后在天津任教时又曾开有毛主席诗词、中国古典戏曲、中国小说史及佛典翻译文学等课。先生所遗留之著作，就嘉莹今日所搜集保存者言之，计共有词集八种，共收词五百余首，剧集二种，共收杂剧五本，诗集一种，共收古、近体诗八十四首，词说三种（《东坡词说》《稼轩词说》以及《毛主席诗词笺释》），佛典翻译文学讲义一册，讲演稿二篇，看书札记二篇，未收入剧集之杂剧一种，及其他零散之杂文、讲义、讲稿等多篇，此外尚有短篇小说多篇曾发表于 20 年代中期之《浅草》及《沉钟》等刊物中，又有《揣龠录》一种曾连载于《世间解》杂志中，及未经发表刊印之手稿多篇，分别保存于先生之友人及学生手中。

我之从先生受业，盖开始于 1942 年之秋季，当时甫升入辅大中文系二年级，先生来担任唐宋诗一课之教学。先生对于诗歌具有极敏锐之感受与极深刻之理解，更加之先生又兼有中国古典与西方文学两方面之学识及修养，所以先生之讲课往往旁征博引，兴会淋漓，触绪发挥，皆具妙义，可以予听者极深之感受与启迪。我自己虽自幼即在家中诵读古典诗歌，然而却从来未曾聆听过像先生这样生动而深入的讲解，因此自上过先生之课以后，恍如一只被困在暗室之内的飞蝇，蓦见门窗之开启，始脱然得睹明朗之天光，辨万物之形态。于是自此以后，凡先生所开授之课程，我都无不选修，甚至在毕业以后，我已经在中学任教之时，仍经常赶往辅大及中国大学旁听先生之课程。如此直至1948年春我离平南下结婚时为止，在此一段期间内，我从先生所获得的启发、勉励和教导是述说不尽的。

先生的才学和兴趣，方面甚广，无论是诗、词、曲、散文、小说、诗歌评论、甚至佛教禅学，先生都曾留下了值得人们重视的著作，足供后人之研读景仰。但作为一个曾经听过先生讲课有五年以上之久的学生而言，我以为先生平生最大之成就，实在还并不在其各方面之著述，而更在其对古典诗歌之教学讲授。因为先生在其他方面之成就，往往尚有踪迹及规范的限制，而唯有先生之讲课则是纯以感发为主，全任神行，一空依傍。是我平生所接触过的讲授诗歌最能得其神髓，而且也最富于启发性的一位非常难得的好教师。先生之讲课既是重在感发而不重在拘狭死板的解释说明，所以有时在一小时的教学中，往往竟然连一句诗也不讲，自表面看来也许有人会以为先生所讲者都是闲话，然而事实上先生所讲的却原来正是最具启迪性的诗歌中之精论妙义。昔禅宗说法有所谓“不立文字，见性成佛”之言，诗人论诗亦有所谓“不涉理路，不落言筌”之语。先生之说诗，其风格亦颇有类于是。所以凡是在书本中可以查考到的属于所谓记问之学的知识，先生一向都极少讲到，先生所讲授的乃是他自己以其博学、锐感、深思，以及其丰富的阅读和创作之经验所体会和掌握到的诗歌中真正的精华妙义之所在，并且更能将之用多种之譬解，做最为细致和最为深入的传达。除此以外，先生讲诗还有一个特色，就是先生常把学文与学道以及作诗与做人相并立论。先生一向都主张修辞当以立诚为本，以为不诚则无物。所以凡是从先生受业的学生往往不仅在学文作诗方面可以得到很大的启发，而且在立身为人方面也可以得到很大的激励。

凡是上过先生课的同学一定都会记得，每次先生步上讲台，常是先拈举一个他当时有所感发的话头，然后就此而引申发挥，有时层层深入，可以接连讲授好几小时甚至好几周而不止。举例来说，有一次先生来上课，步上讲台后便转身在黑板上写了三行字："自觉，觉人；自利，利他；自度，度人。"初看起来，这三句话好像与学诗并无重要之关系，而只是讲为人与学道之方，但先生却由此而引发出了不少论诗的妙义。先生所首先阐明的，就是诗歌之主要作用，是在于使人感动，所以写诗之人便首先须要有推己及人与推己及物之心。先生以为必先具有民胞物与之同心，然后方能具有多情锐感之诗心。于是先生便又提出说，伟大的诗人必须有将小我化而为大我之精神，而自我扩大之途径或方法则有二端：一则是对广大的人世的关怀，另一则是对大自然的融入。于是先生遂又举引出杜甫《登楼》一诗之"花近高楼伤客心，万方多难此登临"为前者之代表，陶渊明《饮酒》诗中之"采菊东篱下，悠然见南山"为后者之代表；而先生由此遂又推论及杜甫与陆游及辛弃疾之比较，以及陶渊明与谢灵运及王维之比较；而由于论及诸诗人之风格意境的差别，遂又论及诗歌中之用字、遣词和造句与传达之效果的种种关系，甚且将中国文字之特色与西洋文字之特色做相互之比较，更由此而论及于诗歌中之所谓"锤炼”和“酝酿”的种种功夫，如此可以层层深入地带领同学们对于诗歌中最细微的差别做最深入的探讨，而且绝不凭借或袭取任何人云亦云之既有的成说，先生总是以他自己多年来亲自研读和创作之心得与体验，为同学们委婉深曲地做多方之譬说。昔元遗山论诗绝句曾有句云：“奇外无奇更出奇，一波才动万波随。”先生在讲课时，其联想及引喻之丰富生动，就也正有类乎是。所以先生之讲课，真可说是飞扬变化、一片神行。先生自己曾经把自己之讲诗比作谈禅，写过两句诗说：“禅机说到无言处，空里游丝百尺长。”这种讲授方法，如果就一般浅识者而言，也许会以为没有世俗常法可以依循，未免难于把握，然而却正是这种深造自得、左右逢源之富于启发性的讲诗的方法，才使得跟随先生学诗的人学到了最可珍贵的评赏诗歌的妙理。而且当学生们学而有得以后，再一回顾先生所讲的话，便会发现先生对于诗歌之评析实在是根源深厚、脉络分明。就仍以前面所举过的三句话头而言，先生从此而发挥引申出来的内容，实在相当广泛，其中既有涉及于诗歌本质的本体论，也有涉及于诗歌创作之方法论，更有涉及于诗歌之品评的鉴赏论。因此谈到先生之教学，如果只如浅见者之以为其无途径可以依循，固然是一种错误，而如果只欣赏其当时讲课之生动活泼之情趣，或者也还不免有买椟还珠之憾。先生所讲的有关诗歌之精微妙理是要既有能入的深心体会，又有能出的通观妙解，才能真正有所证悟的。我自己既自惭愚拙，又加以本文体例及字数之限制，因此现在所写下来的实在仅是极粗浅、极概略的一点介绍而已。关于先生讲课之详细内容，我多年来曾保存有笔记多册，现已请先生之幼女顾之京君代为誊录整理，编入先生之遗集，可供读者研读参考之用。

至于就先生的著述而言，则先生所留下来的作品，方面甚广，我个人因本文篇幅及自己研习范围之限制，不能在此作全面的介绍和讨论，现在只就先生在古典诗歌之创作方面的成就略做简单之介绍。先生自二十余岁时即以词见称于师友之间，最早的一本词集《无病词》刊印于 1927 年，收词八十首，当时先生不过三十岁；其后一年（1928）又刊印《味辛词》一册，收词七十八首；又二年之后（1930），又刊印《荒原词》一册，收词八十四首。在《荒原词》之卷首，有先生之好友涿县卢宗藩先生所写的一篇序文，曾经叙述说先生“八年以来殆无一日不读词，又未尝十日不作，其用力可谓勤矣”。然而，自《荒原词》刊出以后，先生却忽然对于写词感到了厌倦，于是遂转而致力于诗之写作。四年之后（1934），遂有《苦水诗存》及《留春词》之合刊本问世，卷首有先生之“自序”一篇，叙述平生学习为诗及为词之经过，自云“余之学为诗几早于学为词二十年，顾不常常作”，又云自 1930 年冬“以病忽厌词”，于是自 1931 年春“遂重学为诗”；先生自言其为诗之用力亦甚勤，云“余作诗虽不如老杜之‘语不惊人死不休’，亦未尝率意而出，随手而写，去留殿最之际，亦未尝不审慎”，然而先生却自以为其诗之成就不及其词，并引其稚弟六吉之言，以为其所为诗“未能跳出前人窠臼”。先生自谓“少之时，最喜剑南”，其后“学义山、樊川，学山谷、简斋，唯其学，故未必即能似，即其似故又终非是也”。而先生之于词则自谓“并无温、韦如何写，欧、晏、苏、辛又如何写之意”，以为“作诗时则去此种境界尚远”。故于《苦水诗存》刊出以后，先生之诗作又逐渐减少，乃转而致力于戏曲，两年后（1936）遂刊出《苦水作剧三种》，共收《垂老禅僧再出家》《祝英台身化蝶》《马郎妇坐化金沙滩》杂剧三种及附录《飞将军百战不封侯》杂剧一种。先生既素以词名，故其剧作在当日并未引起广大读者之注意。然而先生在杂剧方面之成就，则实不在其词作之下。原来先生在发表此一剧集之前，对杂剧之写作亦曾有致力练习之过程。盖早在 1933 年间，先生即曾写有《馋秀才》之二折杂剧一种，其后于 1941 年始将此剧发表于《辛巳文录初集》之中，并附有跋文一篇，对写作之经过曾经有所叙述，自云此剧系 1933 年冬“开始练习剧作时所写”。其后自 1942 年开始，先生又致力于另一杂剧《游春记》之写作，此剧共分二本，每本四折外更于开端之处各加“楔子”，为先生所写之杂剧中最长之一种，迄 1945 年始正式完稿，刊为《苦水作剧第二集》。当先生之兴趣转入剧曲之写作时，曾一度欲停止词之写作，在其《留春词》之自序中，即曾写有“后此即有作亦断断乎不为小词矣”之语。然而先生对词之写作则实在不仅未尝中辍，而且在风格及内容方面更曾有多次之拓展及转变。先是在 1935 年冬，先生于病中曾写有和《浣花》词五十四首，其后于 1936 年又陆续写有和《花间》词五十三首，和《阳春》词四十六首，统名之曰《积木词》（此一卷词未曾见有刊本问世，今所收存为我于 1946 年时自先生手稿所转抄者）；其后先生于 1941 年又曾刊有《霰集词》一册，收词六十六首，1944 年又曾刊有《濡露词》及《倦驼庵词稿》合刊本一册，共收词三十二首；解放后，先生亦写有词作多首，曾陆续发表于天津之《新港》杂志及《天津日报》等报刊，总其名为《闻角词》，然未尝刊印成册。计先生平生虽然对于古典诗歌中诗、词、曲三种形式皆尝有所创作，然而实在以写词之时间为最久，所留之作品亦最多，曲次之，诗又次之。所以本文对先生古典诗歌创作方面之介绍，便将以先生之词作及剧作二种为主，而以诗作附于词作之后略做简单之介绍。

二、先生词作中之思想性和艺术性

关于先生的词作，我想分为思想性和艺术性两方面来加以讨论。先谈思想性方面。自 1927 年先生刊出其第一册词集《无病词》开始，至 1960 年先生逝世前发表之《闻角词》为止，前后计有三十余年之久，共写词有五百余首之多。在此极长之时间与极多之作品中，先生既曾经历北伐、抗战、沦陷、胜利以迄解放多次之世变，又曾经历由青年而中年而老年之人生各种不同之阶段，则其词作之思想性的内容，自然曾有多次之转变，如果自其变者而观之，则其感时触物、情意万殊，自非本文之所能遍举，而如果自其不变者而观之，则先生词作之思想性的内容，大约可以简单归纳为以下几点特色。第一点，我们所要提出来的是先生之词作往往含有对时事之感怀及喻托。先生在其《荒原词》之卷末附有自题词集之绝句六首，其中一首有句云："禽鸣高树虫啼秋，时序感人不自由。少作也知堪毁弃，逝波谁与挽东流。"其所谓"感人"的"时序"和"东流"的"逝波"，所指的应该便是他自己早期词作中对当时世事有所感怀的用心和托意。先生之《无病词》刊于 1927 年，《味辛词》刊于 1928 年，《荒原词》刊于 1930 年，只要是对于中国近代史稍有了解的人，大概都可以想象到当日的中国是处于怎样的动乱之中。先生在当时对于革命之理想虽然尚未有明确之认识，然而其忧时念乱的爱国之感情却是经常流露于笔墨之中的。例如其《无病词》中的“中原却被夜深埋，那更秋风秋雨逐人来”（《南歌子》），“江南江北起烟尘，风力猛，笳声动，落日无言天入梦”（《天仙子》），以及“阑干倚遍，但心伤破碎河山”（《汉宫春》）诸作品中，其所表现的对于国事的悲慨是明白可见的；及至《味辛词》中，如其“湖边血痕点点，更血花比着暮霞红”（《八声甘州·哀济南》），以及“不道好山好水，胡马又嘶风，地下英灵在，旧恨还重”（《八声甘州·忽忆历下是稼轩故里因再赋》）诸作品中，所表现的则是对于当年所发生的济南惨案的悲哀愤激的感慨。及至抗战兴起以后，先生沦陷于当为日军所占领的北平，在这一时期中，先生曾写了不少以比兴为喻托而寄怀故国之思的作品，如其《霰集词》中之“漫写瑶笺寄远方”（《南乡子》）以及“渺渺予怀水一方”（《南乡子》）等句，所托喻的便都是对于故国的怀恋和思念；又如其“春风何日约重还，好将双翠袖，倚竹耐天寒”（《临江仙》），以及“蒹葭风起正苍苍，伊人知好在，留命待沧桑”（《临江仙》）等句，所托喻的则是对祖国之期待盼望的坚贞的心意。这种委婉托喻的作品，其内容用意虽也是对时事的感怀，然而却与早年的悲慨激愤的风格已经有了很大的不同。及至到了解放以后，先生之词的风格又发生了一次更大的转变，如其《闻角词》中的“乍云开雾敛，海澹澹，赤霞张，渐迤逦关河，雪山葱岭，共浴朝阳”，一首《木兰花令》是为第一届全国人民代表大会而写作的；又如其“河流让路天低首，人力胜天凭战斗”一首《玉楼春》，则是为庆祝全国丰收而写作的。这些词中所表现的欢欣颂愿的情意，是先生以前的作品中极为少见的，不过其风格情调虽有不同，而其为关怀国事的有心用意之作，则是始终一致的。

第二点我们所要提出来的，则是先生在词作中往往表现出一种对于苦难之担荷及战斗的精神。一般说来先生在词作中虽也经常写有一些自叹衰病之语，这可能是因为先生的身体一向多病的原故，而其实在精神方面，先生却常是表现有一种积极的担荷及战斗之心志的，这从先生早期的作品，如其《无病词》中的“何似唤愁来，却共愁撕打”（《蓦山溪》）与《味辛词》中的“人间事，须人作，莫蹉跎”（《水调歌头》）等句，便都已经可以看到这种精神的流露。而到了《荒原词》中，这种精神和心志则表现得更为鲜明和强烈。如其《鹧鸪天》（说到天涯自可哀）一首之“拚将眼泪双双落，换取心花瓣瓣开”，《踏莎行》（万屋堆银）一首之“此身判却似冰凉，也教熨得阑干热”，《采桑子》（如今拈得新词句）一首之“心苗尚有根芽在，心血频浇。心火频烧。万朵红莲未是娇”，便都是极好的例证；而其《鹧鸪天》词之“说到人生剑已鸣。血花染得战袍腥。身经大小百余阵，羞说生前死后名。心未老，鬓犹青。尚堪鞍马事长征。秋空月落银河黯，认取明星是将星”一首，则尤其是把这种担荷及战斗之心志表现得最为完整有力的一篇代表作。其后在沦陷时期中，先生则把这种担荷战斗的精神心志与比兴喻托相结合，用最委婉的词语，表现了一种对故国怀思期待的最坚贞的情意，而在解放后所写的《闻角词》诸作中，则又将此种精神心志转为了奋发前进的鼓舞和歌颂。从外表看来，其内容情意虽然似乎曾经有多次的转变和不同，然而其实就精神方面而言之，先生之具有对苦难之担荷及战斗的精神心志，则也是始终一致的。

第三点我们要提出来的则是先生在词作中常表现有一种富于哲理之思致。一般说来，在中国古典诗歌之传统中，词之为体原来大多皆以抒情为主。间有用心托意之作，所写也不过是家国之思、穷通之慨，至于如西方文学中之以诗歌表现某种哲理之思致的作品则并不多见。至晚清之王国维氏，因其曾经涉猎西方之哲学，所以往往以西方之哲理入词，这是一种极可注意的新开拓。先生早年既曾入北大研读西方文学，又对王国维之《人间词》及《人间词话》极为推崇，故先生亦往往好以哲理入词。不过先生之以哲理入词也有与王国维相异之处：其一，就所选用之语汇及形象而言，王国维仍多沿用旧传统之词汇和形象，而先生则往往使用新颖的语汇和形象，此其差别之一；其次，再就内容情意而言，则王国维曾经受有西方叔本华厌世主义哲学之影响，故其词作中每多悲观忧郁之语，而先生则不为任何哲学家之说所局限，其所写者往往只是一种因景触物的偶然的富于哲理之思致，此其差别之二。举例而言，在先生词作中，如其《无病词》中之“为是黄昏灯上早，蓦然又觉斜阳好”（《蝶恋花》），“人生原是僧行脚，暮雨江关，晚照河山，底事徘徊歧路间”（《采桑子》）与《味辛词》中之“空悲眼界高，敢怨人间小，越不爱人间，越觉人生好”（《生查子》），“那堪入梦，比着醒梦尤难”（《庆清朝慢》）及《荒原词》中之“乍觉棉裘生暖意，阳春原在风沙里”（《鹊踏枝》），“山下是人间，山上青天未可攀”（《南乡子》）以及《留春词》中之“走平沙绿洲何处，只依稀空际现楼台”（《八声甘州》）与《濡露词》中之“流波止水两悠然，要与先生商去住”

（《木兰花令》），和《倦驼庵词稿》中的“回看来路已茫茫，行行更入茫茫里”（《踏莎行》），这些词句便都蕴含有对景触物所产生的一种哲理之思致，而此种思致既不拘限于任何一家的哲学之说，而且更都结合着生动真切的景物之形象。除此之外，先生也常以人物之形象表现一种富于哲思之新情意，如其《荒原词》中的一首《木兰花慢·赠煤黑子》便曾写有一个煤黑子的形象，说：“豪英。百炼苦修行。死去任无名。有衷心一颗，何曾灿烂，只会怦怦。堪憎。破衫裹住，似暗纱笼罩夜深灯。”又在《味辛词》中的一首《木兰花慢》（是何人弄笛）也曾写有一个深夜卖卜者的形象，说：“想身外茫茫，行来踽踽，深巷迢迢。……有谁将命运，双肩担起，一手全操。”这些作品便都不仅表现了哲思，而且也选取了旧传统中所不常叙写的人物的形象。这种富于哲思的新意境，是先生词作中另一点可注意的特色。

除去以上三点思想性方面之特色以外，先生之词作在艺术性方面也有几点值得注意的特色。首先是先生对词之写作能具有创新之精神，足以自成一种风格。关于这一点，先生自己也曾有所叙述，例如在《苦水诗存》之《自叙》中，先生即曾自言其写词时“并无温、韦如何写，欧、晏、苏、辛又如何写之意”，又在其《无病词》中先生也曾有“自开新境界，何必似《花间》”（《临江仙》）之语。从这些话当然都可以看出先生在词之创作方面具有一种不肯蹈袭前人的开拓创新之精神。这种独立创新之精神，一方面与先生一向论诗之主张既然彼此相合，另一方面与先生学词之经过也有相当密切之关系。先从论诗之主张一方面来谈。先生讲课时一向主张创作时应当有独立创新之精神，经常在讲课中勉励同学说："丈夫自有冲天志，不向如来行处行。"而这种开创，先生又主张当以"立诚"为本，所以先生在词之创作中的开拓创新，便也全以一己真诚之表现为主。先生在其《味辛词》中，便曾写有一首《朝中措》，自叙其为词之甘苦说："先生觅句不寻常，一字一平章。只望保留面目，更非别有心肠。"这是先生之词所以能形成一己独立之风格的一项重要原因。再就先生学词之经历而言，先生在其《稼轩词说》之"自序"中曾叙述其早年学习诗词之经过，自谓其学诗自幼即承庭训，而学词则未曾有所师承，云："吾年至十有五，……一日于架上得词谱一册读之，亦始知有所谓词。……二十岁时，始更自学为词，先君子未尝为词，吾又漫无师承，信吾意读之，亦信吾意写之而已。"这种信意读、写的态度，很可能是造成先生之词能以自成一格的另一原因。不过更值得注意的是先生在随意读、写的经过中，原来对前代词人也曾有过广博的汲取继承，只不过先生在汲取之时并未曾落入任何一家的窠臼之中，所以才能依然保留其一己之面目。先生对其所曾经学习模仿过的一些前代词人也都曾在其词作中有所叙及。首先我们要提出来的一位前代词人是辛弃疾。早在先生第一本词集《无病词》中《蓦山溪》（填词觅句）一首之下，先生即曾自注云"述怀，戏效稼轩体"；其后在《濡露词》中更曾写有《破阵子》二首，对稼轩极致推崇仰慕之意，在第一首词中即写有"要识当年辛老子，千丈阴崖百丈溪，庚庚定自奇"之句，仍以为未能尽意，又在第二首中赞美辛词说："落落真成奇特，悠悠漫说清狂。千丈阴崖凌太古，百尺孤桐荫大荒。偏宜来凤凰。"其崇仰之情可以概见。原来当先生写作这二首词时，盖正当先生撰著《稼轩词说》

之际，先生在《词说》之“自序”中，曾叙述其一向对辛词之喜爱，说：“世间男女爱悦，一见钟情，或曰宿孽也。而小泉八云说英人恋爱诗，亦有前生之说。若吾于稼轩之词，其亦有所谓‘宿孽’与‘前生’者耶？自吾始知词家有稼轩其人以迄于今，几三十年矣，是之间研读时之认识数数变，习作之途径亦数数变。……而吾之所以喜稼轩者或有变，其喜稼轩则固无或变也。”从此亦可见先生对于辛词之推崇赏爱之既久且深矣。所以先生自己之为词亦颇受稼轩之影响。即以前面所举引之两首《破阵子》而言，其爽健飞扬之致，便颇近于稼轩之风格。除稼轩以外，先生在词作中所曾述及的前代词人还有以下几位：其一是朱敦儒，先生在早期之《味辛词》中之《定风波》（扰扰纷纷数十年）一首之小序中即曾有为朱敦儒词“下一转语”之言，其后在《荒原词》之《行香子》（不会参禅）一首之下亦曾自注云：“效樵歌体”；在先生晚年之《濡露词》中《清平乐》（人天欢喜）一首之下也曾自注云：“早起散策戏仿樵歌体”，在这些效樵歌体之作品中，如其“不会参禅，不想骖鸾”及其“先生今日清闲，轻衫短杖悠然”诸语，其真率疏放之致，便与朱敦儒晚年作品之风格颇有相近之处。其二，我们要提出来的则是欧阳修。先生对欧词似乎也有很深的喜爱，曾经先后在《荒原词》《留春词》及《霰集词》中各写过五首至六首《定风波》词，均为效欧词《定风波》之“把酒花前”之作，共有十七首之多。在《荒原词》中的五首，前四首均以“把酒东篱”开端，末一首为总结，合为一组，全写对秋光之爱惜怅惘；在《留春词》中的六首，前五首均以“把酒高楼”开端，末一首为总结，合为一组，全写对残春之留连哀悼；在《霰集词》

中的六首，前五首均以“把酒灯前”开端，末一首为总结，合为一组，全写对人生之悲慨感叹。这十七首词都写得低徊往复，一唱三叹，极能得六一词之神致。其三，我们要提出来的是晏殊，先生在《荒原词》中有三首《破阵子》词，第一首题为“南园看枫”，后二首题为“次日重游再赋”，全为模仿晏殊《珠玉词》风格之作，词中且曾引用大晏之词句云“珠玉词中好句，人生不饮何为”；其后在《留春词》中之《凤衔杯》（眼前风土又纷纷）一首，也曾有自注云“用珠玉词体”；更后在《濡露词》中之《浣溪沙》（一片西飞一片东）一首之前也曾有小序云“日读珠玉词及六一近体乐府，借其语成一阕”，可见先生对于晏殊也曾有过赏爱和模仿，不过一般而言，先生模仿大晏之作往往只是在字句方面用大晏之词语，而在神致情韵方面则先生仍然自有一己之面目，与大晏之风格并不尽同。其四，我们要提出来的则是柳永。先生在《留春词》中之《凤衔杯》（见说人生真无价）一首之下，曾自注云“用乐章集体”，盖为仿效柳词之通俗平易之一种风格者。其五，我们要提出来的则是周邦彦。先生在《留春词》中收有《西河》（燕赵地）一首，自注云“用清真韵”。此词在形式音律方面虽然与清真相近似，然而在神致方面则先生之率真清健与清真之典雅含蕴之风格实在并不全同。除去以上诸前代词人先生曾在词作中明白叙及有意模仿拟作者外，还有极值得我们注意的一件事，就是在1936年1月至9月之间，先生曾陆续写有《积木词》三卷，全为与古人和韵之作，首卷和韦庄之《浣花词》，次卷和《花间集》中之温庭筠、皇甫松、顾敻、牛峤、和凝、孙光宪、魏承班、阎选、尹鹗、毛熙震诸人之作，三卷和冯延巳之《阳春词》。

这些与古人和韵之词，对于先生词之风格曾产生过相当大的影响。原来先生早期词作受稼轩及樵歌之影响较大，偏于发扬显露而略少含蓄之情韵，经过此一阶段对晚唐五代词之拟作，对先生旧有之风格恰好产生了一种调节融汇之作用。这种作用，使先生之词于原有之率真清健之风格以外，又增加了一份深情远韵之美。又加之先生在填写《积木词》以后之次年，北平即因卢沟桥事变而沦陷于日人之手，先生既以家累之故不得不留居于沦陷区之北平，而其内心之抑郁悲慨之怀，遂皆假词之形式以抒写之。这些作品其后皆收入于1941年所刊印之《霰集词》中，其体式大率以短小之令词为主，至其内容则或者写低徊惆怅的故国怀思，或者写贞幽坚毅之期望等待，而其表现则大多兴象丰融，寄托深至，既有清健之气，复饶情韵之美，是先生词作中的上品之作。如其《霰集词》中《鹧鸪天》之“不是新来怯凭栏”一首与《浣溪沙》之“又是人间落叶时”一首之写怅惘之怀思，以及《定风波》之“昨夕银釭一穗金”一首与《临江仙》之“岁月如流才几日”一首之写坚贞之期望，便都是这类作品中极佳的例证。至于先生在晚年所写的《闻角词》，则似乎又有返回于早年之率真豪健之意，不过其发扬开阔之气，与夫欢欣鼓舞之情，以及其作品中对于新生事物之歌颂赞美，则皆为早年词作中之所未有。综观先生词之风格，盖能于自辟蹊径之中兼融前代词人各家之长而又能随时代以俱进者。这是先生之词在艺术风格方面一项可重视的特色。先生在其《积木词》之卷末曾附有自题词集的六首绝句，其最后一首即曾云：“人间是今还是古，我词非古亦非今，短长何用付公论，得失从来关寸心。”这首诗就恰好说明了先生写词之融汇古今、自辟蹊径的态度和风格之特色。

其次，再就先生在艺术手法方面之表现而言，则我们大约可将之分别为用字、结构与意象三点来加以讨论。先谈用字方面之特色，先生既富于独立创新之精神，又对西方文学有相当之素养，是以先生之词作往往能结合雅俗中外之各种字汇做融汇之运用。例如其《无病词》中《蝶恋花》（昨夜宿酲浑未醒）一首中之“爱神烦恼诗神病”之句；《味辛词》中《清平乐》（晕头涨脑）四首中之“镇日穷忙忙不了”与“磨道驴儿来往绕”诸句；《荒原词》中《凤栖梧》（我梦君时君梦我）一首中之“别来可有新工作”，《踏莎行》（当日桃源）一首中之“乐园如不在人间，尘寰何处寻天国”诸句；《留春词》中《浣溪沙》（青女飞霜斗素娥）一首中之“试把空虚装寂寞，更于矛盾觅调和”，《好女儿》（地可埋忧）一首中之“象牙塔里，十字街头”诸句，便都是这种对于雅俗中外之字汇加以融汇运用之最明显的例证。再就结构方面之特色而言，先生在句法及章法方面最喜用层转深入与反衬对比及重叠排偶之手法，以造成一种在艺术传达方面特别加强之效果，如其《无病词》中《好事近》（几日东风暖）一首中之“甚春深春浅”与“说春长春短”，《定风波》（口北黄风塞北沙）一首中之“归去，可怜归去也无家”，《采桑子》（一重山作天涯远）一首中之“君住山前，侬住山间，山里花开山外残”诸句；《味辛词》中《生查子》（身如入定僧）一首中之“越不爱人间，越觉人生好”，《减字木兰花》（狂风甚意）一首中之“老怕风多嫌雨少，雨少风多，无奈他何一任他”诸句；《荒原词》中《南乡子》（三十有三年）一首中之“山下是人间，山上青天未可攀”，及所附《弃馀词》中《最高楼》（携手去）一首中之“相见了，相思依旧苦；离别后，离愁何日诉”诸句；《留春词》中《忆秦娥》（黄昏时）一首中之“人间无复新相知，人生只合长相思”，《踏莎行》（百战归来）一首中之“为君重爇少年心，为君重下青春泪”诸句；以及《霰集词》中《灼灼花》（不是昏昏睡）一首中之“纵相逢已是鬓星星，莫相逢无计”，《濡露词》中《鹧鸪天》（谁识先生老更狂）一首中之“今年都道秋光好，好似春光也断肠”，《倦驼庵词稿》中《踏莎行》（天黯如铅）一首中之“回看来路已茫茫，行行更入茫茫里”诸句，便都是这种层转深入与反衬对比及重叠排偶等艺术手法的明显运用。

其三，我们再就先生词作中所使用之形象而言，在中国诗歌之旧传统中，一般多将形象与情意之关系简单归纳为比兴两类，或者因情及物，或者由物生情，总之凡情意之叙写多以能结合形象可以予读者直接感受者为佳。先生之词，如我们在前文讨论其思想性内容时之所叙及，其作品中原来常包含有对于当时世事、个人心志及人生哲理多方面之含蕴，是其所作原多偏于有心用意之作，而凡此种种情意，先生往往多能用比兴之手法假形象以为表达，故其所作既在思想性方面有丰富之内容，同时在艺术性方面亦表现有丰美之形象。至于其形象之所取材则或者取象于大自然之景物，或者取象于人事界之事象，或者取象于想象中之幻象。至其表现，则或者用比的手法以为拟喻，或者用兴的手法取其感发，皆能随物赋形有极生动与极真切之表达。本文在此不暇做细密周至之分析，现在仅想就其形象与情意相感发、相结合之几种不同之方式及层次略做简单之介绍：其一是以写眼前大自然之景物形象为主而却表现有一种感发之情趣者，如其《无病词》中《一萼红》（静无尘）一首对新荷之描写，“静无尘。乍湿云收雨，远树带斜曛。木槿飘零，紫薇开罢，半池秋水粼粼。西风里，金销翠贴，剩几朵、留与看花人。夜月欺风，朝阳羞露，仅够销魂”，《浣溪沙》咏马樱花一首之“一缕红丝一缕情，开时无力坠无声，如烟如梦不分明”，《味辛词》中《蝶恋花·独登北海白塔》一首之“我爱天边初二月，比着初三，弄影还清绝。一缕柔痕君莫说，眉弯纤细颜苍白”，《荒原词》中《清平乐》（故人好意）一首之“黄华好似前年，折来插向窗间。窗外一株红树，教他与我同看”，诸词中所写之形象皆为眼前大自然之景物，而莫不鲜明生动、情趣盎然，极富感发之力量。其二是所写虽亦为眼前之景物，然而其所传达者却不仅只为一种感发之情趣，更且喻含有较深之情意及思致者，如其《无病词》中《踏莎行》一首之“岁暮情怀，天寒滋味，他乡又向尊前醉。路灯暗比野磷青，天风细碾黄尘碎”；《味辛词》中《汉宫春》一首之“底事悲秋，试倚楼闲眺，一院秋光。牵牛最无气力，引蔓偏长。疏花数朵，待开时、又怕朝阳。浑不似葵心向日，一枝带露娇黄”；《荒原词》中《鹊踏枝》一首之“过了花朝寒未退。不见春来，只见风沙起。乍觉棉裘生暖意，阳春原在风沙里”，诸词所写之形象，虽亦为大自然之景物，然而却都蕴含有更深一层之情意和思致。如果将此一类词中之形象与前一类词中之形象相比较，则我们大概可以做如下之区分，即前一类形象仍以写物为主，其情趣亦不过为外物所偶然引发之感受及情趣而已；而后一类形象则已经不完全以物为主，而是心与物之一种交感的呈现，是心中早隐然有某一份情意及思致，不过偶然为物所触发遂不知不觉将此种情意融汇于物象之中，成为一种心物交感的流露。至于第三类则是全然以心中之情意思致为主，不必实在有外物形象之触发，而由心意自己创造一种形象以为表现者，如《霰集词》中《虞美人》一首之“去年祖饯咸阳道，斜日明衰草。今年相送大江边，霜打一林枫叶晓来寒。深情争供年年别，泪尽肠千结。明春合遣燕双飞，夹路万花如锦送君归”，便是全以形象喻写在沦陷区中对故国之怀思者；又如《霰集词》中《临江仙》词之“记向春宵熔蜡，精心肖作伊人。灯前流盼欲相亲。玉肌凉有韵，宝靥笑生痕。可奈朱明烈日，炎炎销尽真真。也思重试貌前身。几番终不似，放手泪沾巾”一首，则是全以形象喻写一种对于理想之追求及幻灭之悲哀者；再如《味辛词》中《鹧鸪天》咏佳人的四首词，每首都以“绝代佳人”开端，则完全是以“佳人”之形象来发抒其“美人香草”之幽约悱恻之思者。像这些词中的形象，无论其所写者为“咸阳道”，为“大江边”，为“灯前”之“玉肌”“宝靥”，为“倚楼”“倚栏”之“绝代佳人”，都并非眼前实有之景象，而完全出于一种假想之象喻，是将抽象之情思转化为具体之形象来加以表现者。以上三类，虽是极概略的区分，但却分明代表了形象与情意相结合的几种最基本的方式和层次。先生对之皆有纯熟之运用。这种艺术的表现手法，正是使得先生之词虽以有心用意为主，然而却能不失之于枯窘，而往往能写得既活泼清新又富于深情远韵的重要原因。

三、先生前后二期诗作之简介

至于先生之诗作，则可以分别为前后二期言之。前期之作自以收入于《苦水诗存》中之八十四首为代表，后期之作则未曾加以收编，今所辑录，乃仅就先生当日在课堂中所偶然引举之作品，以及先生致友人及学生之书信中之所写录者抄存所得，约计共有一百首。先生自己对早期之诗作颇不满意，在其《苦水诗存》之《自叙》中，先生曾自云："余之不能诗，自知甚审，友人亦多以余诗不如词为言。"且曾引述其稚弟六吉之语，以为所作诗"未能跳出前人窠臼"。盖先生之词作无论在修辞及意境方面，皆极富于开拓创新之精神，充满活泼之生命感，而先生早期之诗作则往往不免有二种缺憾：或者过于用心着力有意模仿古人而少生动之气韵，或者虽有生动之气韵而又往往失之靡弱有近于词之处。如其《夜读山谷诗》一首七律之中二联"江南塞北同一月，万古千秋只此身。试遣泥牛入大海，从知野马是微尘"，即为有心模拟江西诗派之作品，可为前一类之代表；又如其《从今》一首七律之颈联"逝水迢迢悲去日，横空冉冉爱痴云"二句，清新婉丽，气韵生动，然而却不免稍嫌靡弱，可以为后一类之代表。据先生之《自叙》，其致力于诗之写作，亦复既勤且久，而其成就乃竟尔不及其词。先生尝自云其为词时"并无温、韦如何写，晏、欧、苏、辛又如何写"之意，而其为诗，则常不免有模拟古人之念横亘胸中。故先生又尝自谓"唯其学，故未必即能似，即其似故又终非是也"。夫以先生在词作中所表现之开拓创新精神之健举发扬，何以方其为诗之时乃竟为古人之所羁缚，或者竟流入于词之风格而不能更有所振发突破？其所以然者，私意以为大约由于以下之二种因素：其一，盖由于学习之过程不同。据先生自言，其为诗乃全出于幼年时受其父金墀公之教导；而其为词则全出于一己之爱好及学习。据先生幼女顾之京君之叙述，知金墀公课子甚严，常将先生拘缚于书桌之前，不使嬉游，此种严苛之督导，或者曾使先生在学习中产生一种紧张之心理，此可能为先生之诗作常不免有拘缚着力之感之一因。其二，则可能由于才性长短之不同。盖诗与词之体式风格各异，诗较典重，词较活泼，以诗句入词，尚不失凝练之美，而以词句入诗，则常不免有靡弱之病。是故历代之能诗者往往亦可以兼长于词，而以词专擅者，则未必能兼长于诗。即以词中之巨擘辛弃疾而言，其所为诗亦复不及其词甚远。此盖由才性之禀赋不同，故其所长所短亦各有能有不能也。

然而先生在其后期之诗作中，则曾经以多年所积之学养，终于突破前所叙及之二种缺憾，而表现出相当可观之成就。如其《和陶渊明饮酒诗》之五古二十首，赠冯君培先生夫妇之五律四首，以及自1944至1948年间所写之七言律绝多首，便都各有其足以超越早期作品的专胜之处。综而言之，其后期作品之成就大约有以下几点之特色。其一，由于写作之修养日深，遂自拘谨生硬转而为脱略娴熟，如其《晚春杂诗》及《春夏之交得长句数章》的两组七言绝句，便都能于疏放中表现深蕴之致，极为老练纯熟。又如其赠冯君培先生夫妇之五言律诗四首，则更能于脱略娴熟之中寓托感怀时事之深意。此四诗盖写于1947年之秋，诗前有长序云："秋阴不散，霖雨间作，一日午后，往访可崑、君培伉俪于沙滩寓所，坐至黄昏，复蒙留饭，纵谈入夜，冒雨归来，感念实多。年来数数晤对，留饭亦不可胜计，而此次别来已一星期，仍未能去心，自亦不解其何因。今日小斋坐雨，乃纪之以诗，共得短句四韵四章，即呈可崑与君培。私意固非仅识一时之鸿爪而已，谅两君亦同此感。”诗中之句，如“途长叹才短，语罢觉灯明”，“云压疑天矮，雨疏闻地腥”及“人终怜故国，天岂丧斯文”诸联莫不属对娴熟、疏放自然。此种成就之达致，除因其长久写作之修养以外，盖更有对于赠诗之对象之一份故人知己之感，而且自其写诗之时代及诗前之长序所隐约喻示的含意观之，意者先生当日与冯先生夫妇之所“纵谈”者，或不免有涉及当时政局之语，故先生序中乃谓此四章诗，“固非仅识一时之鸿爪而已”。是以其诗句中亦往往于脱略娴熟之声吻中，别含感慨沉郁之意，这是先生后期诗作之可注意的成就之一。再则，先生阅世既久，思致日深，因之乃能将情感与思致及议论互相交融成为一体，如其和陶渊明饮酒诗二十首五古，便时时有精警之句，而又极为朴质自然，深得陶诗之意致。如其第五首之“显亦不在朝，隐亦不在山。拄杖街头过，目送行人还。所思长不见，默默亦何言”，第十首之“藐姑射之仙，绰约若有余。苟能得其意，此世良可居”，第十四首之“振衣千仞岗，出尘安足贵。谁与人间人，味兹人间味”，第十七首之“耻作鸟兽徒，甘落尘网中”，第十九首之“知足更励前，知止以不止”诸诗句，便都是这一类情思与议论交融、充满精警之意而又写得极为朴质自然的诗句的代表，这是先生后期诗作中第二点可注意的成就。三则，先生写作表达之力既已臻于极为纯熟之境，故其用心着力之处，已能变生硬为矫健，而尤以七言律诗中之二联对句，最能表现其健举之致，如其《开岁五日得诗四章》中之“高原出水始何日，深谷为陵非一时。故国旌旗长袅袅，小园岁月亦迟迟”与“重阳吹帽识风力，五月披裘非世情。云路还输远征雁，星光自照暗飞萤”诸句，便都能于七律常格之靡弱与江西派之生硬以外别具健举的笔力，是先生后期诗作中之另一点可注意的成就。是则吾人固不可因其早年在《苦水诗存》之《自叙》中有“诗不如词”之一语，因而便对先生之诗作遽尔加以忽视也。不过，如果以数量计之，则先生之诗作与先生之词做相较，大约尚不及其词作的二分之一，且方面亦不及词作之广，是以今兹介绍先生之创作，乃将词作置于诗作之前。至于先生在戏曲方面之创作，亦有极可重视之成就，此点当于下一节再加论介。

四、先生剧作中之象喻意味

先生共写有杂剧六种，即《馋秀才》《再出家》《马郎妇》《祝英台》《飞将军》与《游春记》。第一种《馋秀才》仅有二折，写于1933年，据先生跋文自言，此剧乃“开始练习剧作时所写”，其后编订剧集时，并未将此剧收入，因此我在本文所讨论者，便将只以两本剧集为主。如果就这两本剧集而言，我以为先生之最大的成就是使得中国旧传统之剧曲在内容方面有了一个崭新的突破，那就是使剧曲在搬演“娱人”的表面性能以外，平添了一种引人思索的哲理之象喻的意味。这种开拓，就先生而言，并非只是一种偶然的成就而已，而是有着深思熟虑之反省和用心的结果。本来就中国旧日之剧曲而言，元明两代之杂剧与传奇，其作者虽多，作品虽众，然而却因为受到当时历史及社会背景之种种限制，以致其文辞虽偶然亦有可观之处，然而其内容则大多以表演故事及取悦观众为主，极少如西洋戏曲之富于深刻高远之哲思者。王静安先生在其《静安文集续编》之“自序二”中，就曾提出说：“吾中国之文学最不振者莫戏曲若。元之杂剧，明之传奇，存于今日者，尚以百数，其中之文字虽有佳者，然其理想及结构，虽欲不谓至幼稚、至拙劣，不可得也。”王氏之所以有此看法，主要是因为王氏有见于西方文学中之戏剧方面之成就之伟大过人，相形之下便感到中国戏曲在内容方面之浅陋空乏，于是王氏便也曾一度有志于戏曲之创作。诸凡此意，王氏在其《文学小言》及“自序”诸文中皆曾屡屡言及，只可惜王氏虽然有从事戏曲创作之意愿，然而却并未能将之付诸实践，而王氏所未曾完成之意愿，却在先生之手中真正获得了完成。先生在其《游春记》杂剧之“自序”中，也曾致慨于中国旧日剧曲内容之无足取，说：“从事剧曲者，率皆庸凡、肤浅、狂妄、鄙悖。是以志存乎富贵利达者，其辞鄙；心系乎男女风情者，其辞淫；意萦乎祸福报应者，其辞腐；下焉者为牛鬼，为蛇神，为科诨，为笑乐，其辞泛滥而无归，下流而不返。”从先生对旧日剧曲之严格的批评来看，可知先生对自己所创作之剧曲，必然含有严格的要求和理想，这是我们所可以断言的。因此，下面我们便将对先生的两本剧集做一番较详细的探讨和介绍。

先生之第一本剧集《苦水作剧》三种及《附录》一种，共收有杂剧四本，为了便于以后之讨论起见，我们不得不在此先对此四本剧曲之内容略做简单之说明：第一本题目为“继缘和尚自还俗”正名为“垂老禅僧再出家”，故事内容主要写一和尚名继缘者，在大名府兴化寺出家，因有一乡亲名赵炭头者为梨园行之净色，携其妻子什样景卖艺至大明府，不幸染病卧床，继缘和尚常往看顾，并以钱米相资助。其后赵炭头病殁，临危之际，以其妻托于继缘和尚。及赵炭头殁后，继缘初不肯与什样景结为夫妇，但仍常往探问，以钱米相助，什样景责其救人不肯救彻，遂终于结为夫妇，并育有一男一女。其后二十年儿女俱已长成，什样景染病而殁，继缘和尚遂再度出家。第二本题目为“碧窗下喜共读，绿水边愁送别”，正名为“梁山伯墓生花，祝英台身化蝶”，内容写祝英台与梁山伯原有指腹为婚之约，其后梁生落魄，祝父悔婚，而英台则因曾与山伯共读，互生情愫，其后祝父迫英台改嫁，山伯病死，当英台被迫嫁往马家途中经山伯墓前见墓上有红花，英台亲往摘取，山伯墓爆裂，英台跃入墓中殉死，其后魂魄双双化为蝴蝶。第三本的题目为“柏林寺施舍肉身债”，正名为“马郎妇坐化金沙滩”。故事内容写延州人民不识大法，堕落迷网，有马郎妇者誓愿舍肉身为布施以度化众生，而当地诸长老以之为淫妇，迫逐之使去，马郎妇于临行前遂坐化于金沙滩上。第四本《附录》一种，题目为“困英豪弓矢空射虎，逞威势衣冠赛沐猴”，正名为“霸陵尉临阵先破胆，飞将军百战不封侯”，故事内容写汉武帝时将军李广罪免家居，时往南田山中射虎，一夕见巨石，以为虎也，射之，中而没羽，又曾醉归为霸陵尉所辱，虽多次与匈奴战而终身无功。先生在每本杂剧之后皆附有跋文，记叙故事之所出及写作之经过。除了《祝英台》剧之出于民间流行之故事及《飞将军》剧之出于《史记》之《李将军列传》较为众人所熟知以外，至于其他二剧，则《再出家》之故事盖出于宋洪迈《夷坚志》之《野和尚》条，《马郎妇》之故事则出于明梅禹之《青泥莲花记》。不过先生所采用者实在仅不过为故事之梗概而已，至于详细之关目情节则皆出于先生自己之创造，与原来之故事亦多有不尽相合者。本来元人杂剧之本事亦往往多取材于旧史及说部而加以增删和演义。自其表面观之，则先生剧作之取材与元杂剧之取材实在极为相似，不过事实上其间却有一点绝大的不同之处，盖元剧之所写者无论其与原来之本事之是否相同，总之其写作之目的多不过仅为搬演之际可以取悦于观众而已。而先生之所写则是并非仅为供搬演之戏剧，而更为供阅读之戏剧，其目的并不在于搬演一个故事，而是要借用搬演故事之剧曲，来表达出对于人生之某种理念或思想。这种写作态度，无疑的曾受有西方文学很大的影响。先生在其《游春记》一剧之序文中，便曾经赞美古希腊之《普拉美修斯》一剧（Prometheus Bound）说："其雄伟庄严，集千古而无对，而壮烈之外，加之以仁至义尽，真如静安先生所云'有释迦、基督担荷人类罪恶之意'。"从这一段话看来，则先生自己在剧作方面的理想，也就可以想象而知了。

在《苦水作剧三种》及《附录》一种之剧集中，如果就其内容用意言之，则其中最容易使人将其中之含意认识清楚的，实在是取材于《史记》的《飞将军》一剧，这本杂剧主要是借着"飞将军百战不封侯"的故事写一个失意的将军，虽有着杀敌的本领却一直未能得到杀敌之机会的命运之悲剧，我们现在就把其中最值得注意的曲子抄录下来一看。

第一折之［油葫芦］云：

> 得志的儿曹下眼看，分什么愚共贤，金章紫绶更貂蝉，马头一顶遮檐儿伞，乔躯老直走上金銮殿，没学识，没忌惮，老天你好容易生下个英雄汉，却怎生觑得不值半文钱。

第四折之［大石调六国朝］云：

> 粘天衰草，动地胡笳，积雪压穹庐，寒冰凝铁甲，虎瘦雄心在，听冬冬更鼓初挝，月上夜光寒，映缕缕将军白发。谁承望封侯万里，堪怜早六十年华，还说甚杀敌虏名王，空只是临风嘶战马。

前一支曲子写一些不学无术的人们都得到了高官显爵，而真正有杀敌本领的英雄却被投闲置散；第二支曲子写白发的将军虽然雄心未老而却壮志难酬。两支曲子都写得感慨悲壮，把这一本杂剧的主题和用意表现得十分有力量。

其次一本主题和用意也比较容易认识清楚的则是《祝英台身化蝶》一剧。本来这一个民间故事已经流传了很久，从元代之杂剧直到今日之电影及地方戏，都有根据这一个故事而改编的作品。一般说来，大家对此一故事所着重的主题约有两点：其一是强调生离死别的爱情之悲剧；其二是强调对于旧礼教之批判。前者赚人热泪；后者引人反抗。但私意以为先生所写的这本杂剧，其重点却似乎除去前二者之外还另有所在，那就是对于足以超越生死的精诚之心意的歌颂。在这本杂剧的第三折中，曾写到梁山伯死后托梦给祝英台说："如今我的墓上生了一株红花，是从墓中我的心上生出来的。"又说："姐姐，你记住，那花儿须是你自己摘，别人摘不下来的。"其后在第四折中写到祝英台在嫁往马家的路上经过梁山伯墓地的时候果然见到墓顶上赤艳艳地开着一朵红花，当时祝英台曾唱有一支曲子：

> ［甜水令］似这般三九严冬，寒云凝雾，坚冰铺野，林木也尽摧折，则那一朵红葩，朝阳吐艳，临风摇曳，除是俺那显神灵的兄弟英杰。

其后写到坟墓爆裂，祝英台在投身入墓之前又唱了一支曲子：

> ［离亭宴带歇指煞］呀，俺则见疏剌剌地狂风一阵飘枯叶，咕嘟嘟地黄尘四起飞残雪，浑一似呼嗵嗵地山崩地裂，还说甚冉冉地夕照影萧寒，漠漠地天边云黯淡，涓涓地山水流呜咽。则你那里苦哀哀地百年怨恨长，俺这里冷森森地三九风霜冽，禁不住扑簌簌地腮边泪泻。只道你瑟瑟地青星堕碧霄，沉沉地黄壤瘗白玉，茫茫地沧海沉明月，从此便迢迢千秋无好春，悠悠万古如长夜，却原来皇皇地英灵未绝。马秀才你寂寂地锦帐且归休，梁山伯咱双双地黄泉去来也。

在这两支曲子中，所表现的都不是像一般电影或戏曲中只知赚人热泪的哀哭而已。先生所写的是一种精诚的心志之力量，是虽然在死后也能在墓顶上于三九严冬寒云凝雾中开出的赤艳的红花，是能够使得隔绝死生的无情的坟墓都为之爆裂的“皇皇地英灵未绝”。虽然这些奇迹并不一定合于科学上之“真实”，但这种精诚所至金石为开的坚贞的心意，却是千古以下都会使人受到感动和激励的。而先生全剧所要表现的就正是这种精神力量的一种象喻，这与一般只写一个悲剧故事，或者借此不幸之悲剧以表现对于旧礼教之批判的演故事或说教训的表现法是有着很大的不同的。

除去前二种杂剧以外，我以为先生之更易引起别人误会，更难使人了解其真正之主题和用意的，实在是《再出家》和《马郎妇》二本杂剧。因为前二种杂剧无论其真正之用心立意是否为读者所了解，至少从故事本身的外表情节来看，总还不失一种严肃的意味。而《再出家》一剧所写的一个既还了俗又结了婚的和尚，和《马郎妇》所写的一个以肉身布施的淫妇，若只从故事本身的外表情节来看，就更加显得荒诞不经了。然而我却以为这二本杂剧不仅就内容而言，较之前二种杂剧有更为深微之用意，即使就表达之艺术手法而言，较之前二种杂剧也有更可重视之成就。现在我们就先从表达之艺术手法方面来谈一谈。本来中国的小说和戏曲，一向大多是以写实为主的，而且经常带有某些说教的意味。可是先生的这二本杂剧，却是带有一种象征之意味的创作，以整个的故事传达一种喻示的含义，这种表达方式是近代西方小说家、剧作家甚至电影导演，都曾经尝试采用过的一种表达方式，自 50 年代后期的尤金·伊欧尼斯柯（Eugene Ionesco）到 60 年代的撒姆尔·贝克特（Samuel Beckett）和哈洛德·品特（Harold Pinter）诸位剧作家，他们所写的戏剧便都不仅是一个故事，而是借故事的外形以传达和喻示某种思想或心灵的理念和感受。我这样说，也许有人会不以为然，因为先生的这两本杂剧都是 1936 年冬天写定的，比西方那些剧作家写作这一类剧本的时间要早了十年以上，而且先生的剧作也并没有像西方那些剧本的极端荒谬的形式和意念，不过无论如何以剧作中之具体的人物情节来喻示某一种抽象的理念情意，这种表达方式则是极为相近的。而先生之所以能够突破了中国旧有的传统，竟然开创了一条与后起之西方剧作家相接近的途径，成为了一位在文学创作之发展中的先知先觉者，其早年研读西方文学所曾经受到的影响当然是不容忽视的。我们前面论及先生对戏剧创作之理想时，已曾引用过先生对于古希腊名剧《普拉美修斯》一剧之赞美的话，以为此一剧表现“有释迦、基督担荷人类罪恶之意”。而古希腊之名剧其含有丰富深微委曲之含意，足以令人思索玩味者，实不仅《普拉美修斯》一剧为然，这正是何以王静安氏及先生都以为中国旧传统之剧作不如西方，而思有志于戏剧之创作的一个主要原因。所以先生之有意在其剧作中寄托一种深微高远的理想和意念，便也是极自然的一种情事。而除了受西洋之剧作的影响以外，我以为西方的近代小说，以及在西方影响下发展起来的五四时期前后的中国近代小说，也都曾给予先生很大的影响。先生喜欢在课堂上谈到鲁迅先生之《阿Q正传》和《狂人日记》等含义深刻的小说，这是凡曾上过先生课的学生都对之有极深刻之印象的，而另外先生在课堂上还曾经谈到过一位旧俄作家的作品，大概就不是很多同学对之都留有印象的了。这位旧俄的作家名字叫作安特列夫（Andreyev），并不是一位很出名的作者，但他的小说却有一个很大的特色，就是常以小说中之人物情节作为一种抽象的感受或理念的喻示。鲁迅先生曾译有他的两篇短篇小说收入于《域外小说集》，一篇题目为《谩》，另一篇题目为《默》。前一篇喻示人生之虚伪，欲杀“谩”而“谩”不死，欲求“诚”而“诚”乃无存；后一篇喻示人生之隔绝寂寞，欲求知谅之不可得。我以为先生盖曾受有此一作家相当之影响，因为先生既对鲁迅先生极为景仰，并曾在课堂中提及此二篇小说，而且先生自己也更曾翻译过另一篇安特列夫之作品，题目为《大笑》，内容写一个带有惹人发笑之面具的人，虽然内心极为悲苦，却并无一人能察见其悲苦，而无论此人行至何处，所追随者皆为一片大笑之声。这当然是一篇喻示性的故事。先生此一篇译稿曾经发表在当时北平《益世报·语林》第八十八号（1946年1月2日）。从先生对戏曲和小说的这些态度和观点来看，先生在自己的剧作中之喻示有较为深刻的含义，这当然是一件极为可能的事。下面我们便将对先生之《再出家》与《马郎妇》二剧之含义略加探讨。

《再出家》一剧之含义，主要可能有以下几点，其一是佛家之所谓"透网金鳞"之禅理。先生在其《稼轩词说》中论及稼轩之《八声甘州》（故将军饮罢夜归来）一首词时，曾经举引过一则禅宗公案，云："昔者奉先深禅师与明和尚同行脚，到淮河，见人牵网，有鱼从网透出。师曰：'明兄！俊哉！一似个衲僧。'明曰：'虽然如此，争如当初不撞入罗网好？'师曰：'明兄，你欠悟在。'"深禅师之所以如此云云者，盖因未撞入网的鱼，对于网并没有必然能脱出的把握，唯有曾经撞入网而又能脱出的鱼，才真正达到了不被网所束缚的境界。未曾还俗以前的继缘和尚，就譬如是一条未撞入过网内的鱼，所以终不免被网所缠缚，直至其垂老再度出家时，才真正脱出了网的束缚。这一则"透网金鳞"之公案，先生在课堂讲书时亦曾常常举引。所以先生在其所写的《再出家》一剧中之含有这种哲理的意味，该是极有可能的。其次，我以为先生在此剧中可能还寓有一种救人便须救彻的理想。

在本剧的第三折写有什样景对继缘和尚所说的一大段宾白，云：“师兄，你知道慈悲为本，方便为门，可还知道杀人见血，救人救彻吗？你如今害得我上不著天，下不落地，那里是你的慈悲方便？你出了钱米养活着我，让我来活受罪吗？昔日释迦牟尼，你不曾说来吗，在灵山修道的时节，割肉喂虎，刳肠饲鹰。师兄道行清高，难道学不得一星半点儿？如若不然，让我自己在这里冻杀饿杀，不干你事，从此后休来我面前打闪，搅得我魂梦不安。”这一大段宾白不仅在文字方面写得十分沉着有力，而且在用意方面还提出了一种无论是想要成佛或做人，都应该追求向往的最高理想，那就是不惜自己牺牲或玷污而却要救人救彻的精神。这种用意，先生在讲课时，也曾屡屡及之，而且常常把为人与为诗相并立论。例如先生有一次在讲到姜白石的词的时候，就曾经批评白石词的缺点是太爱修饰，外表看起来很高洁，然而却缺少深挚的感情。先生以为一个人过于自命高洁，白袜子，不肯踩泥，则此种人必不肯出力，不肯动情。先生所倡示的实在是一种不惜牺牲或玷污自己而入世救人的精神。如果将先生平日讲课的话与这一本杂剧参看，我们就更可以明白先生的《再出家》一剧，所写的绝不仅是一个故事而已，而是先生透过故事的形式所要传达的，他自己对于人生的某种理念。这一点认识是非常重要的。至于《马郎妇》一剧所写的以肉身施舍布人的故事，就也正是前一剧之宾白中所说的“割肉喂虎，刳肠饲鹰”之精神的故事化的表现。在《马郎妇》的第一折中，马郎妇一出场，就唱了三支曲子：

［黄钟醉花阴］云幻波生但微哂，万人海藏身市隐。你道俺恋

红尘，那知俺净土西方坐不得莲台稳。

[喜迁莺] 好教俺感怀悲愤，但行处扰扰纷纷。朝昏去来车马，恰便似漠漠狂风送断云。无定准，都是些印沙泥的雁爪，沿苔壁的这蜗痕。

[出队子] 有谁知此心方寸？田难耕，草要耘，一分人力一分春。转眼西天白日曛，可怜这咫尺光阴百岁人。

在这三支曲中，第一支曲子所表现的实在就是我不入地狱谁入地狱的救世精神。第二支曲子则是写人心之纷扰痴愚。然而先生对人世所采取的却又绝不是完全否定消极的态度，所以下面第三支曲子先生所写的就是在心灵之修养持守方面，所当做的努力。而更可注意的其实是第四折马郎妇所唱的另一支曲子中所蕴含的一种抱有救世之慈悲的深愿，然而却不能为世人所了解和接受的深刻的悲哀：

[醋葫芦·幺篇之二] 俺常准备着肉饲虎，肠喂鹰，走长街吆喝着卖魂灵，您当俺不是爷娘血肉生。俺生前无谁来相亲敬，俺死后将这臭皮囊直丢下万人坑。

又结尾一支曲子中的最后二句："我请那释迦佛来作证，则被着恶名儿直跳下地狱最深层。"像这些曲文可以说对本剧所蕴含的意旨都有着明白的提示。因此我们说先生的剧作中有着严肃深刻的取义，这是足可以为证的。

至于先生的第二本剧集《游春记》，其内容则取材于《聊斋》

中之《连琐》一则故事。据先生在“自序”中所云，此剧之著笔盖始于卅一年一月间，而其完稿则在卅四年之二月中。“自序”又云：“初意拟为悲剧，剧名即为《秋坟唱》，既迟迟未能卒业，暇时以此意告知友人，或谓然，或谓不然。询谋既未能佥同，私意亦游移不定。今岁始决以团圆收场。《游春》之名，于以确立。”当先生撰写此剧之时，也正是我从先生受业之时，记得先生当日也曾与同学们谈及此剧将以悲剧或喜剧结尾之问题，而且也曾在课堂中论及西方悲剧中之人物性格，其所曾讨论者，先生已大半写之于《游春记》之“自序”中。先生为“悲剧”及“喜剧”所下之定义与西方并不尽同。依先生之意，以为“悲剧中人物性格，可分二种：其一为命运所转，又其一则与命运相搏”。对所谓“与命运相搏”者，先生又曾加以诠释，曰：“遇有阻难，思有以通之；遇有魔障，思有以排之。……通之而阻难且加剧焉，排之而魔障且益炽焉，于是乎以死继之，迄不肯苟安偷生，委曲求全。……窃意必如是焉，乃成乎悲剧之醇乎醇者矣。”持此一标准以求，先生以为西方莎士比亚之剧“若韩姆莱特，若利耳王，其显例已”。而在中国之元明杂剧及传奇中，则根本缺少此类之悲剧。先生曾引王静安先生《宋元戏曲考》之言曰：“明以后传奇，无非喜剧，而元则有悲剧在其中。”然依先生之见，则以为“即以元剧论之，若《梧桐雨》，若《汉宫秋》，世所共认为悲剧也，顾明皇与元帝皆被动而非主动，乃为命运所转，而非与之相搏。若《赵氏孤儿》剧中之程婴与公孙杵臼，庶几乎似之。然统观全剧，结之以大报仇”，凡此类戏剧，严格地说起来，盖皆不合于先生为悲剧所下之定义。在先生的标准下，元明诸剧作中可以说并无理想之悲剧。至于所谓“喜剧”者，则先生以为静安先生所说的明以后传奇中之喜剧，实在不得称之为“喜剧”，而“当谓之‘团圆剧’始得耳”，而“团圆剧”则是被先生平时常目为“堕人志气、坏人心术者也”。盖以一般团圆剧之所写者，多不过为功名成就，亲事和谐，斯不过为人情物欲之满足而已，故先生以为此种戏剧多属浅薄庸俗，全无高远之理想志意可言。那么先生所理想之喜剧又该是怎样的呢？先生在“自序”中对此虽然并无详细之阐释，而却有一段简短的说明，云：“今之为此《游春记》也，其自视也则又何如？则应之曰：‘人既有此生，则思所以遂之，遂之之方多端，而最要者曰力。其表现之于戏剧也，亦曰表现此力则已耳。其在作家，又唯心力体力精湛充实，始能表现之。悲剧、喜剧，初无两致。’”如果从这一段简短的提示以及《游春记》一剧本身之故事来看，我们可以推测先生理想中的“喜剧”与其所谓“堕人志气、坏人心术”的“团圆剧”必然有很大的不同，而最主要的分别，则在于先生之所理想中的“喜剧”是要表现有一种为求遂其生而须付出追求之艰辛的“力”的作品。假如从这一种衡量的标准来看，我们便会发现先生的《游春记》之所以选取《聊斋志异》中之《连琐》一则故事作为素材，而决定以“喜剧”为结尾，其中是有着深刻之取意的。

首先从故事之取材而言，我以为先生之所以选取了《聊斋》中之《连琐》一则故事作为素材的原故，主要盖取其由死而复生的一点象征的用意，这当然与把此一故事只看做僵尸复活之迷信的事件有着绝大的不同，先生只是借用此一则故事来表现一种可以起死人而肉白骨的精神和感情的伟力，同时也表现一种求遂其生的强烈的意志和愿望。在本剧第一本的第一折中，正末杨于畏出场所唱的第一支曲子《仙吕点绛唇》中所描写的虽然是“黄叶凄凄，又是悲风起”的秋天的肃杀悲凉的景色，可是紧接着的第二支曲子《混江龙》，杨于畏所唱的却是“任岁月难留如逝水，尽摧残不尽是生机”的对坚强的生意的歌颂，同时还唱出了他自己的“则平生有多少相思意，相伴着花开花落，春去春归”的缠绵执着的感情。到了第二折中，写连琐的鬼魂出现，则象征了一个多情美好的生命被幽闭于隔绝凄冷之世界中的悲哀寂寞的心情，也曾经透过杨于畏的口吻唱出了下面一支充满同情之感的曲子：

> [十二月] 可怜他腰肢瘦损，肺腑难申。空剩下一身的窈窕，融解作四野氤氲。则他那无边的怨苦，直引起半世的酸辛。

到了第三折，则写出了对于爱情和生命之追求寻觅中的徘徊和迷惘，如杨于畏所唱的下面一支曲子：

> [川拨棹] 情暗伤，他争知人见访？俺则见风冷云黄，水远山长，树映着朝阳，叶带着余霜，起伏着陀冈，上下着牛羊。我耐无聊，徘徊半晌。则夜来的吟诗，真个也，梦想？

到了第四折则由正旦连琐作为主角，于是就更为直接地唱出了她自己的多情而被幽闭的凄怨，如下面一支曲子：

［紫花儿序］一夜夜清眸炯炯，绣履轻轻，翠袖盈盈。行来荒野，立尽残更。无情。有情呵，幽闭在泉台下待怎生！

然后就接写连琐之鬼魂被杨于畏的诚挚之情所感动，于是而前来与之相会，曾经唱了几支曲子，表现出对于感情的诚挚的力量的感动，例如下面的一支曲子：

［调笑令］月明，淡云横。想昨夜三更那后生，立荒园不管风霜劲。把新诗霎时酬定。则他那聪明更兼心志诚，热肠儿敢解冻融冰。

以上是本剧的第一本，一共四折，只写到连琐的鬼魂与杨于畏相见为止。

到了第二本开始，故事的背景就已经由前一本之凄寒的秋日转变为风雪凛冽的严冬。如果说前一本之秋日的背景象喻了虽然在凋零肃杀之中也难以被摧毁的生机，那么第二本第一折之严冬的背景则更可以说是有着两层的提示和暗喻：其一是因季节之改变所暗示出来的杨于畏与连琐之间的感情的增长和坚定；其二是因严寒的凛冽才更可显示出对于生机之追寻有着不畏风雪的坚强执着的精神。所以在第二本的第一折，连琐一上场所念的定场诗的末二句就是“常爱义山诗句好，不辞风雪为阳乌”，表现了虽然在严冬中但坚决要追求光明和温暖的坚强的心意。到了第二本的第二折，则季节已经自严冬转为风光明媚的春天，而连琐的幽魂也已经洋溢着满怀生意。所以在这一折中，连琐一上场所唱的定场诗的末二句就是“幽绪满怀蚕作茧，生机一片水生涛”。但若只是连琐心中有了这一片生机却仍嫌未足，正如古今中外所有的神话或宗教中所喻示的一样，凡一切再生的救赎，都需要有一种牺牲的血祭，因此连琐便向杨于畏提出了要以一滴活人的鲜血滴入脐中的要求。当这一幕庄严的仪式完成以后，正末杨于畏在下场时念了一首下场诗，说：“带月荷锄汗未消，南山曾记豆生苗。谁知深夜明灯下，一朵心花仗血浇。”这首诗用陶渊明写躬耕之辛苦的诗句“带月荷锄归”来喻写对于心田中之心花的浇灌，正可见出凡属一切收获皆须付出汗血之代价的严肃的意义。到了第三折是对连琐之起死回生的正面的叙写，在这一折中，先生用了北曲中一套著名的套曲［九转货郎儿］，是先生的用力之作，其中有几支曲子写得笔酣墨饱，非常出色，例如：

［九转货郎儿］也是俺的至心宁耐，也亏俺的痴心不改，感动得巫娥飞下楚阳台，我破家私将春光买，我下功夫将好花栽。也有个万紫千红一夜开。

［四转］且莫道人生如梦，说不尽至心爱宠，将一幅画图儿叫真真，叫得哑了喉咙，也有个幽灵感动，悲欢相共。恰便是向荒田中，沙漠里，将情苗种。也有个一夜东风装点春容。人道是三山难遣风相送，凡人休做神仙梦。你看俺恰便是挂起了布蓬，东指云海蓬莱有路通。

［八转］俺这里凝看不瞬，他那里星眸闭紧。告巫阳好和俺赋

> 招魂。且将这安息漫焚，漫焚。悄无声，气氤氲，我静待青春归来讯。则见他挪娇身也么哥，沉香津也么哥，亸下鬓云，慢转秋波，动着樱唇。渐渐地娇红晕粉，晕粉，两朵明霞弄腮痕，超越地添风韵。听微呻也么哥，看轻颦也么哥，这一番亲到瑶台逢玉真。

这里所引的三支曲子，前二支写经过艰苦的寻求和期待以后，终于可以如愿得偿地欢欣和兴奋；第三支则写亲眼得见到自己所期待已久的美好之生命的复活。先生将之写得极为细腻生动，而所有的描写其实都带有超越于现实之上的一种象喻的含意。这种用心，是读者所绝不应该对之忽略的。

以上第一本四折和第二本之前三折，剧中的故事情节与《聊斋》中之《连琐》一则的故事大抵可以说相差不远。到了第二本的第四折所写的杨于畏与复活以后之连琐并马游春的故事，则不是《聊斋》之所原有，而是全出于先生自己之想象和创造了。如果我们想到先生在“自序”中所曾提到的最初写此剧时对于以悲剧或喜剧结尾的慎重考虑，我们就会知道先生之所以决定以喜剧结尾，并且增出此一折《聊斋》中所本来没有的“游春”的情节，更把全剧定名为《游春记》，其间必然有先生一种深微的用意。我以为先生此一折所要写的，实在应该是理想中一种美满之人世的象喻。而且更可注意的是先生在其所写的“游春”之中，还特别安排了“登山观海”的叙写，也就是说先生所理想中的美满的人世，不仅应有如春日的欣荣，而且更应该有一种如同“登山观海”之高远的蕲向和志意。关于这种象喻的意义，先生在这一折的剧曲中，也有足够的叙写和暗示。例如当剧中写到杨于畏与连琐来到海滨观海的时候，他们二人曾经有几句宾白，先是“（末云）娘子，你觑兀的不是大海当前也。”“（旦云）相公，你听林籁涛声，宫商并作，好悦耳也。”于是下面正旦连琐就接唱了几支曲子：

> ［耍孩儿］自然海上连成奏，多谢你个㧐弹妙手，相伴着长林虚籁正清幽，珊珊珮玉鸣璆。说甚么翠盘金缕霓裳舞，月夜春风燕子楼，到此间，齐低首。听不尽宫音与商音同作；看不尽云影和日影交流。

在这支曲子中对于海的赞美，当然也就象喻着对于一种高远雄壮的美好的境界的向往。后来写到海上日落，正旦连琐又唱了一支曲子：

> ［一煞］遥空晚渐低，绮霞明未收，将海天尘世一起来庄严就，将遍人间绛蕊融成色；合天下黄金铸一个球。潮音里响一片钧天奏：比月夜更十分渊穆，比春朝加一倍温柔。

在这一支曲子中，其歌颂和象喻的意味，比前一支曲子就更为明显了。我以为在中国文学史上，无论是在任何一种文学形式的创作中，如此富于反省自觉地苦心经营，使用象喻的手法写出一种至圆满、至美好之理想人世之境界者，实当以先生此剧为第一篇作品，这一种成就和用心是非常值得我们尊敬和重视的。

最后我还要提出一点小小的补充说明，就是在此一剧中，先生曾经为杨于畏安排了一个净扮的书童抱琴，时常做一些插科打诨的说唱和动作。这是剧作中常有的一种调剂，不必有若何深意。至于在下卷第一折前面的楔子中先生又安排了杨于畏的四个学友来书斋中作闹之事，则一来因《聊斋》的故事中也有关于这些情事的记叙，而且这种安排也暗示了在对于美好之事物的追寻过程中，也往往可能会遇到一些对美好之事物不知珍重爱惜，而竟以焚琴煮鹤之恶作剧为乐的人物。如此则此一楔子中之玩闹的恶作剧，便也隐然有一层象喻之意味了。

五、尾言

如我在前文所言，我聆听羡季先生讲授古典诗歌，前后曾有将近六年之久，我所得之于先生的教导、启发和勉励，都是述说不尽的。当1948年春，我将要离平南下结婚时，先生曾经写了一首七言律诗送给我，诗云："食荼已久渐芳甘，世味如禅澈底参。廿载上堂如梦呓，几人传法现优昙。分明已见鹏起北，衰朽敢言吾道南。此际泠然御风去，日明云暗过江潭。"先生又曾给我写过一封信，说："不佞之望于足下者，在于不佞法外，别有开发，能自建树，成为南岳下之马祖，而不愿足下成为孔门之曾参也。"先生对我的这些期望勉励之言，从一开始就使我在感激之余充满惶愧，深恐能力薄弱，难副先生之望。何况我在南下结婚以后不久，便因时局之变化，而辗转经由南京、上海而去了台湾。抵台后，所邮运之书籍既全部在途中失落无存，而次年当我生了第一个孩子以后不久，外子又因思想问题被捕入狱。我在精神与生活的双重艰苦重担之下，曾经抛弃笔墨、不事研读、写作者，盖有数年之久。于时每一念及先生当日期勉之言，辄悲感不能自已。其后生事渐定，始稍稍从事读、写之工作，而又继之以飘零流转，先由台湾转赴美国，继又转至加拿大，一身萍寄，半世艰辛，多年来在不安定之环境中，其所以支持我以极大之毅力继续研读、写作者，便因为先生当日对我之教诲期勉，常使我有唯恐辜恩的惶惧。因此虽自知愚拙，但在为学、做人、教书、写作各方面，常不敢不竭尽一己之心力以自黾勉。而三十年来我的一个最大的愿望，便是想有一日得重谒先生于故都，能把自己在半生艰苦中所研读的一点成绩，呈缴于先生座前，倘得一蒙先生之印可，则庶几亦可以略报师恩于万一也。因此当1974年，我第一次回国探亲时，一到北京，我便向亲友探问先生的近况，始知先生早已于1960年在天津病逝，而其著作则已在身后之动乱中全部散失。当时中心之怅悼，殆非言语可喻。遂发愿欲搜集、整理先生之遗作。数年来多方访求，幸赖诸师友同门之协助，又有先生之幼女现在河北大学中文系任教之顾之京君，担任全部整理、抄写之工作，更有上海古籍出版社，热心学术，愿意接受出版此书之任务，行见先生之德业辉光一向不为人知者，即将彰显于世。作为先生的一个学生，谨将自己对先生一点浮浅的认识，简单叙写如上。昔孔门之弟子，对孔子之赞述，曾有“仰之弥高，钻之弥坚，瞻之在前，忽焉在后”之语。先生之学术文章，固非浅薄愚拙如我之所能尽。而且我之草写本文，本来原系应先生幼女顾之京君之嘱，所写的一篇对先生之教学与创作的简介，其后又经改写，以之附于先生遗集之末，不过为了纪念先生当日之教导期勉，聊以表示自己对先生的一份追怀悼念之情而已。

受业弟子叶嘉莹谨识

1981 年 6 月初稿

1982 年 4 月改写

1982 年 8 月定稿

苦水先生作词赏析举隅*

叶嘉莹

晚唐的温庭筠写的词，是给歌女写的歌词，他以一个女子的口吻写女子的歌词的时候，写出来某一种女子的感情，而里边也包含了他自己潜意识之中的自己的感情，因此使小词具含了一种可能的潜在的作用，男子透过一个女子的口吻把日常不敢说的话表现出来了。这样的词在中国传统上认为是好词，因为它意义更丰富，给读者更多想象的余地。

一千多年前的人是写这样的词。现代人写现代人的生活和感情，是不是也可以用词这样的文学体裁？是不是也可以用词来表达现代人的感情呢？我现在要给大家看几首词，我所选的是我的老师顾随先生的作品。我们现在先看他的一首小词《鹧鸪天》：

不是新来怯凭栏。小红楼外万重山。自添沉水烧心篆，一任罗衣透体寒。　　凝泪眼，画眉弯。更翻旧谱待君看。黄河尚有澄清日，不信相逢尔许难。

《鹧鸪天》不是题目，是乐调的名字。首句“不是新来怯凭

---

* 选自《顾随先生百年诞辰纪念文集》。原系据录音整理，经作者审订。

栏”的“凭”，文集[1]印书者以为是这个“凴”，靠的意思。可是他原来的稿子是这个“凭”，这两个字可以相通，但为什么我要坚持这个“凭”呢？因为“凴”只有一个读音，文凴、凴什么；“凭”有两个读音，可读平声，可读仄声，而在词的调子里，都有平仄声的调谱。中国文字单音节单形体，可是它有抑扬起伏，音乐性是非常丰富的，在这句词里，此处应读仄声，所以不是这个“凴”，这个“凴”不能读仄声。

这首词写的是什么意思呢？我国古代孟子说：“诵其诗，读其书，不知其人可乎？是以论其世也。”（《万章下》）读一个人的作品，应该知道他所处的时代，应该知道他是一个怎样的人。我是1941—1945年跟随顾随先生读书的，那是一个什么时代？那是抗战的后四年，是最艰苦的一段时间。我们辅仁大学的老师都是对祖国有很深厚的感情的，国家民族的观念很强。有的老师冒着危险到后方去了，有的在沦陷区从事地下工作，顾随老师有忠贞的爱国情操，但他没有到后方去，那是因为他有六个小孩，他没有办法放弃他做父亲的责任，他的妻子又是一个没有工作能力的人。他在沦陷区，把他对国家民族的情感，内心的抑郁悲慨的情怀，都写进这些小词里了。温庭筠的词透过字面能使读者有一个深层的联想，可他自己不一定有那个意思。我的老师顾随的小词，他是否曾有心放进去一些深层的意思或是无心的呢？我们若想做出判断，若想欣赏解说中国的古典诗词，要对中国的文字有很敏锐的感受和分析的能力。

---

① 指《顾随文集》（上海古籍出版社1986年1月出版）。

先看开端两句："不是新来怯凭栏，小红楼外万重山。"中国的旧诗词之所以妙，就是因为它能在那么简单的、那么短的篇章里面，表达那么丰富的、那么深厚的意思。"凭栏"，靠在栏杆旁边。我现在先引用一个西方理论。有一位很摩登的西方学者，名叫玖利亚·克利斯托娃（Julia Kristera），一个非常出色的女学者，生在保加利亚，在法国拿到学位，她有多方面的语言能力，而且阅读范围非常广泛，她提出一个说法，即"互为文本"，当一个"文本"出现时，从一个"文本"可以联想到很多"文本"，所以叫"互为文本"。其实，这在中国过去，老早也就已经注意到了，虽然我们没有这个批评术语。但给李白诗做注解的，给杜甫诗做注解的，常注明许多出处和典故，说这两个字古人什么人什么人用过，给你丰富的联想，你可以看到一个语汇联想到古人一连串的诗歌。这是因为古人在写作时，他本来就阅读过那些作品，所以他这样用，是带着这个联想用出来的，你没有这个联想，所以你读不懂，这是你对不起作者。"凭栏"，表面只写一个人靠在栏杆上，但内容深意却没这么简单。不知大家是否联想到了李后主的一首《浪淘沙》？其中有"独自莫凭栏，无限江山，别时容易见时难"几句。那是李后主亡国以后的作品。那么我老师的这首《鹧鸪天》是在什么地方什么时候写的呢？是在沦陷区写的，在抗战最艰苦的时期，他的多少好朋友有的被捉进日本宪兵队关起来了，有的已经离开沦陷区到后方去了，而他自己由于家累还留在沦陷区，自己的国家、国土沦陷在敌人铁蹄践踏之下。李后主"凭栏"看到的是"无限江山"；杜甫的《春望》说："国破山河在"，难道凭栏看到的不是我们祖国的山河？这万里江山不是我们祖国的江山吗？李后主说“莫凭栏”，老师说“怯”，怯是害怕，害怕去靠近栏杆，因为一靠近栏杆看到的就是我们祖国的大好河山，而现在为什么处处招展着太阳旗呢？他说我“不是新来怯凭栏”，不是真的害怕栏杆的危险，才不肯到栏杆旁边去。那是为什么？是“小红楼外万重山”，我住的这个小红楼外有万水千山——这正是李后主所说的“独自莫凭栏”，因为栏外有“无限江山”——那是我们祖国的大好河山，我一靠近这栏杆，我就想到我们的沦陷，想到大好江山被敌人占领的悲哀和苦难。

下面“自添沉水烧心篆”一句，心篆是一种篆香，篆字的香，盘成一个篆字的心字形。我们中国文字是非常美妙的，精致的，他说我要烧的香是篆曲的、纤细的、婉转缠绵的。什么样的篆？心字的篆。我自己的心是那么热烈的真诚的一份感情，我虽然在沦陷区，我每天难道能忘了我的祖国么？所以我的“心篆”是燃烧的，不断燃烧的。也许你们又要问了，你这盘香烧完了还有第二盘吗？我记得四十多年前我大学毕业后不久，有一天我的亲戚请我到教会去听布道会，讲道的是一位女士，她说你们如果内心觉得干渴，你们到我这里来听我讲道，我给你们喝的是水，可是你们喝完了就没有了，你要从你的内心里涌出来自己的甘泉，不是向别人讨来一杯水喝，是内心涌出来的甘泉。对祖国的爱正是内心涌出的甘泉，难道一两天、一两年就能没有了吗？“自添沉水”，“沉水”是一种香，香的气味，那样的芬芳；“心篆”是心的形状，是缠绵的，是发自内心的。“自添”就不会烧完，永远在烧。因为不是别人给你添上去的，而是我“自添沉水烧心篆”，我不是今天一天要好给别人看，而是自己凭靠自己的本心要好下去，对祖国的爱凭靠自己，不假借别人的鼓励和帮助而一直延缓下去。“自添沉水烧心篆”，短短的七个字，有多么丰富的意义！多么深厚的感情！我的心是芬芳的、热烈的，这不是为了得到别人的欣赏和赞美。如果你的环境没有人支持你、赞美你，你的周围是寒冷的，你自己还燃烧下去吗？所以后边就说，“一任罗衣透体寒”。只要我心里有一片火儿在燃烧，不管我周围的环境是多么的恶劣、冷酷，我心头的这一点火也是不会灭掉的。而且这寒冷不只是在我身体之外，这寒冷一直侵袭进来，所以说“透体寒”，是寒冷直侵入到我的身体上来。

下半首“凝泪眼，画眉弯”，在沦陷区，在苦难的环境里，为了祖国能做些什么？记得七七事变之时，我正在北平上中学，七七事变以后，学校逼迫我们去街上游行，庆祝南京陷落、汉口陷落、长沙陷落，我们祖国的城市一个个陷落了，敌人还让我们去庆祝，而南京陷落时我父亲在南京，汉口陷落时我父亲在汉口，可是敌人逼迫我们上街去庆贺我们祖国一个城市一个城市地陷落，那是一种什么样的环境啊！在这种痛苦的环境中，我们一般人常犯自暴自弃的毛病，自暴是觉得我什么都了不起，自弃是觉得我什么都不成。自暴是不对的，自弃也是不对的。在恶劣的环境里，自己就不要好了吗？你看，在“凝泪眼”的悲哀痛苦之下，接下来的是什么？是“画眉弯”。刚才讲“互为文本”，“画眉”在中国有一个传统。如果我们讲符号学，一个语言符号，当一个国家民族使用了很久之后，这个符号已经结合在它的文化传统之中，它就变成一个代表这个传统文化的“Code”（符号语码）了，可以通过它连起一大片文化联想来。“画眉”在中国文化里，在文学里，已经形成一个“Code”的作用，从屈原就说“众女嫉余之蛾眉”，唐朝诗人李商隐的诗“八岁偷照镜，长眉已能画”。总而言之，画眉在中国文学传统中是代表一个人对于自己的品德才智的美好的追求。爱美，要好，不是坏事情，就看你要的是什么美，只是涂一涂黑色和红色在脸上就美了吗？不是的，是真正心灵里你的灵魂、你的性情、你的品格是不是美。屈原用描眉来做爱美的象征，他说“余独好修以为常”。“凝泪眼”就不画眉了吗？还要画，“画眉弯”，画美丽的弯曲的眉。古人还有一句话，“兰生幽谷，不为无人而不芳”，因为香是它的本性，正如杜甫诗说“葵藿倾太阳，物性固莫夺”。要把爱美、要好变成你的本性的一部分，不是今天只在某一场合专给哪一个人看，不因环境恶劣我就不要好了。那么，画眉，画什么样的眉呢？古人有“眉谱”，远山眉、八字眉、正八字眉、倒八字眉等各种眉，顾随先生说，“更翻旧谱待君看”。如果原来的主人喜欢远山眉，现在的主人喜欢八字眉，你是描远山眉还是八字眉？唐代秦韬玉的《贫女诗》说，“敢将十指夸针巧，不把双眉斗画长”，近人书法家沈尹默的诗说“幽靓难成时世妆”，所写的都是不紧追那个摩登时尚，要有自己的持守。所以“更翻旧谱”，翻出来的是旧日的谱，画出来的是旧日眉谱的样子，因为以前的主人喜欢旧日的眉样。“待君看”表现的是什么？表现的是对祖国的希望和等待。

这首词是我的老师在沦陷区时写的，所以有这么多的含义。我认识他，我知道他；如果我不认识我的老师，也不知道这首词是在沦陷区写的，那还有没有这些联想呢？这些联想还存在不存在呢？这首词是只在写一个美丽的女孩子还是果然有另外的寄托和含义呢？我要告诉你，尽管你不认识这位作者，你仍然可以判断，他是有言外的意思的。因为他有最后的两句——“黄河尚有澄清日，不信相逢尔许难”。黄河还有澄清的日子，这句给了我们一个暗示：因我们中国向来说天下太平是海晏河清；又说黄河三千年一清，这代表的是太平安乐的时代。所以我的老师说，难道我们祖国的破碎就永远破碎下去了吗？一定不会的，“黄河尚有澄清日”，三千年一清，不是也有一清的日子吗？“不信相逢尔许难”，我就不信我的祖国打回来会是那样困难！我就不相信跟我的祖国相逢会有“尔许”（如此）的艰难。

这是当代人用词这种形式来写当代人的感情，一样写得很好。如果说，这是作者在沦陷区，有沦陷区这样的背景，所以他写出了这样的词，那么现代人写古典诗词，更可注意的一点是现代人把现代化的情意跟思想写进古典诗词里去了。

再看他的一首《临江仙》：

> 记向春宵熔蜡，精心肖作伊人。灯前流盼欲相亲。玉肌凉有韵，宝靥笑生痕。　　不奈朱明烈日，炎炎销尽真真。也思重试貌前身。几番终不似，放手泪沾巾。

如果用西方的话来说，这是一首很象征化的作品，而且整首词好似在说一个故事，一个事件，整个的故事是象征，还不是说一个语汇的象征而已。例如说松树经冬不凋是一个坚贞的象征，还不是这个意思，它是整个的，一个作品是一个象征。他写的是一个人用蜡作了一个蜡人，“记向春宵熔蜡，精心肖作伊人”，记得一个晚上，“向春宵”，就是面对着那样一个春宵。中国语言是十分丰富的，有很多意思，春天，那么浪漫的、多情的、温柔的日子；“宵”，夜晚，那么安静的、沉静的时刻，常常你在白天时，有很多身外的、乱七八糟的事情，分散你的感情和你的心意，晚上的时候才能真正把你的心思集中。春天，而且是春宵，把融化的蜡“精心肖作伊人”，“精心”，是用了精微细致的心意，“肖”是像，“伊人”，那一个人，理想中的那一个人。我精心用蜡做了我理想中的一个人，非常美，非常真切，非常生动，而且“灯前流盼欲相亲”，深宵夜晚，所以是灯前，蜡人的眼光仿佛会流动，目光转动，眼睛是人的灵魂，眼睛像活了一样，能流动，似乎是在多情地看着我，而且表示了这么亲切的感情。“玉肌凉有韵”，摸一摸蜡人的肌肤，那么清凉润滑；“宝靥”是腮边，美丽的腮边好象在微笑，而且有一个浅浅的酒窝的痕迹。“宝靥笑生痕”，写得这么生动，这么真切，这么美丽。这是上半首。下半首的“不奈朱明烈日，炎炎销尽真真”，把情景突然改变了。无可奈何，又红又亮又热的像火一样燃烧的太阳晒在这个蜡人身上，“炎炎”像火一样，“真真”，是古人对所爱的人的一个称呼，“销尽”，把所爱的蜡人完全熔毁了。“也思重试貌前身”，我也想重新试一试，努力去再做一个蜡人，这个“貌”是个动词，杜甫有咏图画的诗“貌得山僧与童子”，“貌”是做出一个像来。就想做出一个以前那么美的人，可是“几番终不似”，试了多少次，再也做不出先前所做的那么美丽的一个蜡人，“放手泪沾巾”，只好放下手，流下泪来。有很多人年轻时有一个理想，一个梦想，后来被现实给毁了，你再想完成它再也完成不了了。整个这首词全以形象喻写这么一种对于理想的追求及幻灭的悲哀。这是一种很现代化的感情，也是一种用了很现代化的手段、写法，来写的一篇作品。

本来，中国古典诗词有悠久的历史传统，从先秦两汉魏晋南北朝到唐宋元明清，不断地在演进变化之中。在晚清的时代，当我们自己的东方文化接受了西方文化的时候，在我们古典文学领域里，也引起了一种冲击和波动，当这个冲击波动开始以后，所形成的发展方向有两个：一个是用旧的形式写新的思想，一个是把新的名词用到旧的古典诗歌里去。当时做这样尝试的有两个很有名的人，一个是黄遵宪，他有《人境庐诗草》。他曾去国外，做驻外公使，所以他的诗写美国的大选，用了很多新名词在里面；还有一个就是王国维，他曾读过康德、叔本华的哲学，他把很多西方哲学思想放在旧体诗词里，形式是用的旧的，但思想是新思想。我的老师在王国维以后，也是一个尝试把新的思想、新的形式、新的语言放进旧体诗词里的一个作者。

我的老师的一首《木兰花慢·赠煤黑子》便是写了一个“煤黑子”的形象。煤黑子是旧日北方冬天送煤的人，用驴车拉煤运煤，这个题材是古人没写过的，是一种新鲜的题材，选取了旧传统中所不曾叙写过的人物形象。这是新的题材、新的内容。而他的《鹧鸪天·佳人》四首，都是写美人的，是旧的题材，可是旧的内容有新的意思，《佳人》四首都是象征的，是以“佳人”的形象来发抒“美人香草”的幽约悱恻的情思，用一个美丽的女子来象征一种美丽的品格和修养，那“倚楼”“倚栏”的“绝代佳人”，都并非眼前实有的景象，而完全出于一种假想的象喻，是将抽象的情思转化为具体的形象来加以表现的。由于时间的关系，我现在就结束到这里。

附录一

木兰花慢

赠煤黑子

策疲驴过市，貌黧黑，颜狰狞。倘月下相逢，真疑地狱，忽见幽灵。风生。黯尘扑面，者风尘不算太无情。白尽星星双鬓，旁人只道青青。　　豪英。百炼苦修行。死去任无名。有衷心一颗，何曾灿烂，只会怦怦。堪憎。破衫裹住，似暗纱笼罩夜深灯。我便为君倾倒，从今敢怨飘零。

附录二

鹧鸪天

佳人四首

绝代佳人独倚楼。薄情何处觅封侯。天连燕赵沉沉死，日下江河滚滚流。　　红袖冷，绿云秋。泪珠欲滴又还收。自从读会灵均赋，不爱欢娱只爱愁。

绝代佳人独倚阑。江头看惯去来船。当楼花似迎人笑，人笑花开似去年。　　依旧是，着春衫。看看能否耐春寒。腰肢瘦到堪怜处，不受人怜谩自怜。

绝代佳人独倚床。水沉销尽尚闻香。熏笼已爇罗衾暖，却拥云鬟懒卸妆。　　曾记得，理丝簧。曲中也爱凤求凰。而今再把罗襦绣，便绣鸳鸯不绣双。

绝代佳人独敛眉。替花插鬓故迟迟。妆成重复看鸾镜，不是含羞欲语时。　　梁燕去，塞鸿归。熏香人自在深闺。今生判得情缘短，千转芳心尚恨谁。

《顾随：诗文丛论》序言*

叶嘉莹

我一生从事于古典诗词之研读与教学的工作，如果说我在这方面也还稍有成绩的话，那我最该感激的有两位长辈，一位是在我幼年时教我诵读唐诗的我的伯父狷卿公，另一位就是在我进入大学后，担任我们诗词曲诸科之讲授的我的老师顾羡季先生。伯父的引领，培养了我对诗词之读诵与写作的能力和兴趣；羡季先生的讲授则开拓和提高了我对诗词之评赏与分析的眼光和境界。先生对诗词的感受之锐，体会之深，其灵思睿智，就我平生阅读交往之所接触者而言，实更无一人可相伦比。因此我对当年听先生讲课时所写录的一批笔记，多年来乃一直视同瑰宝，虽在飘零辗转忧患苦难之生涯中，多数书物皆已散失无存的情况下，而我对这一批笔记则一直随身携带，故幸得始终保存，完好无缺。1974 年，我首次回国探亲，闻知先生已早于 1960 年逝世，且其所有遗作，亦已皆于动乱中散佚。悼痛之余，乃发愿与诸同门好友一同搜集整理先生之遗作，并将我所保存的这一批笔记，交给了先生的幼女，现在河北大学中文系任教的顾之京女士。其后于 1984 年，编订成《顾随文集》一书，于 1986 年交由上海古籍出

---

* 本文是为天津人民出版社出版的《顾随：诗文丛论》（1997 年 2 月第 2 版）所写的序言。2007 年 9 月，该社出版《顾随：论学精要》，亦以此文为序。

版。其所附录的《驼庵诗话》一部分，就是之京女士所整理的我当日听先生讲授诗词诸课的笔记。其后台湾的桂冠出版社又与我相商，将更多有关先生诗词讲授的笔记一并收录，由顾之京女士再次整理出版为《顾羡季先生诗词讲记》一书，交由台湾桂冠出版。而近年来顾之京女士又收集得先生之遗作多篇，而且也把我所保存的听先生讲授诗词以外之其他诸课的笔记，一并收入，又为羡季师编成《诗文丛论》一书，交由天津人民出版社出版。顾之京女士与出版社的编辑要我再为这册书的出版写几句话。但目前我既远在海外，未能见到全部书稿，所以无法按书稿之内容来写此序言，因而遂仅能略述先生遗作前后三次出版之经过情形如上。不过我每次撰写有关先生的纪念文字，总会引起无限的怀思。以前当《顾随文集》一书出版时，我既曾写有《纪念我的老师清河顾随羡季先生》一篇长文，对先生之教学以及创作各方面之成就与特色，做过相当详细的介绍。现在当我撰写此一篇文稿时，乃又忆及当我从先生受业时，先生为我评改诗词习作时的许多往事。

一般说来，先生对我之习作改动的地方并不多，但虽然即使只是一二字的更易，却往往可以给我极大的启发。先生对遣词用字的感受之敏锐，辨析之精微，可以说是对于学习任何文学体式之写作的人，都有极大的助益。因此我现在乃想不避我当年习作的幼稚浅薄之讥，略举一二例证，以做说明。

先生来担任我们的唐宋诗课程，是在 1942 年的秋天。那时我才升入大学二年级不久，北平正在沦陷之中，而先母逝世则已将一年，因此我的心情颇为悲凄，遂在一次习作中，呈缴给先生三首七言绝句，现在先把原诗写在下面：

第一首题为《小紫菊》，原诗写的是：

阶前瘦影映柴扉，过尽征鸿晚露稀。
淡点秋妆无那恨，斜阳闲看蝶双飞。

第二首题为《闻蟋蟀》，原诗是：

月满西楼霜满天，故都摇落绝堪怜。
烦君此日频相警，一片商声上四弦。

第三首题为《秋蝶》，原诗是：

几度惊飞欲起难，晚风翻怯舞衣单。
三秋一觉庄生梦，满地新霜月色寒。

第一首诗，先生为我改了两个字，那就是把第一句的“晚露稀”，改成了“露渐稀”，把第三句的“淡点秋妆”，改成了“淡淡秋妆”；第二首诗，先生为我改了一个字，那就是把末一句的“上四弦”，改成了“入四弦”；第三首诗，先生也为我改了一个字，那就是把末一句的“月色寒”改成了“月乍寒”。关于后两首的改动，先生都曾写有旁批或眉批加以说明。第二首的末句旁有评语说“‘商声上’三字双声，似不上口，‘上’字不如改作‘入’字为佳”。第三首末句的上端则写有眉批说“‘色’字稍哑，‘乍’字似较响也”。关于第一首诗所改动的两个字，先生则未加说明。以我个人的推测，我想先生之把“晚露稀”改成了“露渐稀”，可能一则因为一般人说到“露”总是说“朝露”，而我竟用了“晚露”的字样，未免显得不妥；其二则“露渐稀”中所用的“渐”字可以予人一种时间之推移消逝的感觉，与前面的“过尽征鸿”一句中的“过尽”二字所表现的时间消逝之感正可以互相呼应而使此种感受更为加强，这大概是先生将此句之“晚露稀”改成为“露渐稀”的主要原故，至于“淡点秋妆”之改为“淡淡秋妆”，则可能是因为后者显得更为轻灵自然的原故。

除去先生对我的习作之批改曾经给予我极大的启发以外，我当日习作的风格，也曾受有先生之影响。记得先生有一次在课堂上曾举引雪莱（Shelley）之《西风颂》（Ode to the Westwind）中的“假如冬天来了，春天还会远吗”（If winter comes，can spring be far behind）的诗意，以中文写了“耐他风雪耐他寒，纵寒已是春寒了”两句词。于是我就用这两句凑成了一阕《踏莎行》，并且写了一行“小序”，说“用羡季师句，试勉学其作风，苦未能似”，我写的词如下：

> 烛短宵长，月明人消。梦回何事索怀抱。撇开烦恼即欢娱，世人偏道欢娱少。　　软语叮咛，阶前细草。落梅花信今年早。耐他风雪耐他寒，纵寒已是春寒了。

先生担任我们的“唐宋诗”课程时，既正值北平为日军所占领之时，我想先生之所以在讲课时拈举出雪莱的诗句，并将之改写为中文词句，其中自也暗含有与同学们互相慰勉之意，则我在《踏莎行》中之所敷演者，与先生之原意，或者也还不甚相远；再则先生早年为词，颇喜用富于思致的诗句，我的这首小词既有意模仿先生的作风，所以就也写了些颇用思致的语句。先生阅后，曾给我写了一句评语，说“此阕大似《味辛词》”。“味辛”就是先生早年的一册词集。

除去我受先生之影响和模仿其风格以外，先生有时也与我互相唱和。记得是1944年的秋天，我曾先后写了六首七言律诗。第一首的题目是《摇落》，原诗是：

高柳鸣蝉怨未休，倏惊摇落动新愁。
云凝墨色仍将雨，树有商声已是秋。
三径草荒元亮宅，十年身寄仲宣楼。
征鸿岁岁无消息，肠断江河日月流。

写了这首诗以后不久，我又写了题为《晚秋杂诗》的一组五首七律，原诗是：

鸿雁来时露已寒，长林摇落叶声乾。
事非可忏佛休佞，人到工愁酒不欢。
好梦尽随流水去，新诗唯与故人看。
平生多少相思意，谱入秋弦只浪弹。

西风又入碧梧枝，如此生涯久不支。

情绪已同秋索寞，锦书常与雁参差。
心花开落谁能见，诗句吟成自费辞。
睡起中宵牵绣幌，一庭霜月柳如丝。

深秋落叶满荒城，四野萧条不可听。
篱下寒花新有约，陇头流水旧关情。
惊涛难化心成石，闭户真堪隐作名。
收拾闲愁应未尽，坐调弦柱到三更。

年年尊酒负重阳，山水登临敢自伤。
斜日尚能怜败草，高原真悔植空桑。
风来尽扫梧桐叶，燕去空余玳瑁梁。
金缕歌残慵回首，不知身是在他乡。

花飞无奈水西东，廊静时闻叶转风。
凉月看从霜后白，金天喜有雁来红。
学禅未必堪投老，为赋何能抵送穷。
二十年间惆怅事，半随秋思入寒空。

以上六首诗是我在1944年秋天写的。那一年我实岁是十九岁，虚岁是二十岁，诗中举成数而言，故曰“二十年间惆怅事”。自1942年我从先生受业以来，到1944年已有两年之久。在这期间，我既因聆听先生的讲授而对诗词的评赏有了较深的体认，更因先生不断的启发和鼓励，在创作方面也有了逐渐的进步和提高。这次缴上的这六首诗，先生发还回来时对我的原诗不仅一字未改，而且还附下了六首和诗，先生的诗题是《晚秋杂诗六首用叶子嘉莹韵》。先生的和诗是：

倚竹凭教两袖寒，何须月照泪痕干。
碧云西岭非迟暮，黄菊东篱是古欢。
淡扫严妆成自笑，臂弓腰箭与谁看。
琵琶一曲荒江上，好是低眉信手弹。

巢苇鹪鹩借一枝，鱼游沸釜已难支。
欲将凡圣分迷悟，底事彭殇漫等差。
辛苦半生终不悔，饥寒叔世更何辞。
自嘲自许谁能会，携妇将雏鬓有丝。

青山隐隐隔高城，一片秋声起坐听。
寒雨初醒鸡塞梦，西风又动玉关情。
眼前哀乐非难遣，心底悲欢不可名。
小鼎篆香烟直上，空堂无寐到深更。

旧殿嵯峨向夕阳，高槐落叶总堪伤。
十年古市非生计，五亩荒村拟树桑。
故国魂飞随断雁，高楼燕去剩空梁。
抱穷独醒已成惯，不信消愁须醉乡。

一片西飞一片东，萧萧落叶逐长风。
楼前高柳伤心碧，天外残阳称意红。
陶令何曾为酒困，步兵正好哭途穷。
独下荒庭良久立，青星点点嵌青空。

莫笑穷愁吟不休，诗人自古抱穷愁。
车前尘起今何世，雁背霜高正九秋。
放眼青山黄叶路，极天绝塞夕阳楼。
少陵感喟真千古，我亦凭轩涕泗流。

当我读到先生的六首和诗时，时节已经进入了冬季，于是不久我就又写了六首诗，题目是：《羡季师和诗六章，用〈晚秋杂诗〉五首及〈摇落〉一首韵，辞意深美，深愧无能奉酬。无何，既入深冬，岁暮天寒，载途风雪，因再为长句六章，仍叠前韵》。当我把这六首和诗再呈缴给先生以后，不久，先生发还时，就也又附了六首和诗。不过，本文原只是想透过自己当年一些幼稚的习作，来追怀先生对我的爱勉和教诲，目的并不在记录一些诗作，因此，对这些叠韵和诗，就不再一一抄录了。

除去诗词的习作以外，我在从先生受业期间，也曾写过令曲套曲等作品多篇。记得当我初次把习作的曲子呈缴给先生后，先生发还时曾写有一行评语，说“作诗是诗，填词是词，谱曲是曲，青年有清才如此，当善自护持”。盖先生对学生之教诲，总是常以鼓励为主，即使对学生之习作有所更改，也常是只把原作的字句用毛笔在外面画一个圈子，而并不用毛笔把原作字句抹去，同时批改的说明也多用“似”字、“稍”字等商略之口吻。如此则一方面既促进了学生的反省和思索，也增加了学生的信心和勇气。何况先生更随时会把他自己新作的诗稿词稿和曲稿抄录给我们看，如此自然就更引起了学生创作的兴趣。记得当先生选取《聊斋》中《连琐》一则故事，欲改写为杂剧时，对于以悲剧结尾或以团圆剧结尾，曾久久不能决定。有一次我与同班一位要好的女同学一起去拜望先生，先生还曾向我们征询意见，我们当时实不能赞一辞。及至最后，先生终以团圆剧结尾，我读了先生全剧后，认为先生之如此结尾，实有其极深刻的取意。关于此剧中之象喻之意，我在《纪念我的老师清河顾随羡季先生》一篇长文中，已曾有所叙述，兹不再赘。而先生对杂剧之创作，以及对于死生之际的悲剧与团圆剧的思量和考虑，却因而也引起了我对于创作杂剧的兴趣，以及对于生死的反思。不过我那时已经从大学毕业，开始在三所中学任教，由于授课时间甚多，无暇创作四折的杂剧，于是乃写了一篇一折的杂剧，内容则是选取《庄子》中《至乐》一篇所写的“庄子之楚，见空髑髅，髐然有形，撽以马捶”，因而和髑髅对话，谈及死生之问题的一则寓言故事。当我把此一剧作呈缴给先生以后不久，我就因为要赴南方结婚而离开了北平，谁知此一去之后，时局就发生了极大的变化。我遂辗转流离，由上海而南京而台湾，而抵台后不过一年多，就遭遇了台湾当日所谓“白色恐怖”的囹圄之祸。而大陆则更曾先后经历了许多动乱。当我于 1974 年再次回到故乡时，先生已逝世有十四年之久，连先生自己的遗作都已散佚无存，我这篇剧作的稿子当然就更不知其所终了。我的幼稚的习作，其散失原不足惜，只是我对于此一篇剧稿之终于未能得到先生一字之评语，始终感到是一件极大的憾事。何况我自当年离开故乡后，一则既经历了许多忧患，再则又失去了先生的勉励和督导，三则更忙碌于维持生计的工作，遂致更无兴趣及闲情从事于诗词曲之创作。虽然偶有机缘，也还写一些短篇的诗词，但却更无一篇剧曲之作品，而我当年的这篇创作，自己也未曾留有底稿，遂致我现在所留存的旧稿中，乃独缺剧作一项之习作成绩。而如果严格地说起来，则诗词二体之创作，实在都是我在进入大学前早在少年时代，就已经开始尝试写作了，而独有曲之写作，则是自我从先生受业后，才开始学习写作的，所以我自己对于没有一篇剧作的稿子留下来，也一直觉得是愧对先生的一件事。

自从我离开北平，远赴南方结婚后，当我住在上海和南京的几个月中，先生与我本来还有书信往来，而自 1948 年 11 月我随外子迁至台湾后，先生与我的书信来往就完全断绝了。① 而我所保存的先生的这些书信，则在白色恐怖中，当调查人员来住处搜查时也全部被没收去了。且从此未再归还。我现在所保存的先生的手迹，一部分就是先生当年亲手评改的我的习作旧稿，另一部分则是我离开北平前先生给我的几封信，还有一首先生为给我送别而写作的七言律诗。这几封信和这一首诗之得以保存下来，是因为我已经把它们作为书法而装裱起来了，所以才未被调查人员取去。其中装裱过的两封信，当先生的《顾随文集》出版时，我已曾交给先生的幼女顾之京女士摄影附在《文集》的卷首。现在为了纪念先生对我的一份鼓励和奖勉的情谊，我就再把这首诗也

① 据顾随先生日记记载，叶嘉莹初到台湾时，师生二人尚有书信往来。

抄录在下面，诗题是《送叶子嘉莹南下》：

食荼已久渐芳甘，世味如禅彻底参。
廿载上堂如梦呓，几人传法现优昙。
分明已见鹏起北，衰朽敢言吾道南。
此际泠然御风去，日明云暗过江潭。

而谈到这首诗，又使我想起了一段因缘。原来有一位著名的红学专家周汝昌先生，在燕大读书时，也曾从先生受业，论起来该是我的同门学长，我虽久闻其大名，但却并不相识。直到1978年，威斯康辛大学的周策纵教授在美国陌生地召开国际红楼梦研究会，我才得在大会中认识了周先生。会后周先生自北京给我来信，告诉我说有一次当他的工作将自北方调往南方时，顾师羡季先生曾经将此诗抄录了转赠给他，并且曾写信告诉他说这是当年送给叶生的一首诗，周先生因而乃写信相问“叶生为何人？现在何处？”“而师不答。”我读了周先生的信后，甚为感动，因为从先生诗中所写的“上堂”“传法”“鹏起北”“吾道南”等语句来看，先生原抱有对我的很多奖勉和期望。而谁知自1948年我告别先生南下之后，竟然不久就因时局变化而断绝了音信，而我又于次年就经历了许多意外的灾难，停笔不复研读写作者，有数年之久。有时我也曾想，幸而是消息断绝了，不然的话，如果先生知道了我种种不幸的遭遇，一定会增加先生不少的忧伤和挂念。更幸而得有汝昌学长在研究著述方面的过人之成就，得使先生将“传法”之期盼，转而寄托于汝昌学长的身上，庶几可使先生的晚年稍得慰安，也庶得略减我在先生生前终于未能报答师恩的一点罪咎。

先生对我的师恩深厚，但因我年轻时的性格拘谨羞怯，很少独自去拜望先生，总是与同学一同去。见到先生后，也总是静聆教诲，很少发言，我对先生的仰慕，只是偶然会写在诗词的作品中，现在我就将抄录我当年所写的一首题为《题季师手写诗稿册子》的五言古诗，来作为本文的结尾。原诗如下：

自得手佳编，吟诵忘朝夕。吾师重锤炼，辞句诚精密。
想见酝酿时，经营非苟率。旧瓶入新酒，出语雄且杰。
以此战诗坛，何止黄陈敌。小楷更工妙，直与晋唐接。
气溢乌丝阑，卓荦见风骨。人向字中看，诗从心底出。
谈宕风中兰，清严雪中柏。挥洒既多姿，盘旋尤有力。
小语近人情，端厚如彭泽。诲人亦谆谆，虽劳无倦色。
弟子愧凡夫，三年面墙壁。仰此高山高，可瞻不可及。

我的诗虽然不佳，但我在诗中所叙写的对先生的诗与字的种种感受，却是真诚的发自我内心中的一片仰慕之情。古话说“人师难求”，先生所传授给学生的，决不是书本的知识而已，而是诗歌的精魂与生命，以及结合此种精魂与生命的，先生所表现出的整体的品格和风骨。

当此先生的第三册著述即将出版之际，谨写此序言，再次表达我对先生的悼念和怀思。

1995年2月1日受业叶嘉莹写于温哥华

《顾随全集》序言*

叶嘉莹

河北教育出版社即将为我的老师顾随先生出版“全集”，作为一个曾经追随先生听讲有四年之久，而且终生蒙受先生教诲之益的学生，闻此信息，自然极感欣喜和振奋。但当出版社的王亚民社长及先生的幼女现任河北大学中文系教授的顾之京女士，相继前来天津看望我，并要我为先生的“全集”撰写序文时，我却深感惶恐，不敢率尔应承，这一则是因为我已曾为以前各出版社所出版的先生的几册集子，先后写过三篇序跋之类的文字，如今再写此序，实难以再出新意；再则也因为我近日已经离津在即，工作十分繁忙，若想好好撰写一篇序文，也确已为时间所不许。而王亚民社长及之京师妹都坚意要我撰写序文，说长短不拘，但却一定要写，于是在他们的坚持下，我也就只好答应下来了。可是时间确已十分促迫，我在至不得已的情形下，只好以我最诚敬的心情，简单写下一些我最想说的话。

首先我要谈的是，想要读先生的书，应采取何种态度的问题。我之所以提出此一问题，主要是因为先生的“全集”与一般学者的学术性著作，似乎颇有不同之处，一般学术著作大多是知识性的、理论性的、纯属客观的记叙，而先生的作品则大多是源于知

---

* 《顾随全集》（四卷本），河北教育出版社 2000 年 12 月出版。

识却超越于知识以上的一种心灵与智慧和修养的升华，如果只从知识去追求，既不能真正得其三昧，但如果没有知识的积累而去阅读，则也同样不能尽得其三昧。我诚恳地盼望此书的读者，能够撇弃掉今日的只以知识为商品的浅薄的观念，而能以积学深思的态度去阅读此书，若能于其中真有体悟，则无论在为学与为人各方面，都必将受益无穷。我之所以在半生流离辗转的生活中，一直把我当年听先生讲课时的笔记始终随身携带，唯恐或失的缘故，就因为我深知先生所传述的精华妙文，是我在其他书本中所决然无法获得的一种无价之宝。古人有言“经师易得，人师难求”，先生所予人的乃是心灵的启迪与品格的提升。我希望读此一“全集”者，都能持此种阅读态度去细味深思，而勿以读一般的商品化知识性书籍之态度而悠忽视之，这是我所要说的第一段话。

其次我所要谈的，则是先生对于后学之传承和拓展的期望。早在1945年，当我大学毕业后不久，先生在给我的一封信中，就曾写道：“年来足下听不佞讲文最勤，所得亦最多，然不佞却并不希望足下能为苦水传法弟子而已，假使苦水有法可传，则截至今日，凡所有法，足下已尽得之，此语在不佞为非夸，而对足下亦非过誉。不佞之望于足下者，在于不佞法外，别有开发，能自建树，成为南岳下之马祖，而不愿足下成为孔门之曾参也。”其后于1948年春，当我将要南下结婚时，先生又曾给我写了一首诗，其中有两句是：“分明已见鹏起北，衰朽敢言吾道南。”先生在诗中所写的“吾道南”，是禅宗五祖弘忍传衣钵于六祖慧能时所说的话；而先生信中所提到的南岳怀让，则正是慧能的传人，马祖道一又是南岳的传人。从先生的这些话中，我们自然都可见到先生对于传承的重视和关怀，而且先生心目中所想象的传承，还不仅是如孔门之不敢逾越的传承而已，而是要“别有开发，能自建树”的一种带有开拓性的传承。关于此点，先生在信中也曾有所指示，说“然而欲达到此目的，则除取经于蟹形文字外，无他途也”。又说：“至少亦须通一两种外国文，能直接看洋鬼子书，方能开扩心胸。”先生幼承家学，对古典早有深厚之修养，其后又毕业于北大之英文系，在为学方面能融古今中外为一体，我想这正是何以先生在论诗谈艺之际，能随时有高论妙悟的一个主要原因。我自己忝蒙先生期许，但因幼少年时对古典要籍未能有系统之学习，且因读书时期正值日军占领北平之际，英文课时普遍减少，也未能学好英文；其后虽因任教海外，曾被迫不得不以英语教学，但毕竟根底浅薄，又兼生事之累，不得专心治学，更未能在国内之教学工作中，尽到传承之责任。这是我每一念及先生之寄望，就终身感到愧疚的。所以近年自海外退休后，乃应南开大学之聘成立了中国文学比较研究所，并捐献了自己退休金之半数，设立了奖学金与学术基金，并且用先生之别号“驼庵”二字，做了奖学金的名称，而且在教学中对传统文化与西方文论表现了同样重视的态度，冀望于在继起的青年学生中，果然能培养出一些足以继承先生志业之传人，则或者亦可略减我个人之愧疚于万一了。至于世间广大之读者们，则其间必能读先生之书，且能承继先生之志业者，是则此一“全集”之出版，在传承先生之志业方面，必能起极大之作用。愿一切有心之读者，皆能有志于此，这是我所要说的第二段话。

其三我所要谈的，则是近十余年来师姊之惠及师妹之京与诸多同门学长们，对宏扬先生之德教方面所做出的大量的工作。记得在 1974 年暑期我第一次回国探亲时，我最想探候的一位长辈，就是对我曾深寄期望的先生。因为多年来，当我在海外历经各种的艰苦生活时，唯一能给我以坚持的力量，在古典诗歌之教研方面不断做出努力的，就是先生当年所给我的启迪和教诲，我一直盼望着能有一天再见到先生，我要把我辛勤所得的一点小小的成果，呈献在先生的座前，冀能获得先生一颔首之印可，则庶几既可告慰于先生，亦不负我半生之努力。谁知当我回到国内时，听到的消息竟然是先生早已于 1960 年因病逝世，而且全部著作原准备交付刊印者，竟然都已于“文革”中全部散失无存。当时我之痛心实难名状，于是遂与之京师妹及同门诸学长联络，共同努力于搜集整理之工作。其后于 1986 年由上海古籍出版社出版了《顾随文集》；1992 年又由台湾之桂冠图书公司将之京师妹所整理的我当年听先生讲课时所写的笔记出版为《顾羡季先生诗词讲记》，并出版了先生的杂剧集《苦水作剧》；及至 1995 年又有天津人民出版社出版了《顾随：诗文丛论》，并于 1997 年先生百年诞辰出版了此书之增订本。最近又见到上海古籍出版社的书目，谓将于近期在学术萃编中出版先生之《顾随说禅》（二种），如今河北教育出版社又将出版先生之“全集”，日前接获该社寄下此书内容之目录，其中多有以前我所未见的先生之著作，特别是其中的小说一类，多为以前未见流传之作品。而且除去作品以外，此一全集内还收录有先生之“书信、日记”一卷，此更为外间难得一见之资料，而读者得此“全集”，自然亦更可借此一窥知先生德业文章之全貌。则此“全集”之出版，其为功岂浅显哉。

我个人自己惭愧，多年来客居海外，对于整理先生遗著之工作，未能尽到应尽的力量，而且国内诸同门学长历年为先生所举办的多次纪念会我也都未能参加。据之京师妹及诸同门学长告知，在1990年9月辅仁大学、燕京大学、中国大学、河北大学诸校友曾在北京为先生举办了逝世三十周年纪念会，并出版了纪念文集，1996年9月辅大校友返校节时又在辅大旧址的男院花厅为先生举办了作品与书法的展览会，1997年5月又有北师大中文系、河大中文系及辅大校友会、北师大校友会共同联合在北师大的英东楼、图书馆，为先生举办了百周年诞辰的纪念会、纪念展，《顾随先生百年诞辰纪念文集》亦已在河北大学出版社出版。据之京师妹及其他学长相告云，历次纪念会与纪念展出，参加者都极为踊跃，场面极为感人，可见先生之教泽恩深，凡受业者都对先生有深切之怀念。记得早在1947年先生五十寿诞之时，我曾应诸位学长之嘱，写过一篇"祝寿筹备会通启"，其中曾有"先生存树人之志，任秉木之劳，卅年讲学，教布幽燕。众口弦歌，风传洙泗"之语，如今虽已历经半个世纪以上之久，而先生之弦歌教化，仍仿佛如在昨日。古人有云"先生之风，山高水长"，不其然乎。我个人作为先生的一名学生，在先生之"全集"即将出版之际，谨在此对之京师妹及诸位学长多年来为弘扬先生之德教所做出的努力，致以最大之感谢。

以上只是简单写下我个人最想说的几段话，至于对此"全集"整体之介绍，则既非我个人能力之所及，也为目前时间之所不许，而除此"全集"之文字著作外，天津古籍书店还曾经于1990年影印出版过《顾随先生临同州圣教序》书法一册，又于1992年影印出版过《顾随临帖四种》书法一册。总之，先生之成就，方面甚广，原非我个人所能尽述，至于我所能略窥其一二的先生在诗、词、曲各方面创作之成就，则我于1982年所写的《纪念我的老师清河顾随羡季先生——谈先生对古典诗歌之教学与创作》一篇长文中，叙之已详。据出版社相告云，此一长文亦将附录于"全集"之中，读者自可参看，则我当然不须在此更作赘言了。

我前日甫自福州返回天津，后日即将离津赴京并转赴加拿大，身侧书物堆积，诸待整理，又兼之访客与电话不断，未能从容撰写此一序文，重读一过，不免深感愧憾，但我撰写此一序文之心情，则是极为虔敬的。先生有知，定能鉴察其一点诚心也。是为序。

受业弟子叶嘉莹敬撰

1999年2月12日连夜写于天津南开大学

《苦水作剧》在中国戏曲史上空前绝后的成就*

叶嘉莹

我在海外漂泊的几十年中，最怀念的有两位长辈：一位是在诗歌上给我启蒙的我的伯父，另一位就是在诗歌的心灵感发上给我极大启发的我的老师顾随先生。1976年，当我第一次从海外回来的时候，没有想到两位长辈都已经去世了。记得那时我曾在一首诗中写到过我的心情：“归来一事有深悲，重谒吾师此愿违。”今天，我看到有这么多学者来参加老师的纪念会，在大家的努力下，不但老师的著作已经全部整理出版了，而且还有许多研究老师的著作也都陆续出版了，我心里真是感到非常的欣慰。

老师在诗词方面的成就，注意的人比较多，研究的人也比较多；但老师在戏曲方面的成就，现在注意的人还不多，研究的人也比较少。所以我今天想专题谈一谈顾随先生的杂剧创作在中国戏曲史上空前绝后的成就。提到老师的杂剧创作，我用了“空前绝后”这个词，并不是没有原因的，事实上是：在我的老师之前，没有人写过这样的杂剧；在我的老师之后，再也没有人去写这样的杂剧了。而且我以为，老师之所以有这样的成就，主要是受了

---

* 选自《顾随研究》（南开大学出版社2011年3月出版）。本文系作者2009年11月7日在顾随诗词学术研讨会上所做的报告。

王国维、鲁迅两位先生的影响。

王国维先生在《静安文集续编》的“自序二”中曾经说过这样的话：

> 因词之成功而有志于戏曲，此亦近日之奢愿也。然词之于戏曲，一抒情一叙事，其性质既异，其难易亦殊，又何敢因前者之成功而遽冀后者乎？但余所以有志于戏曲者又自有故。吾中国文学之最不振者莫戏曲若。元之杂剧、明之传奇，存于今日者尚以百数。其中之文字虽有佳者，然其理想及结构虽欲不谓至幼稚至拙劣不可得也。国朝之作者虽略有进步，然比诸西洋之名剧相去尚不能以道里计。此余所以自忘其不敏而独有志乎是也。然目与手不相谋，志与力不相副，此又后人之通病，故他日能为之与否所不敢知，至为之而能成功与否则愈不敢知矣。
>
> ——王国维《静安文集续编·自序二》

王国维先生是有志于戏曲创作的，可是他一个剧本都没有写。这是为什么？我个人以为，王国维先生这个人太严肃，不适合写戏曲。你要知道，戏曲有插科打诨，连西洋的戏曲里边也有的，莎士比亚的戏曲里也有小丑上台来说几句笑话，而王国维先生这个人他是不苟言笑的。戏曲里边有时要活泼，要生动，像“疏剌剌”“呼鲁鲁”这些个俗语都可以搬上去，这都不是王国维所擅长的。可是顾随先生就不然了。我以为，顾先生之有志于戏曲，一方面是受了王国维的影响，另一方面是他的性格使然。当初顾先生在给我们讲课的时候常常引到王国维的话，指出在戏曲这一方面古人所做的成就不够好，还可以有发展的余地。而且顾先生这个人比较能放松，他有西方所谓幽默滑稽的这一方面的兴致，所以他能写了这么多本杂剧而王国维却一本也没有写。

但他确实继承的是王国维的志向。就是说，由于看到了中国的戏曲在内容和思想方面是贫乏的，所以他们都想在这一方面有所成就，改变中国戏曲的这一现状。王国维是把对于人生哲理的思考写到他的词里边去的，所以中国的词到王国维就有了一个新的变化。而顾随先生呢，他不但继承王国维先生，把人生的哲理写到词里边去，他也把人生的哲理写到他的杂剧里边去了。顾先生曾说：

> 从事剧曲者，率皆庸凡、肤浅、狂妄、鄙悖。是以志存乎富贵利达者，其辞鄙；心系乎男女风情者，其辞淫；意萦乎祸福报应者，其辞腐；下焉者为牛鬼，为蛇神，为科诨，为笑乐，其辞泛滥而无归，下流而不返。
>
> ——《苦水作剧·游春记序》

顾先生认为，中国古代那些写戏曲的人，常常混迹于市井之间，思想比较贫乏，所以有的人只写升官发财，就连汤显祖的《牡丹亭》，最后也不过是丈夫做了高官，夫荣妻贵大团圆而已。至于那些风流浪漫的才子，他们内心里充满了男女风情，写出来就是淫靡。——其实汤显祖二者兼而有之，他既是富贵利达也是男女风情，只有这样才能够投合大众的趣味。还有那些迷信的人，就讲祸福报应，言辞难免迂腐。总之在思想方面，中国戏曲是空乏的，与西方戏剧难以相提并论。其实元曲写作的目的，本来就是搬演一个故事，为的是取悦于观众。观众看戏并不想进行什么人生思考，只要看起来足以笑乐就可以了。而顾先生他是北京大学英文系毕业的，是受有西方文学思想影响的，所以他赞美那些西方的名作，像《被系絷的普拉美修斯》，我们现在翻译为《被缚的普罗米修斯》。它取材于古希腊的神话，说是普罗米修斯看到人间没有火，就到天帝那里为人间偷取了火种，因此他受到了天帝的惩罚，把他绑在高山的顶上，受风吹雨淋日晒各种的痛苦。顾随先生说：

> 证之古希腊，则爱斯迨拉斯氏所作《被系扎之普拉美修斯》一剧，其雄伟庄严，只千古而无对。而壮烈之外，加之以仁至义尽，真如静安先生所云“有释迦、基督担荷人类罪恶之意”。悲之一字，竟不足以尽之。
>
> ——《苦水作剧·游春记序》

从这些话里，我们可以看出顾随先生对王国维论戏曲的那些话的赞同以及他对戏曲之思想性的追求。

在近代学者中间，顾随先生不仅推崇王国维，同时还推崇鲁迅。他曾经在课堂上向我们介绍鲁迅先生翻译的外国小说。你要知道，鲁迅和王国维都生活在清末民初，那正是我们中国开始接受外来文化的时候。王国维在他的文集里曾多次提到，中国的文化有待于外来文化的刺激，才能够更有开拓，才能够更有进步。

鲁迅先生更是介绍了很多外来的思想，而且在早期，鲁迅先生还和他弟弟周作人一起翻译了一系列的外国小说，后来编成一个集子，叫做《域外小说集》。这本小说集介绍了很多西方小说，其中有一个俄国的作者名叫安特列夫（Andreyev），我想，顾随先生是受了这位作者很大影响的。安特列夫生于1871年，年轻的时候曾经在莫斯科学过法律。俄国革命的时候，他想到美国去却没有能够成功，所以就留在了俄国，这位作家很不幸，最后是冻饿而死的。安特列夫写过很多短篇小说，被鲁迅先生翻译成文言文收在《域外小说集》里边的有两篇，一篇叫作《谩》，一篇叫作《默》。其实安特列夫还有一篇小说叫作《红笑》，也很有名，是写战争之惨烈与恐怖的。另外我的老师顾随先生也翻译了他的一个短篇叫作《大笑》。所谓《谩》就是欺罔和谎话，安特列夫写一个人希望听到真诚的话，但是没有，满世界寻觅和呼唤也没有，这个世界没有诚，都是谩，都是欺骗和虚妄。所谓《默》就是沉默，没有声音，没有回答，没有反应，这个世界就是如此的。这当然不是写实了，这种小说都是带有象征意思的寓言。

而你看中国过去的小说，短篇的像《聊斋》，都是写一些鬼狐；长篇的作品像《水浒传》《三国演义》《西游记》，都是取材于历史或传说，来源于说唱的文学。在中国旧小说里边，最有创意、最伟大的小说就只有一部《红楼梦》。这是王国维在他的《红楼梦研究》里曾经谈到的。中国的大部分旧小说和戏曲一样，也缺少思想性和人生哲理。而像刚才我所提到的《谩》《默》《红笑》这些短篇，却都是有很深刻的人生哲理在里边的。顾随先生亲自翻译了一篇安特列夫的短篇小说叫《大笑》，这个小说很有意思。他说有一个男士要去参加一个舞会，他本来不想参加这个舞会，可是他所爱的一个女子要去参加，所以他就也想去参加。那是一个化装舞会，于是这个男子就到一个店铺里去租用化装用的面具和衣服。他们给他试衣服，拿来一件贵族的大礼服，可是他穿上觉得自己很瘦小，撑不起这件衣服；人家又找来一件工人的衣服给他试穿，他又觉得太紧了也不能穿。最后只剩下一套小丑的衣服和中国人的面具——在这里我要说明，那时候的西方人对中国人是有偏见的，他们的传统观念认为，中国人的脸是最平板、最缺乏表情的。于是最后，这个人穿了这套不合身的衣服，戴着一个平板的没有表情的面具就参加舞会去了。由于他的衣服跟那个面具的脸配起来很奇怪，所以他一进场人家看到他的装束就全都大笑。他本来要去找他所爱的那个女子，也看见那个女子在里边，可是当他想跟她说话的时候，那女子一见他就大笑。所有的人都在笑他，没有一个人要跟他讲话。整个一个晚上，没有一个人重视他，没有一个人理会他，大家看到他只是大笑，而这时候他在面具下边的脸上已经满都是泪痕了。这当然也不是一篇写实的作品，而是一个象喻性的小说。在人生中，有的时候你不能把你自己真的面目露出来，纵然你在暗中悲哀愁苦痛哭流涕，别人看到你还是会大笑的。

我讲这些是要说明，我之所以说顾随先生在戏曲史上取得的成就是空前的，就是指他的杂剧之中的象喻性。古人戏曲写得再好，不管是《汉宫秋》还是《梧桐雨》，不管是《长生殿》还是《桃花扇》，都只是那个故事很好而已。用作品来反映抽象的思想理念，这在中国过去的戏曲和小说里边几乎从来没有过。而顾先生的剧作中有很深远的人生哲理，在思想性上超越了以前所有的作者。顾随先生杂剧里的象喻性，有的时候是故事本身就有一种象喻的意思，有的时候则是把理念通过曲辞表达出来。这并不是我主观地添注解经来说先生的作品，我这样说是有根据的：除了刚才所说的先生受王国维和鲁迅的影响之外，我们还应该注意到，先生在他的词作里就已经有这样的作风。比如我过去常常讲到的先生的一首小词《临江仙》：

记向春宵熔蜡，精心肖作伊人。灯前流盼欲相亲。玉肌凉有韵，宝靥笑生痕。　　不奈朱明烈日，炎炎销尽真真。也思重试貌前身。几番终不似，放手泪沾巾。

他说记得在春天的一个晚上，我用尽了我的多少心思和感情，制作了一个蜡人，做得非常生动。在灯下，它的肌肤都好像是有温度有感觉的，它口边的笑意正在绽开。可是没有想到，到了夏天，炎热的太阳把这个蜡人给熔化掉了。在那以后，我曾经多次努力，想再制作一个同样的蜡人，可是却再也做不出来了。这说的当然不是现实，而是用象喻的手法表现了一个哲理：如果你错过了人生某一个机缘，使理想破灭了，那你以后也许就再也不能够完成那一个理想了。

顾先生还写过一首《鹧鸪天》小词：

不是新来怯凭栏。小红楼外万重山。自添沉水烧心篆，一任罗衣透体寒。　　凝泪眼，画眉弯。更翻旧谱待君看。

黄河尚有澄清日，不信相逢尔许难。

这是抗战时在沦陷的北平所写的，那时候政府的军队已经退到大后方去了，住在沦陷区的人，我们靠着什么坚持下去？是“自添沉水烧心篆，一任罗衣透体寒”。那香气不是别人给你的，是你“自添沉水”，你自己从内心燃烧起来的香气，而对外边你是无可奈何的，只能任凭四方的寒风把你的罗衣吹透。他说“凝泪眼，画眉弯”，我没有因为我所爱的人走了就把画眉的样子改变，我要让你回来时看到我的画眉仍旧和从前一模一样。古人说黄河三千年一清，那么既然连黄河都能够有澄清的日子，我就不相信你不能够回来，不相信我们没有再见面的日子。小词本来都是写相思离别的，可是顾先生把他自己的理想和信念都写在里边了。

因此，从顾先生的词作来看，从他翻译的小说来看，从他引用王国维先生对戏曲的话来看，从他提到鲁迅先生翻译小说的话来看，我认为顾先生的杂剧里边是有象喻意味的。以前台大的一个研究生曾经考察过，元杂剧的故事一般都有一个出处，或出于历史，或出于传说，或出于小说、笔记，不管写悲剧、喜剧还是祸福报应，基本上都是写实的。我也曾考察过明人和清人所写的杂剧、传奇，我在南开的一个研究生还给我拿来过南社诗人所写的许多杂剧和传奇。这些作品大多都是写实的，虽然偶尔也有革新，比如主张婚姻自由，替女子鸣不平等，但那是革新而不是超越，因为他们仍然是在写一个故事，并没有像顾先生的作品那样超越于现实之外，有意地把某种人生的理念赋予其中。

那么下面，我要先给大家介绍一下顾随先生的剧作集《苦水作剧》。现在的《苦水作剧》里边共收录了先生的六种杂剧，都是用相当于元杂剧的形式写成的。这六种杂剧是顾随先生不同时期的作品，可以分成三部分，我先说第一部分。

第一部分是在顾随先生生前就已经印出来的，名字就叫《苦水作剧》。当时里边只收录了四种，第一种的名字叫《垂老禅僧再出家》，——这需要说明一下，元杂剧一般在剧本的结尾有两行字，一行叫“题目”，一行叫“正名”。题目和正名是两两相对的联语，有点儿像古代章回小说的回目。一般来说，大家常常是从“正名”里边取三个字，作为这个剧本的简称。比如说马致远的杂剧《汉宫秋》，他的“正名”本来是“破幽梦孤雁汉宫秋”，简称就叫《汉宫秋》。再比如白朴的《梧桐雨》，他的正名本来是“唐明皇秋夜梧桐雨”，简称就叫《梧桐雨》了。那么苦水先生在他这本书里所收录的第一本杂剧，它的正名的全称叫“垂老禅僧再出家”，说的是一个曾经参佛学禅的和尚，中间他还俗了，可是等到他老年的时候又再度出家。这本杂剧，简称也可以叫作《再出家》。第二个剧本叫《祝英台身化蝶》，说的是我们大家都知道的梁山伯与祝英台的爱情故事，说是最后梁山伯的坟墓爆开了，祝英台投身到坟墓之中，然后两个人化成了一对蝴蝶。这个剧本也可以简称为《祝英台》。第三个剧本的正名是“马郎妇坐化金沙滩”。马郎妇是一个姓马的妇女，由于大家认为她生活浪荡，所以都欺负她，看不起她，可是这个马郎妇她是盘腿打坐的时候死去的，在佛教里这叫作“坐化”。就是说，她没有生病，打坐在金沙滩上就死去了，所以叫“马郎妇坐化金沙滩”。这一本戏简称就叫《马郎妇》。第四本杂剧叫《飞将军百战不封侯》，写的是汉代李广的故事。李广用兵使敌人难以预料，他的军队常常好像是从天而降，所以人们叫他“飞将军”。而且李广很会带兵，深受将士爱戴，他自己的本领也相当好，是神箭手。可是这个人一生的运气总是不太好，所以他一直到老都没有得到一个封侯的机会。这一本戏简称就叫作《飞将军》。这四本杂剧，每一本杂剧都有四折，这是元杂剧最普遍的形式。像我们刚才所说的《唐明皇秋夜梧桐雨》是四折，《破幽梦孤雁汉宫秋》也是四折。所谓“一折”，就是一幕。元杂剧大部分是四幕，所以就是四折。而我刚才说的顾先生的这四本杂剧，每一本也是四折。

第二部分是顾随先生晚期所写的一个比较长的杂剧，叫作《陟山观海游春记》。“陟”是登高的意思，陟山就是爬到高山上，观海就是下望汪洋大海。这是写两个人出去游春的故事。这出戏，简称就叫作《游春记》。《游春记》不是一本四折，而是两本八折。刚才我说，元人的杂剧每本四折，但你也可以增加嘛。你可以写两本就有八折，三本就有十二折，四本就有十六折。有谁写过十六折的杂剧？王实甫的《西厢记》就是十六折。而王实甫的十六折的《西厢记》写完了之后，关汉卿又给他续了一本，这一本也是四折。所以所谓《西厢记》者，是把王实甫的和关汉卿的加起来，一共有二十折，那是一个很长的故事了。那么现在我们看到的顾先生正式的杂剧作品一共有五种，前四种都是一本四折，只有后来的这一种《游春记》是两本八折。除此以外，《苦水作剧》这本书里边还附录了顾随先生早期的一个剧本，可视为第三部分。这个剧本的简称叫作《馋秀才》，写一个讲究烹调、喜欢美食的秀才的故事。故事很短，只有两折，所以不是正式的作品，只作为附录。以上这些，就是顾随先生所作杂剧的全部作品。

不过，在介绍顾随先生的杂剧之前，我还要简单介绍一下元杂剧的情况。在这方面，顾随先生也曾做过多方面的研究。在《顾随全集》① 里面，关于戏曲的论著一共有十六种之多。这些论著所涉及的范围是很广的，例如关于格律方面的、关于语言方面的、关于考证方面的，等等。我今天所要提出来一谈的，是他的《元明清戏曲史残稿》，这本书没有最后完成，所以叫作“残稿”。在这部残稿里面，顾随先生曾经谈到戏曲之中声音的重要性，他引用了明朝的一位戏曲作家徐渭的《南词叙录》。徐渭在《南词叙录》里谈到南戏——在12—14世纪曾经流行过南戏，而南戏的作品流传下来很少，这是为什么呢？徐渭说，那是因为南戏“不叶宫调，故士夫罕有留意者”。就是说，这些作品比较粗糙，宫调上不是很严谨，所以士大夫读书人就不大注意它。于是顾先生就联系到清末民初的皮黄戏，所谓“皮黄戏”就是平剧，又叫京戏。顾先生说，皮黄戏“听之洋洋盈耳……若披其册而读其词，则殊不堪作文学之欣赏”。这皮黄戏听起来很好听，可是如果打开戏本读一读里边的文字就会发现，它的文辞很粗鄙、很浅俗，甚至文法也不大通，句子也有错别字，实在不能当作文学作品来欣赏。顾先生说，传统的韵文，从古乐府、唐诗、唐五代的词，直到我们刚才说的《汉宫秋》《梧桐雨》那些个元杂剧，现在虽然早已不能再在舞台上演出了，可是它们作为文学作品，一直绵延流传到现在。什么缘故？就因为它们凭着文字优美可以诵读，而不是只凭着声腔的魅力。真正好的戏曲，是应该把声腔的美与文辞的美

① 四卷本《顾随全集》。

结合在一起的。然而一般唱戏的演员，他们文学的根底比较浅，所以剧本的文字就不优美；而那些读书人，文字可以做到优美了，可是对于乐律又不娴熟。两者得兼的情况是很少的。

元杂剧，它本来就不是士大夫的案头文学，而是在市井之间演出的，所以常常只追求声音之美。而且元曲的曲辞跟诗词有一个很重要的不同，那就是诗词的格律非常严格，而剧曲可以有一种自由的变化。诗有五言有七言，词虽然长短不齐，但也是有严格限制的。像“大江东去，浪淘尽，千古风流人物。故垒西边，人道是，三国周郎赤壁”，它有一个顿挫，不可以随便改变字数与顿挫。所以有人说，词的格律其实比诗更严格。而剧曲就很妙了，它也有格律，也有长短不齐的句式，可是在长短不齐之中它给你一个可以自由变化的余地。就是说，你可以增加很多衬字，甚至很多增字。什么叫“衬字”，什么叫“增字”呢？衬字是加上一些虚字，也就是不重要的字。增字呢，就是你可以在里边增加实字。比如说关汉卿有一首很有名的曲子说：“我是个蒸不烂、煮不熟、锤不扁、炒不爆、响当当一粒铜豌豆。”这支曲子在这个地方基本的格式其实就只有五个字“一粒铜豌豆”，前边那些“蒸不烂、煮不熟、锤不扁、炒不爆、响当当”都是他增加的。因此，曲就比词更加生动更加有变化，而且还配合了很多口语，有的时候还可以加上很多形容声音的字。当然了，诗也有形容声音的字，像白居易《琵琶行》的“嘈嘈切切错杂弹，大珠小珠落玉盘”，那“嘈嘈切切”就是形容琵琶声音的，可是它比较简单，只有四个字，是两两的叠字。而在戏曲里边，常常可以加一大片形容声音的字，比如像我刚才提到过的《唐明皇秋夜梧桐雨》，说的是唐明皇在一个秋天的夜晚听到外面的雨声因而怀念起杨贵妃的故事，其中就有一段曲子完全是形容外面风雨的声音。他说："原来是滴溜溜绕闲阶败叶飘。疏剌剌刷落叶被西风扫。呼鲁鲁风闪得银灯爆。厮琅琅鸣殿铎。扑簌簌动朱箔。吉丁当玉马儿向檐间闹。""滴溜溜"是落叶飘舞的形状，"疏剌剌"是落叶被风吹的声音。"呼鲁鲁"也是风的声音，古人用油灯或蜡烛，一阵风吹过去，灯苗就被吹得摆动。"厮琅琅"是铃铛的声音，宫殿的殿角上都挂着有铃铛。这个"铎"，就是铃铛。当初孔子秉铎而教，一摇铃，就上课了。"铎"字的读音要注意，它本身是个入声字，而元人定都在北京的地方，是北方的口音，很多入声字北方是没有的。它们不但有的被读成了平声，而且在元杂剧里还有很多押韵的俗音。这个"铎"字，在这里押韵读作 dáo。"箔"，是帘子；"扑簌簌"是帘子的声音。另外这个"箔"字也是入声字，押俗音念 báo。"吉丁当"还是形容声音的，屋檐上的风铃，如果是金属做的叫铁马，如果是石头做的叫玉马。所以你看，非常通俗的句子，很多声音的形容词，这就是元曲的特色。

元曲比较通俗化，有增字衬字的变化，而且语言活泼生动，这都是它的好处，所以听起来很好听，念起来也很动人，但是倘若你仔细地研究，像对诗词一样在字句上推敲，你就会觉得它不够精美，不够细致。这是它的缺点。那么顾随先生，他本身是个学者，又是诗人和词人；他对元杂剧有深入的研究；他对语言文字和声音的美感，是非常敏锐的。所以他具备了把戏剧的雅与俗之美、声音与文字之美结合起来的基本条件。这一条件，成为他能够在杂剧创作上取得成就的基础。但是顾随先生生于 1897 年，去世于1960年，而我们中国的文学传统，从五四新文化运动提倡白话文和白话诗以来，连旧体诗词都很少有人写作，更不要说杂剧了。旧体诗词写起来还比较简单，一首绝句只有四句，一首律诗只有八句，一首词也只有几十个字，可是你要写杂剧就不得了了，一本杂剧至少是四折，而且它还不只是抒情，它须要搬演一个故事，里边要有人物有角色，要有道白，要有动作，还要有道具，这是非常复杂的一件事情。所以从五四白话运动以来，几乎就再也没有人写杂剧了。还不要说以后的人写得好写不好，而是以后的人根本就不会去写这种体裁了。从这个角度来看，顾随先生的剧曲，当然就是“绝后”的了。

在了解了顾随先生改变中国戏曲现状的志向和他在杂剧创作上所具备的条件之后，我们就可以来看顾随杂剧的象喻性了。实际上，顾先生杂剧著作中的象喻性可以分成两层，一层是他早期的，比如《馋秀才》，那是只有两折的一本戏。说的是一个讲究美食的穷秀才，考试也考不上，只喜欢吃。他认识一个庙里的老和尚，常常跟那老和尚一起喝酒吃肉，亲自下厨做好吃的美味。有一个长官到他们那个地方来做官，也很讲究美食，总是为饭菜不合口味和没有好的厨师而责打差役。差役每天挨打很痛苦，人家就告诉他说有一个穷秀才会做美食，可是这个人脾气古怪，你不见得能求得他来。但差役受不了每天挨打还是要去试试看，人家就告诉他说你最好找那个老和尚跟你一起去，结果那老和尚就陪他一起去找这个秀才。可是这秀才无论如何也不肯给当官的去做饭，怎么求他也不干。就是这么一个简单的故事。这个故事是要说：一个有骨气的人，是不会卑躬屈膝为了得些财赂或名利就去侍奉一个贪赃枉法的官吏的。——这个故事，它所表现的思想还只是一种世俗的意思。

然后顾先生又写了《飞将军百战不封侯》，是汉代李广的故事，这是一个命运的悲剧。顾先生认为人的悲剧有两种：一种是性格的悲剧，像项羽不能用人，有一个范增都不能用，他的失败是由他的性格决定的；还有一种是命运的悲剧，李广以自身的本领来说是可以封侯的，他真的是勇敢，真的是爱护他的士兵，连匈奴人都怕他，管他叫飞将军，可是他命运不好，从来没有煊赫的战功，所以百战不封侯。他遇到的军队的统帅是皇亲国戚，不但不给他立功的机会，还派他分兵走大漠里边一条很艰难的道路，以致造成失期而面临军法审判。这个故事，讲的也还是属于世俗的意思，还达不到哲理的高度。但是一个人，不管他有意无意，只要他本身有思想性，他写出来的作品就会有思想性。顾先生早期的作品可以说并没有有意识地要写人生理念，可是他的作品本身就有一种反映人生某种问题的倾向，就是包含有思想性的。

然而到了《祝英台》这本戏就不同了。梁山伯、祝英台的故事大家都熟悉，表面上你也可以说它就是反映一个民间的婚姻不自由的悲剧嘛，那也是一个世俗的外表的故事。可是，在顾先生的《祝英台身化蝶》这一本戏里边，就多了一点点东西，多了一点点什么东西呢？那就在他的曲辞里边。他说梁山伯死后托了一个梦给祝英台，说你明天要出嫁到马家去的时候要经过我的坟墓，我的坟墓上开了一朵红花，那是从坟墓之中我的心上长出来的，只有你能够把这朵花摘下来，别人是摘不下来的。所以当祝英台出嫁到马家的时候，就经过梁山伯的墓地，果然看到墓顶上开了一朵红花，当时祝英台就唱了一支曲子。我刚才说过，像《馋秀才》《飞将军》的故事，也是有意反映一些人生的问题；可是《祝英台》这出戏写她从坟上折下这朵红花来，你就要看它的曲子。不是看这个故事在表现什么，而是看角色所唱的曲文之中表现的是什么。在第四折戏里边祝英台唱了一段曲子：

[甜水令]似这般三九严冬，寒云凝雾，坚冰铺野，林木也尽摧折，则那一朵红葩，朝阳吐艳，临风摇曳，除是俺那显神灵的兄弟英杰。

这是说，在能够把万物都冻死的严寒冰雪之中，唯有人的热情，唯有人的心头热血，能在三九严冬之中开出美丽的红花来。接下来祝英台又唱了一大段曲文，从这段曲文中我们可以看出，顾先生一方面保持了元杂剧曲文中那种生动活泼甚至泼辣的感觉，一方面又非常的典雅，非常的精致，同时里面也不乏哲思。这段曲子的曲牌叫《离亭宴带歇指煞》，是两个曲子连起来的一段很长的曲子：

呀，俺则见疏剌剌地狂风一阵飘枯叶。咕嘟嘟地黄尘四起飞残雪。浑一似呼嗵嗵地山崩地裂，还说甚冉冉地夕照影萧寒，漠漠地天边云黯淡，涓涓地山水流呜咽。则你那里苦哀哀地百年怨恨长，俺这里冷森森地三九风霜冽。禁不住扑簌簌地腮边泪泻。只道你瑟瑟地青星堕碧霄，沉沉地黄壤瘗白玉，茫茫地沧海沉明月，从此便迢迢千秋无好春，悠悠万古如长夜，却原来皇皇地英灵未绝。马秀才你寂寂地锦帐且归休，梁山伯咱双双地黄泉去来也。

我说过顾先生与王国维不同，他与王国维同样有志于戏曲的开创，但他真是有能力做这个事情，他能够掌握戏曲的语言。这一段的前边一大串，都是用的元曲里边常用来形容描写的俗语，把那整个狂风凛冽白雪飘扬的背景都用声音表现出来了。在这段曲子的后一部分祝英台说，我只道我们从此无望，却原来你的英灵还在，所以马秀才你自己回到你家里去，然后她呼喊着梁山伯说："咱双双地黄泉去来也。"这个"去来也"，声调是"去平上"，这在曲子里叫"务头"，它使得这句话特别强劲有力。接着坟墓裂开，祝英台就投身在坟墓之中。这是写那种坚贞的爱情的力量，它是能够穿透生死的。当然，汤显祖的《牡丹亭》写杜丽娘因为爱情害了相思病而死，死了以后因为坚贞的爱情不变，后来柳梦梅又把她从坟里挖出来又活了。那也是写爱情的坚贞可以使生者死死者复生。但汤显祖是用了很多情节、很多故事、很多动作来写的，于是就把力量分散了。就是说，他中间穿插的事情太多，反而把那一种真正爱情的本然的力量给分散了。而顾先生则是用声音用文字集中写出了这样的一种力量。

但《祝英台》这本戏也应该算是早期的创作，顾先生那时候也不一定是有心要做什么象喻，他还是写一个故事，写一个民间传说的爱情悲剧。但顾先生以他的一种本能，在这出戏里写出来一种爱情的坚贞伟大的力量。事实上，真正很明白地表现出来象征和寓言之味道的，是顾先生的另外两本戏。一个是《垂老禅僧再出家》，另一个是《马郎妇坐化金沙滩》。

我们先说《垂老禅僧再出家》。这出戏是说，从前有一个叫继缘的老和尚，认了一个卖艺的同乡，两人感情非常好，后来他这个同乡死了，临死时托付老和尚照顾他的妻子。老和尚很守信用，隔上三五天就去看一看朋友的妻子，给她带一点粮食，给她做一点地里的活计。这个朋友的妻子名字叫什样景——这其实也不是顾先生起的名字，而是在元杂剧里常常把一些比较风流浪漫的女人叫作“什样景”。那么有一天老和尚去看什样景，什样景就跟他说了一段话，她说师兄，你知道慈悲为本方便为门，可还知道杀人要见血救人要救彻吗？不管杀人还是救人，你不要让他半活不死地受罪啊。你如今害得我上不着天下不落地，这哪里是你的慈悲方便啊，你出了钱来养活着我就是为了让我活受罪吗？从前释迦牟尼在灵山修道的时候，曾经割肉喂虎，刳肠饲鹰，师兄你道行清高，难道学不得一星半点儿？如果除了满足我生活的需要你不能够满足我感情的需要，那从此以后，你就不要再在我面前晃来晃去，让我的感情不能够平静。那结果呢，这个和尚就满足了这女子的愿望，跟她结了婚。可是后来，当这个女子死了以后，这老和尚就又去出家了。所以这个戏叫作《垂老禅僧再出家》。这个剧本的故事听起来很荒唐，其实它也有出处，顾先生是取材于中国古代的一本笔记小说《夷坚志》，但那笔记小说只是讲了一个外表的故事，而顾先生用他的道白和他的曲辞写出来的，是释迦牟尼割肉饲虎、刳肠喂鹰的一种牺牲自我来救赎别人的精神。而且还不只如此，他还写了这个老和尚灵性未泯，虽然是结了婚，但最后又出家了，真正达到了修行完美的地步。一个人生活在世上，你曾经做出了一度的牺牲，但你是为了救赎别人而不是为了自私的情欲落入尘网，而且你没有就此被尘网绊住迷失了本性，最后还是完成正果了。这写的是一种精神。《五灯会元》里有一个故事说：

> 深禅师同明和尚到淮河，见人牵网，有鱼从网透出。师曰："明兄，俊哉，一似个衲僧。"明曰："虽然如此，争如当初不撞入网罗好？"师曰："明兄你欠悟在。"明至中夜方省。

为什么未撞入网的鱼反而不如从网里跳出来的鱼呢？因为你从来没有入过网，为了自保，你避免接触世间的一切，这其实是狭隘的、自私的，而且将来你万一被网进去还不一定能跳得出来。只有进了网而且能够跳出来的鱼，它才是真正不能够被网住的。所以说，舍己救人，这是这出戏的一层意思；舍己救人之后自己还能够从网中破网而出，走上一个新的进步的阶梯，这是这出戏的另一层意思。

还有一出戏，表面看来是更加荒谬的。1980年代我为我的老师印他的剧作的时候，曾把这几个剧本都交给了出版社，出版社审查的结果说这个戏有伤风化不能印，所以那本戏没有印出来。后来我在台湾把这个戏印出来了，就是现在我手里的这本《苦水作剧》。现在国内已经非常开放了，所以新的《顾随全集》里边也已收进了这本戏，这就是《马郎妇坐化金沙滩》。说是在一个地方有一个大家认为非常浪荡的女子，她专门跟那些孤独寂寞的、需要女子安慰的人同住。所以整个社会的人都指责她、骂她。我说过的，顾先生是一个很好的诗人跟词人，他的语言、文字是非常精美的，而且他的那种托喻和象征，有的时候是在故事的情节里表现的，有的时候就是从他的语言文字的曲辞之中表现出来的。在这出戏里，扮演马郎妇的是个正旦——元杂剧里的女主角就是旦，男主角就是末。在这出戏的第一折，这个正旦走上来说，今天的天气清和，我要到各处走一走。然后，她就唱了一支曲子：

[黄钟醉花阴] 云幻波生但微哂，万人海藏身市隐。你道俺恋红尘，那知俺净土西方坐不得莲台稳。

这个曲子写得非常好。"云幻波生"——那世界上的事情，得失成败，盛衰兴亡，你争我夺，钩心斗角，真是云幻波生，都像浮云的变幻，像海浪波涛的起伏。她说，我一个得道之人，面对你们人间这些得失祸福，这些盛衰兴亡，这些钩心斗角，我只是付之一笑。因为这都是虚妄的。她说你们看我的外表，看不出我有什么与别人不同之处，我每天就藏身在市井中来来往往的众人之间。——"万人海藏身市隐"，它来自苏东坡的一句诗"万人如海一身藏"。她说，那么你以为我真的是迷恋这世间的一切吗？你以为我真的是为了世俗的感情和世俗的名利来到这个世界上的吗？不是的，我来到这里是因为我看到社会上的人这样愚执，这样迷惘，所以我一个人在西方净土的莲台之上不能够心安啊！我不能一个人坐享莲台的清静之福而眼看着这么多人生活在罪恶和苦难之中，所以我来了。

顾先生不赞成那种只顾自己清修的"自了汉"，他曾说，当这个世界上的大部分人都像虫子一样在污秽的地面上蠢蠢爬行的时候，有一些人能够飞起来离开污秽的地面当然很好，但那并不是最高的境界。最高境界的人，他虽然能够飞起来却不肯独善其身，他不惜落下来回到污秽的地面，教给大家怎样才能飞起来，一起离开这污秽的地面。所以马郎妇接下来又唱了一支曲子说：

[喜迁莺] 好叫俺感怀悲愤，但行处扰扰纷纷。朝昏去来车马，恰便似漠漠狂风送断云。无定准。都是些印沙泥的雁爪，沿苔壁的蜗痕。

这个“俺”字的称呼，是元曲里边的习惯，因为元杂剧最初是给市井之人演出的，那些唱的人也都是市井之人，所以他们习惯于自称“俺”。而我们在写杂剧的时候，也要保持它原来的风格，所以也要自称“俺”。她说你看那城市之中，没有一个地方不是纷纷扰扰的，早晨晚上来来去去车行马跑，都是为追求名利，就像是一片狂风卷起尘土，像天上的云彩被风吹过，那都是虚浮的过眼烟云，那种追求是愚蠢的。你每天辛辛苦苦忙忙乱乱，可知道真正的人生意义和价值是什么吗？你们的奔走其实就好像是天上的飞雁偶然落在沙滩上印下一个指爪的印子，又好像是蜗牛在一个长满青苔的墙壁上爬过去留下的那个痕迹。那是没有任何意义和价值的啊！接下来她又唱道：

[出队子] 有谁知此心方寸。田难耕，草要耘。一分人力一分春。转眼西天白日曛，可怜这咫尺光阴百岁人。

有谁真正知道自己内心最重要的东西是什么？我们常说心田心田，你要把你的内心也看作一片需要耕种的土地，只有好好地耕种你那一片心田，才能使你的内心结出好的果子来。有的时候，你的内心也会产生一些杂念和妄想，有的时候，你的内心也会产生一些爱恨恩仇，那些都是杂草，所以要耕要耘。要知道，人的心田也像土地一样，付出一分劳力就有一分收获，付出一分人力就有一分美好的春天啊！你还要知道，你幸而生在世界上成为有思想的一个人，可是人生不过百年，转眼间就到了黄昏，你马上就面临着死亡，而真正的人生意义和价值你找到了吗？所以接下来她说：

［幺篇］死前争自夸英俊。纷纷论怨恩。到头来不认得自家身。也只为眼里无珍一世贫，枉在这人海波中生细纹。

每个人都自以为不错，每个人都跟别人结了很多恩怨，可是你把握了真正的你自己吗？到头来你追求的都是虚妄的东西啊。由于你眼睛里边没有认识人世之间哪些是最珍贵的，所以你其实一辈子都是贫穷的。你一辈子总是觉得空虚觉得忧愁觉得困惑，总是觉得人家都对不起你，那你就真是“眼里无珍一世贫”，就白白地生而为人了。所以你看，顾先生用曲文表现了一种人生的哲理，写得非常之深刻，非常之能够打动人。

接下来剧本中写，因为马郎妇名声不好，有很多小孩子围着她大呼小叫。于是她就叫那些小孩子们“叫一声娘来”。那小孩子们就说，你是什么东西，我们怎么会叫你娘呢！接着马郎妇就又唱：“哎，亲，娘最亲；蠢，您最蠢。”这个“您”，就是“你”的意思，这也是元杂剧中习惯的用法。她说，我是有心来救赎你们的，所以我和你们是最亲近的，而你们却不肯认我，那就是蠢。接着又唱了一支曲子：

[刮地风] 俺也会到得这寒宵将您那棉被儿温。俺也会准备您的箪食盘飧。俺也会嘘寒送暖将您来加怜悯。俺为您作几件儿衣巾。作两套儿衫裙。爱您似竹林的春笋。我送给您腮边的蜜吻。到晚夕卧床边将您来怀中抱稳。为甚么您偏生不认真。跪面前叫一声娘亲。

小孩子们就要拾砖头来打她，于是她又唱道：

[四门子] 您生得来忤逆不随顺，俺待您的好心，您的眼不看，说的好话儿，则您的耳未闻。赤紧地扔砖头抛瓦块，将俺来相蹂躏。攘攘地乱交加，哑哑地胡议论。则您那天性儿蠢，灵性儿昏。小孩子家也待要眠花卧锦裀。闻麝兰觅雨云。

然后道白，“不羞不羞，您那小身量上秤来”，然后接唱：“压稳了定盘星不到十数斤。”在这一折的最后一支曲子中她说：

[古水仙子] 您辜负了爷娘天地恩，糟蹋了挨金比玉身。不听那老的儿明言和那长亲的严训。胡行为，没要紧，小人儿坏

了天真。俺有甚心情钗光鬓影将您来诱引，您可也休得要沾惹这陷人坑，绊马索，迷魂阵。直落得一年春尽一年春。

我们没有时间详细讲，总之顾先生写的这个马郎妇，她是要以牺牲自己来度化别人，可是大家不但不认识她不理解她，而且欺负她排斥她。到最后的第四折，有一群长老把她赶到金沙滩上，要她永远离开这个地方。这些人骂她："你这小贱人，还不曾走么?"马郎妇说："俺与你每相见一面，便索长行也。"然后她接连唱了四支曲子：

［金菊香］休得要立时催俺便登程，由古道三宿空桑尽有情。也不索双眸看人雨泪盈，则伴着这水绿山青，数语话生平。

［幺篇］俺本是白莲过雨自盈盈。相伴中天古月明，红尘任教餐落英。则俺这真性。圆明清过他玉壶冰。

［幺篇］俺也何尝行浊害言清。常是在十二瑶台独自行。又何须身骑凤鸾归帝京。怕的是白日飞升。您也只当作银汉渡疏星。

［醋葫芦］俺独自来，独自行。一身来去要分明。休猜作无是无非廊下僧。被世尘淹埋了真性。您可也勤修且莫问前程。

她说，你们不用这么匆匆忙忙地催赶着我走，要知道人在一个地方呆久了，对这个地方是会产生感情的，所以我有几句话想要跟你们说。我本来是水中的一朵出淤泥而不染的莲花，和我相伴的是天上万古的明月。我的本性是圆明的，可是就算我在你们面前坐化了，你们也不认得也不懂得。你们仍旧是世俗之人，没有得到真正的救赎，所以你们不用管我到哪里去，但你们一定要“勤修且莫问前程”。那些长老就说：“仍旧是一派胡言乱语，您那年轻人莫要听他。”于是马郎妇接着唱：

［幺篇］却道俺胡乱言，嘱咐他休要听。您素常时将俺来打骂着呵，何曾有半点儿害心疼。恨不得结果了俺这飘蓬和断梗。则您那年青时行径，敢也有过花梢明月照春庭。

［幺篇］俺常准备着肉饲虎，肠喂鹰，走长街吆喝着卖魂灵，您当俺不是爷娘血肉生。俺生前无谁来相亲敬。俺死后将这臭皮囊直丢下万人坑。

［浪里来煞］俺则见水自流，云自行。则那行云流水两无情。您少年人也休要害相思，得病症。您老年人也不须双眼努得圆似铃。我请那释迦佛来作证。则被着恶名儿直跳下地狱最深层。

于是她就坐化了，全剧到这里结束。这出戏也有其取材的出处，它出于明朝梅禹金的《青泥莲花记》，那本书中所写的，多是被泥涂所玷污而内心却保持清白的、与佛教有关系的人，因此叫“青泥莲花”。如果说，我们前边讲的《垂老禅僧再出家》主要是从情节上表现了哲理；那么这一本《马郎妇坐化金沙滩》则主要是通过马郎妇所唱曲子的唱词表现了哲理。在我们这个世界上，有的人天生来就抱着一种自我牺牲的心志，准备忍受所有的侮辱和痛苦，为的不是自己的利益，而是救赎他人。牺牲自己的生命也许容易，牺牲自己清白的声誉就很难。有些人带着很多政治上或名誉上的污点死去，可是他们是为了救赎他人而染上这一身污点的。这种事情我很难给你们举一个具体的例证，但我相信，世界上是有这样的人，有这样的事情的。而顾先生就是用马郎妇表现了这样一种人生哲理的精神。

我曾经一度以为，顾先生这种富有象征和比喻性的戏曲，也许与西方所谓荒谬的戏剧有某种继承关系。比如我们现在国内都很熟悉的撒姆尔贝克特的《等待果陀》，就是两个人在舞台上说一些无聊的话，说是都在等待一个叫果陀的人，最后一个小孩子上来，说果陀不来了。第二幕同样是两个人，同样是说一些无聊的话，最后小孩子又上来了，说果陀不来了。这个剧本没有情节也没有故事，你不知道他说的是什么，这真是人生的荒谬。可是，你每天所说的话、所做的事情，果然都是有意义的吗？就是在这种无聊的没有意义的生活之中，你在等待一个救赎，但那救赎的人到底也没有来。作者所要表现的就是这种人生的困境，那确实反映了一种人生的哲理。我本来以为顾先生的戏曲可能与他们有关系，可是我后来仔细地查了这些荒谬派剧作家的生卒年代，比如说撒姆尔贝克特的生卒年是1906—1989年，哈洛德品特是1930—2008年，尤金伊欧尼斯柯是1909—1994年，他们的荒谬剧作在中国流传开来，其实已经是比较晚的时候了。因此我认为，顾先生写这样的剧本并不是受到西方荒谬戏剧的影响，而是受到了俄国安特列夫那种小说的影响。安特列夫的时代比较早，生卒年是1871—1919年。而顾先生之所以注意到安特列夫，则是从鲁迅那里来的，是鲁迅兄弟首先翻译了安特列夫的小说。

可是有一点顾随先生与他们不同，不管是荒谬剧也好，不管是安特列夫的象喻性的小说也好，都是悲观的，表现的都是人生的绝望。而顾随先生则不然。在顾随先生的戏剧里边，常带有一种热情、一种希望。就以我们刚才读过的马郎妇来说，她是抱着救赎的心情来的，并不完全是一个悲剧。而像祝英台，虽然相爱的两个人都死了，表面上是一个悲剧，但是他所要表现的是那种真诚之爱的力量永不消灭，所以二人的精神感情死而复生，变成一双蝴蝶飞走了。除了这一点不同之外，还有一出戏更能看出顾先生和他们的不一样，那就是他晚年所作的《游春记》。

《游春记》比较长，一共有两本八折。这个故事出于《聊斋》里边的《连琐》。《聊斋》里面原来的那个故事并没有什么哲理的意思，是顾先生把它改编成杂剧的时候，给予了它哲理的蕴涵。“连琐”是一个女鬼的名字，说是有一个书生进京赶考，住在荒郊野外的寺庙之中，每天晚上听到窗外有人念诗，反反复复只有两句：“元夜凄风却倒吹，流萤惹草复沾帏。”“元夜”是十五之夜，那是秋天里一个月圆的晚上。“倒吹”，形容秋风吹来之强劲。荒郊野地到处都是萤火虫，它们不但在草丛之中飞舞，而且已经沾惹到我的床帏上。这是很悲凉的两句诗。这书生当然也是会作诗的，就给她续了两句：“幽情苦绪何人见，翠袖单寒月上时。”那女子便无声了。书生出去寻找，只在草地上找到了一个香囊。第二天，那个吟诗的女子就到他的书斋来见他，告诉他自己不是人而是一个死去二十多年的鬼。后来两人的感情越来越深，这个女鬼就对他说，我近来这么长时间地跟你来往，我的白骨已经有了生意，可是却差一点点不能够复活。书生就问她，你怎样才能复活呢？她说要生人的一点鲜血。——这在中国如此，古代用三牲祭祀，一定要流出血来，才得到生命的救赎；古人结盟，不是也要歃血吗？西方其实也是如此的，耶稣也是为救赎人类而流了他的血。书生说，只要能够把你救活，我何惜一点鲜血！于是就割破手臂，把自己的鲜血滴到女子的肚脐之中。女子嘱咐他说，某年某月某日某时，你一定要对准这个时间，带着人到我的坟上去，听到树上有一只青鸟在叫的时候，就挖开坟墓，我就能得到复活了。这本来只是一个女鬼的故事，顾先生写这个剧本的时候正是1944、1945年我们跟他念书的时候。记得那时他常常跟我们学生讨论，说这个剧本我是以悲剧结尾好呢还是以喜剧结尾好？悲剧结尾其实是正常的。首先，死人是不能救活的，你挖了坟墓她没有活过来，那就是一个悲剧；其次，就算你救活了，但将来人生也必有一死啊！但顾先生不是，顾先生不但写把她救活了，而且要写活过来之后二人在人世间有一段有意义的、美好的、圆满的生活。顾先生认为，中国传统所谓的喜剧，像汤显祖的《牡丹亭》，最后是大团圆，男的都封官了，女的都婚姻美满了，那不是精神上的而是物质上的，而物质上的追求其实常常是堕落与败坏的根源。顾先生所追求的喜剧，是要真正表现人生精神上的美满与光明的一种境界。这是很难的。因为，世界上毕竟悲哀的事情多，完全光明与完全美满是非常少见的。哪怕是一对最相爱的夫妇，结婚以后恐怕也没有完全不争吵的。天下果然有完全光明幸福与美满的事情吗？这不能不令人怀疑。但顾先生尽了他最大的力量做了，他写连琐复活以后，在一个美好的春天，书生与连琐两个人携手登山临海去游春，看宇宙的圆满，看日月的光明，所以叫《陟山观海游春记》。现在我把连琐登上高山俯望大海时所唱的一支曲子读一遍作为结尾吧。连琐说："相公，你听林籁涛声，宫商交作，好悦耳也。"然后唱道：

> ［耍孩儿］自然海上连成奏，多谢你个搊弹妙手，相伴着长林虚籁正清幽，珊珊珮玉鸣璆。说甚么翠盘金缕霓裳舞，月夜春风燕子楼，到此间，齐低首。听不尽宫音与商音同作；看不尽云影和日影交流。

他们所欣赏的，不是人间的舞蹈，不是香艳的遇合，而是长林里边树叶的声响、大海之中起伏的涛声，那才是宫商交作的最美妙的音乐。天地之间没有罪恶，没有苦难，只有光明和圆满，这种人与大自然合而为一的美满境界，顾先生用他的语言文字表现出来了。这是顾先生通过这出杂剧所表达的一个对人间的美好祝愿。它不但突破了中国杂剧的传统，也突破了西方的悲剧与荒谬剧的传统。所以我敢用"空前绝后"四个字来称述顾先生在中国戏曲史中的成就。为了时间的限制，我们就结束在这里了。